貴腐薔薇

井本元義

貴腐薔薇　もくじ

トッカータとフーガ 5
ルーアンの長い一日 63
貴腐薔薇 105
虚空山病院 173
贖贄庭園 233
あとがき 308

貴腐薔薇

トッカータとフーガ

沢木が吉野由紀子から自宅へ呼ばれたのは、いくつかの台風が過ぎてやや秋めいてきた時だった。由紀子の夫は精神科のクリニックを経営している吉野修三という沢木の古くからの友人だった。

自宅を訪れるのは二十年か三十年ぶりだったが、沢木はあえて思い出して計算しようとはしなかった。由紀子と会うのも十年ぶりだった。共通の友人の葬式で出会った時、彼女の表情の変わりよう、友人の死の悲しみではないその表情、やつれにショックを受けていただけに、その日自宅で沢木を迎える彼女の変化に不安を感じていたからだった。四十年も前の彼女に会えるわけではないのだ。あるがままに対処していこう、それが沢木のその日の覚悟だった。

玄関を入ると、記憶にある新築の匂いとは全く異なった、古くなった家の匂いが襲って来て、彼は急に疲れた。迎えに出た由紀子の眼には何の懐かしさもない、無表情の光しかなかった。それでも沢木は整えられていない髪の間から覗く、耳や頬や首の付け根を盗み見て、勝手にその眼に懐かしさを感じようとした。

自然な振る舞いをと気にしながら、やあ、お久しぶりで、という沢木に由紀子がかすかに微笑んだように見えた。生活に疲れた女だ、と気が緩んでしまいそうだったが、彼はあえて軽い気持ちのふりをしてそれを抑えた。ただ部屋へ案内する彼女のやや大柄な後姿の背中から腰のあたりの骨格と肉付きに昔の面影が残っており、それが沢木の胸を少し刺した。

家を建てたばかりのころ何度か訪問したことがある。夫婦とその食卓を一緒に囲んだこともある。ある時、由紀子が君にこれから家に来てほしくないと言うんだ、と吉野が申し訳なさそうに沢木に言うまでは。それで吉野との友情が切れることはなかったが、沢木は深い悲しみに陥った。それには秘密を他人に知られてしまったような恥ずかしさもあった。そこから抜け出すまでには時間と努力が必要だった。それももう昔のことだ。

部屋は何も物がなかった新築のころと比べて雑然としており、体に馴染んで深くへこんだソファと大きなテレビがその中心にあった。雑誌が方々に積み重ねてあるだけで広い居間なのにピアノ以外に特別の家具はなかった。掃除も行き届いているようには見えない。壁にはフランスの十九世紀の画家、クールベの「追われる鹿」の模写絵が濃い茶色の額で新築の時のまま掛けてあった。深い新緑の森を鹿が逃げて来ている様子が描かれている。吉野は絵の話になるといつもこれを持ち出すほど好きだった。その後はクールベの参加したパリコンミューンの話になったものだった。しかしその話ももうしばらくはしていない。

白く乾いた土の記憶しかない庭は雑草と雑木に覆われていた。その中で白萩がまるで大型噴水のように盛り上がって咲いていた。沢木が新築の時に贈ったものだった。それから時折りその花の話をすることもあった。

軒下を藤の蔓が少し覆い奇妙な細長い実がいくつもぶらさがっている。いつか何かのエッセイで、藤の実が音を立ててはじけ、ガラスを強く打った、というような話を読んだことがある。彼は今目の前でそれが起こるのではないかと目を凝らした。なにかの気分の変化を期待したからだったが何も起こらなかった。それよりもいつか吉野修三が話したことが思い出されて気分はまた沈んだ。ある朝その藤の棚に蛇の抜け殻が垂れ下がっていたということだった。そのままにしていたら小鳥が来て啄んでいつの間にか無くなっていたと。

由紀子は修三より十歳ほど下だったからもう五十も半ばすぎだろう。やつれ方は歳のせいばかりではないが、由紀子の表情には悲しみよりもあきらめのようなものが占めていた。それは静かなものだった。そうしないように決めていたのに、いつか知らずに彼は昔の由紀子の美しさの名残を探そうとしていた。話の内容はほぼ推測していたが、今の時点でどうしたらいいか、彼にはまったく考えがまとめられなかった。

吉野修三が福島へ行くといって家を出てから、もう三か月以上たっているということだった。しばしば彼は学会や旅に出かけたが二週間を超えたことはなかった。沢木が吉野に連絡をして一緒に昼食をしたりするのも一、二か月に一度くらいだったから、クリニックの事務員から聞いた時も少しの心配はあったが深くは考えていなかった。

二年ほど前から吉野が度々福島に行くのを沢木は彼からいつも聞いていた。原発反対の集会の参加であることはわかっていたが、その運動に昔からあまりかかわっていない沢木に吉野は深く説明も誘いもしなかった。それにもう歳も七十歳に近くなって、四十年も前のようなエネルギーと力を発揮する中心人物として期待を得られるはずの状況でもなかった。

ただ沢木がある時インターネット上で一つのニュースを見た時にそれは納得できた。吉野が学生時代から深くかかわっていたグループが福島に運動の拠点としての診療所を作るということで警察が注目しているということだった。吉野にそのことを伝えると、へー早いなと言うだけの簡単な反応で終わった。被ばく線量の身体検査と住民の精神的なケアーが主な仕事だと吉野は説明した。

また、「原発事故と命の絆を考える」という小冊子を吉野からもらったことはある。地元の元国鉄の労働組合での講演だった。自分が精神科の医者として、差別された社会的弱者と向き合って生きていることが使命だという主張から、放射能を心配して生きねばならない人々、巨大な社会機構に抑圧された人々、そこで生きていかねばならない人々と、われわれはどう向き合って一緒に生きていかねばならないか。具体的な経験を交えた講演は好評だったということだった。沢木にも内容はよく理解できた。

ただ、三か月も連絡がないと言うことは、事件に巻き込まれたか、表に出せないかなりの事情か、あるいは意識してこの状況を作っているかだろう。それでも吉野が出発する前に、もし三か月以上たって支障をきたすことがあったら、沢木に相談するようにと言い残していた、と由紀子から聞いた時、沢木は幾分安心した。こうなることの予想か準備をしていたのだろう。命にかかわるような問題ではなさそうだ。

診療所を閉じたいのですが、と由紀子は言った。

当然患者は今はいないし、それでも一人しかいない事務員と看護師が交代で診療所の留守番をしている。診療報酬の収入や家賃や事務員看護師の給与、薬やそのほかの支払いがどうなっているか由紀子が知っているわけはない。代わりの医者を臨時に雇ってしばらく続けると言う発想はないのか。診療所を閉じるにあたっても役所にどうやって手続きをするのか。その前に吉野が了承するかどうか。勝手に由紀子の一存だけで決めて、それをそのまま自分が実行していいものなのか。また沢木は自分の部屋からここまで一時間以上かかることや、これからの自分の仕事、冬にかけての大学の講義や入試の準備などを思って一瞬嫌な気がしたが、頼られていることは悪い気はしなかったし、この町に来る別の理由もあった。閉めるにあたってのおおまかな計画を簡単に頭の中で把握すると、そう難しそうでもなかった。

もうクリニックを始めて、三十五年くらいになりますかね、と沢木が聞いたのに由紀子は、さあ忘れたわ、と答えた。もうちょっと待ちませんか、に彼女はそうね、としか言わなかった。福島の診療所へ確かめてみます、それからまた考えましょう、と言って沢木は辞した。書斎を見せてください、と頼むのを言いそびれたまま。由紀子は部屋の出入り口まで見送ったが玄関までは来なかった。沢木は福島の診療所へ電話をしなければと思ったが、それが急に怖いことに思われて、そのうちにと考えて自分を安心させた。外は小雨が降っていた。その冷たさは冬の惨めな寒さを思いださせられて沢木の気持ちをまた沈ませた。

沢木は野本という男を思い出した。吉野の高校の後輩で、もう何十年も吉野の弟分として彼の生活のそばにその位置を占めていた。年齢よりは随分若くがっしりしていた。吉野を崇拝しているというのか「僕は吉野先生の用心棒でして……」というのが彼の口癖だった。ちょっとした使い走りから、多分他人には洩らせない何かの事柄でもおそらく身を挺して働いていたことだろう。

吉野には人を引き付けるなにか知らない魅力があった。痩せぎすな体形だったが、身長はその日に会う者の気分で高くも低くも見えた。大した用事がなくても彼を訪れる者は多かった。彼はまた誰でも優しく受け入れた。患者にはそれは大きな救いであった。一人一人の患者にとって吉野は自分だけの医者だった。吉野にさらに深く自分の心を開き見せることがその生きる証であるかのようだった。吉野も真剣にそれを受け入れたがそれは医者としての義務以上に情がこもっているように見えた。沢木も時たま彼に会うことで、安らぎというか日々の雑事の中でちょっとした刺激を受けた。会っての帰りには自分の人生を俯瞰してみる癖がついて、その時々で悲観的にも楽観的にもなった。

短時間でも日に一度はクリニックに顔を出す野本に沢木は会うことも多かった。それも長い付き合いになり、沢木は吉野の過去の事やその時々の問題を野本から聞くのだった。吉野が決して直接には沢木に話さないと思われることもあった。

野本は近くで社員が三、四人の小さな医科機材の会社を経営していた。吉野がクリニックを開業するにあたって野本はその会社を近くに作った。しかしクリニックだけでは商売にならないので近くの医院を瞬く間にお客として開拓した。表だってはできない様々な便宜を請け負うことで小さな開業医から重宝され商売になっているようだった。

沢木は吉野由紀子から頼まれた仕事をするとなると、この野本に一働きしてもらわねばならないと思った。自分がまとめの指示をするだけで彼がやりこなしてくれるだろう、彼は喜んで手伝ってくれるに違いない。

日々の雑事に追われて沢木がクリニックの様子を見に来たのは一か月経ってからだった。事務員とも久しぶりだった。沢木を見ると安心して近頃の状況を話した。不安を訴えてきた患者も月とともにいなくなり、他は何の問題もなかった。その場から由紀子にその不在を願いながら電話をしたが、さいわい留守だった。福島の診療所への電話もしていなかったし、何の情報も得ていないし方策も考えていなかった。

野本に会うのが目的だった。会社の出入り口のガラスの引き戸を開けるとそこは倉庫兼事務室だった。天井の蛍光灯がやけに明るく、熱のこもった狭い部屋だった。ディスポーザブルの注射器や注射針の箱が積んであり、奥の棚には奇妙な金属の器具がぶら下っている。木製の机がカタログや書類に埋もれてばらばらに置いてある。野本は奥から笑顔で出てきた。いつも彼を見ると沢木はいい気持になった。クリニックの女の子から聞いていました、やあ教授、いつみえるかと待っていました、彼は手を差し伸べてきた。最初の頃、学生に教えるのが仕事だと言ったことがあったので、沢木を教授と呼ぶようになった。

どこかでコーヒーでもと言って野本が案内したのは、昔はよく見かけた、豆電球の点滅する安っぽい装飾の看板の「純喫茶」だった。この町はかつては工業地帯の中心の町であったが今はすたれてしまっている。このような店が残っているのも珍しい。ほかに客はいない。コーヒーも大して旨くない。

今日は時間があるからゆっくり相談したい、と沢木が切り出すと野本も内容は察していて、僕も待っていました、と答えた。

「奥さんが診療所を閉めたいと言うんでしょう、僕は反対ですがね。だれか代わりでも見つければいいんですよ、僕が探してもいいですが。あるいはそっくり誰かに貸すという手もある。家賃だけ払って、しばらく休院してもいい、大した家賃でもないし。でも奥さんがまだ捜索願を出していないのは、何か事情を知っているのは間違いないから、やはりそれもありかな」

確かにアーケードを抜けた街のはずれに診療所はあり、二階建ての雑居ビルでかなり古い。人通りも少ない。そこで三十五年が過ぎたのだ。そしてもう長い間、隣室は空いたままだ。

「第一に先生が帰ってきた時はどうするのですか。確かに連絡がないのは心配だが、昔もこんなことはありましたよ。四十年以上も前のことですよ。まだ先生がインターンのころの何とか闘争で、教授の論文盗作問題とか、何とか制度反対とか、図書館占拠事件とか、覚えている人も少なくなって、政治問題もやったんでしょうかね、革命という言葉なども聞いたことがあります。デモ隊が暴れて交番が焼き打ちされたこともありましたね。先生はそこまで急進派ではなかったけれど、結局地下に潜ったということなのかな。最後は逮捕されていたということでしたがね。半年後、平気な顔で帰ってきましたよ。まさか今頃逮捕されることもないだろうけど、それだけのこともやっていないはずですが。いや、それもありうるかな。それでも連絡くらいあるはずだし。まさか今頃の中国でなかろうに。教授、あるとすればあとは福島の運動の中で知り合った誰か女性のところへ転がり込んでいる、うん、ありうる。まあ、診療所を閉めて片づけるのは簡単ですよ、その時は僕に任せて下さい、だからもうちょっと待ちましょうよ。それにしても僕にくらい、こっそり連絡があってもいいはずなのにな。いやそのうちにあると思う」

楽天的な野本の言葉に沢木は一つ気になっていることがあったが、口に出さないままだった。何日か前に見たテレビの内容がまさかと思いながら気がかりになって消えなかった。

ニュースは一つの不思議な出来事を告げていた。アメリカのある都市に一人の六十代の男が立っている。身なりもきちんとして旅行鞄を持っている。言葉も正確で動作にも何のぎこちなさもない。所持金は十分にある。レストランの支払いにもなんの不都合もない。しかしそのホテルに宿泊しようとしたときに、彼は自分がどこからきて何をしているのか全くわからないと言うことだった。当然自分の名前も住所もわからない。

テレビの解説者が喋っていた。これは精神統合失調症の一つの病状です。解離性遁走と言います。社会的地位もあり仕事も立派にこなしている人にも起こります。戦争中の恐怖や重圧や、事故とかで頭を強く打つ外的要因や、重い病気が原因であることもありますが、普通の生活でも起こりうる。心の奥にたまった深いストレスが、意識しないまま蓄積され、ある時これも意識しないまま遁走と言う形で静かに起こる。情動的な苦痛からの脱出、抑鬱の回避、新しい未知なるものへの解放の希望、そして放浪、突然だが、ごく自然に。そのあと回帰しても日々の不快感、羞恥、自殺願望、そして攻撃的衝動も起こります。

沢木にはまさか吉野がそんなことになっているとは思われなかったが、そうでないと言う根拠はまったくなかった。日ごろの付き合いから吉野にそれほどのストレスがあるとは思われない。医者自身の彼に病気のイメージはない。何かの外的要因からとすれば考えられないこともない。もしそうであればどこかで見つかって、テレビが放映するはずだ。

野本は喋り続けていた。のんきな男だと、沢木はちょっと嫌な気がしたが本人はまったく気にしていない。

「あの頃、世間では内ゲバと言っていましたが、対抗するR派と鉄パイプで殴り合っていましたね。片輪になったり、死んだのもいた。先生は身を隠していましたが、僕が用心棒でいつも傍にいました。あのころ先生は裁判を抱えていましたから、その日は出かけなければならない。裁判所の前でR派から襲われた仲間もいましたから。僕も裁判の日は緊張しましたね。送り迎えも車の追跡がないかどうか確かめて。まあ僕がいたからよかったかもしれませんけどね。先生は毎日牛乳を飲んでいましたよ。そんなに牛乳が好きですかと聞くと、ストレスで胃に穴が開く、これはそれを予防するためだって、そうなんですかね。僕にはけっこう楽しい時代だったけど。いや待てよ、いまごろ内ゲバで殺されたまま、行方不明ということも。いやそんなことはない。いやいやそんなことは」

野本も喋っているうちに心配になってきたようだった。頬が薄赤くなり目じりが少し濡れている。

「そう言えば、福島の診療所の周りを最近は私服警官がうろうろしているとも言っていましたね。先生が覚えている顔がいるって。このあたりでも最近見かける顔らしい。彼らは、変な言い方だけど、堂々と私服をやっていますからね。診療所の前の老夫婦のやっている小さなラーメン屋が、この頃はお客さんが増えて、この前など警察の方々が沢山見えて、とも喜んで言っていたと。先生、笑ってましたけど。診療所ははやっているのかな。一度来いと言われましたが、時間が取れなくてね。昔ほど物騒でないと思ってましたから。一度でも一緒に行っとくんだったな」

福島の診療所へ行ってきましょうか、と野本が切り出すのではないかと沢木は期待したが、彼は自分だけの想像に入り込んでいる。

「向こうの診療所もこっちみたいなものかな。先生は人気があるから。また沢山の患者さんたちに頼られて忙しいのでしょうね。そういえばこの前、道端で患者のKさんに会いましたよ。教授さんも知っているでしょう。ふらふらしながら、眼の焦点も合わないような顔で哀願されました、早くクリニックを開けてくれって。そして誰と誰は強制入院させられているらしいなどと。僕に言われても困るんですがね」

クリニックがオープンしてからの三十数年が沢木の頭をよぎった。開業にあたって吉野がこの町を決めたのは、街の中心から少し離れた古い二階建ての雑居ビルの家賃が安いからと言う理由だけではないようだった。患者が来院しやすいようになど、彼の方針で患者には様々な配慮がなされていた。八畳ほどのフロアーには周りに不釣り合いな贅沢な皮のソファーがおかれ、横には畳の待合室もあった。深々としたソファーに何時間も満足げに座っている者や、畳部屋で黙々と弁当をたべる者。母親に連れられた不安げな少女や青年。声は大きいが要領のない話を繰り返す者。精神が不安定ということで職を失い閉じこもっている者。口を開くことも忘れたようなみすぼらしい中年の女性や身づくろいのしっかりした女性も。患者は大抵が大人しい貧しそうな人たちだった。彼らは決まった日に通院してきて、院長に話を聞いてもらい薬をもらって帰っていく。院長の優しさに触れて安心する。抱擁されたような名残で静かな残りの日々を送る。不安を抱いて毎日を送っているものもソファーにはゆっくり落ち着いて座っていることができた。そこは居心地のいい空間であり、生活のよりどころとしての柱だった。

年ごとに廃れていくこの街は、今は過去の面影をわずかに残しているだけだった。いくつもの地場の会社や商店は閉じられ人々の仕事がなくなる。そこではいわゆる社会的弱者が増えてくる。吉野はそれらの弱者の味方として、この古びた街で小さなクリニックを選んだのだろうか。それに満足しているのだろうか。野本と知り合ったばかりの頃、吉野がかつて激しい反体制運動の闘士であったことを彼から聞いて、沢木は少しは納得したものだった。ただ引退した闘士の静かな仕事だろうか、社会の底辺の弱者への力を生涯の仕事と決心しているのか。もしかして活動の黒幕としての隠れ家では、とふと思わないでもなかった。

患者の数は年々増え続け、沢木が月に一度ほどクリニックを訪れて、診察の合間に話をしたりするのも遠慮せざるを得ないほどだった。吉野の空き時間を待つ間に、患者たちにも顔見知りが出来、畳の待合で彼らと将棋をしたりすることもあった。親しくなった患者たちは沢木をやはり、教授さん、と呼んだ。

たまにしか訪れない沢木にも時とともにクリニックの動きがわかってきた。希望者だけではあるが、毎週火曜日は近くの丘の散歩、木曜日はソフトボールかテニス。そのあとはみんなで銭湯へ行く。月に一回の俳句会は定期的に小冊子に印刷され配布された。春には弁当を持って花見に出かけ、俳句を作った。言葉が五七五に合い、句が活字になると誰も満足だった。

沢木は患者たちの笑顔に会うようになった。教授さん、教授さん、と呼びかけられることも多くなった。しかし相変わらず職を得てクリニックを卒業するものは少なかった。診察が終わっても帰らない者もいた。お茶を何杯もお変わりしながら、一日中クリニックで時間をつぶす者もいた。彼らにとってはクリニックに来る事だけが日々の大切な行事になっていた。底辺と言われるところでもそれなりに日常を送っている。生活保護の申請や往診なども吉野の仕事だった。そして長い時間じっと話を聞いてやった。貧しくて弱いものに彼は優しかった。夜間の呼び出しは何時ものことだった。彼らを支えている吉野は先生、先生、と慕われ頼られて忙しさは増すばかりだった。

自殺者が出るのが吉野には一番つらいことだった。自分の力不足を嘆くのではなく、死の寸前の彼らの悲しみ絶望を想像すると耐えられなかった。うつ病や幻覚の中で死んでいくものばかりではなかった。沢木は一度落ち込んでいる吉野から話を聞いたことがある。

「幻聴で悩んでいるという青年と話したことがある。幻聴が止まるかもしれないからやってみようかとある薬を提案した。彼は受け入れてくれて、二か月ほどしたら幻聴は消えた。しかし消えた途端に彼は元気を失った。数か月後彼は自殺した。ショックだった。回復しているのになぜ死ななくちゃならないのか。彼にはある女性の声が幻聴としてずっと入っていたのだ。彼にとっては、その声は病気の象徴であり、片方では心の支えにもなっていた。幻聴が消えた今、それからの彼には空白しかない。病気は良くなったはずだ。だが彼は先に何を見るのか。何を見て生きるのか。答えが出ない。そして僕には何ができるのか。彼にその将来に何を見させることが出来るのか。遺書は残していない、僕への恨みなど言わない。その時僕は医者として仕事を続ける自信を失くしかけた。どこかへ逃げて消えて行きたい気持ちだった」

そんな日々で三十年以上も経ったのだ。沢木の心にいつか吉野に対する尊敬の念が大きく育っていった。それにつれて沢木は吉野のふっと呟く、疲れた、と言う言葉や頬がこけていくやつれをも敏感に感じた。彼のほかの交友などは知らなかったし、医師会や学会でも異端児であろうことは推測できた。何か手伝おうかと思うこともあったが、何ができるわけでもなかった。時々一緒に食事をして好きな読書の話題でお互いに安らぎを得るくらいでいいのか、とも思ったりした。

年に一度の患者の作品発表会と年末のお祭りは大切な行事だった。近くのホールを借りて絵、写真、詩などを展示し、またギターを弾きながら歌い、詩を朗読する者もいた。患者の家族は嬉しそうに参加した。そこでも野本が準備に奔走した。沢木が感心する作品も少なくはなかった。親しくなった患者も増えた。

ケンちゃんという若い患者はいつも母親と一緒で、絵が上手だった。葉っぱや野菜、果物、花が得意だった。一度その絵を褒めるとそれ以来、親愛をこめて沢木を、教授さん、と呼びはじめた。沢木もケンちゃんと呼んだ。母親も笑顔を絶やさなかった。幼い頃いじめにあった彼は母親に励まされて強くなろうと体を鍛えた。筋肉は鍛えたが気が弱くかえって外出は少なくなった。時折外に出ても、何かのきっかけで怒りが爆発するともう誰も手が付けられなかった。ただ怒りは自分より弱そうなもののみに向けられた。暴れながら彼はいつも泣いていた。一度クリニックに来て吉野に気持ちを打ち明けて以来、そこが唯一の安らかな場所になった。

タミさんはまだ中年と言うには早すぎる美しい女性だった。少女の頃暴行されたトラウマから抜けだせないまま、いくつもの男女関係や宗教問題で疲れ、気力を失くしていた。部屋に籠っても閉所は嫌いだが、人の多いところも嫌いだった。気にかかることが消えないと騒ぎ喚いて、ある時クリニックへ連れてこられた。しゃくりあげて泣き通しだった。何がそんなに悲しいのかわからなかったが、まわりでもらい泣きするものがいるほどだったらしい。今は週に一度来院して薬をもらう落ち着いた生活を続けていた。短い美しい恋の詩を書いていて吉野に見せ、たまには沢木にも見せたりした。

年末の「なるサー」祭りは一大イベントだった。安いホテルだったがホールを借り切ってのお祭りだった。立食パーティに患者たちはいい服を着て集まった。吉野も正装していた。百名ほどだったろうか、患者の家族も時には市の施設の役人も参加した。何人かがスピーチをした。患者には様々な感謝状が与えられた。一年間の山登りを続けた人、クリニックの掃除をしてくれた人、就職できた人、などなど。吉野は参加者の前で各人を讃えた。みんなは恥ずかしそうにしていたが、にこやかで食欲も旺盛だった。ケンちゃんはネクタイ姿だったし、タミさんのお洒落はセンスがあった。最後は「なるサー踊り」で締めくくられた。院長のほか数名が壇上に上がり上半身裸になって踊った。吉野の痩せた裸は浅黒くどの患者よりも貧弱だったが、長い腕は頭上で生き生きとくねった。普段の院長からは想像もできなかったが、患者はそれぞれが院長の秘密を自分だけがつかんだような親しみを持ったにちがいない。何とかなるサー、明日はいい日になるサー。なるサー、なるサー。野本はそこでも活躍した。ケンちゃんに誘われて沢木も裸で踊った。ケンちゃんは筋肉を自慢し、ついでに沢木の体も褒めた。よー、教授さん、と声もかかった。沢木は目頭が熱くなった。

ある年の野本の挨拶を沢木はいつまでも覚えている。彼の話は上手だった。

「みなさん、私は少年のころから吉野院長の友人でした。それも用心棒です。先生をずっと守ってきました。それで大人になるまで付き合ってきた女性をみんな知っています。いつも裏切られ捨てられていました。そして裏切った女性もいます。みんな知っています。院長、院長、先生、先生と言われていますが本当はとても弱い人間です。それも知っています。先生はみなさんに支えられて毎日を送っています。みなさんが支えて、先生はやっとここにいるのです。そしてたしかに先生は医者です。患者さんの病気を治します。しかし、エイ、治れ、と言って治るものではありません。この薬で治る、手術をすればいい、と言うことでもありません。皆さん一人一人が持っている病気にどう対応するか、患者さんだけでなく先生も一緒に向き合っていく、そしていつか退治していく。先生はいつもみんなと一緒にいます、歩みます。これからもよろしく」

それで三十五年が過ぎたのだ。人生の半分以上と言っていい。入退院を繰り返す者、クリニックに来なくなったもの、自殺したもの、病死の者、もう長い間通っているもの、何千人もが吉野の前を通り過ぎていった。患者は心を開いて吉野を受け入れ、もっと深くと招き入れ、自分だけの特別の待遇を彼に求める。吉野はその訪問が終わるとまたつぎの患者の中を覗きに行かねばならない。孤軍奮闘だった。救いを求める患者たちとの戦いでもあった。あるいは彼らを砦の中にかくまい、重圧をかけてくる社会との戦いでもあった。昔、江戸時代などはこんな人たちも、村人や近所の人たちに食事をもらったりして、平穏に暮らしていたものだったよ、と沢木は吉野から聞いたことがある。自分は患者とともにその病気に向き合い、ともに日々を進んでいかねばならない。希望に満ちた明日ではないけれど、と。

沢木は自分の個人的な生活にしか興味を持たない性格だったが、次第に吉野に感化され尊敬の念は増していった。それにつれて心配も増えていった。吉野は時折り、疲れたと呟いた。最近は診察日も減らし、予約制にした。患者の数も一頃に比べると減った。沢木の気のせいか、吉野の頬が痩せ顔色も少し黒くなったようだった。

沢木は女子大学でフランス語を教えていた。教授という肩書をもらってはいたがそれほどの学問の実績はなかった。気が付くと長い時間だけが経っていた。真剣に学問に取り組むほどの学生のいない大学であったので、授業の準備にはそう苦労しなかった。なるべく全員に及第点を与えるようにした。好きな本を読み、フランスから取り寄せた雑誌を読み、時々頼まれて通訳をし、音楽を楽しみ、酒を飲んだ。新聞や雑誌に雑文を書き、何かの機会に喋った。年に二回、彼が学生の母親を招待してありふれたフランス詩人の生涯とその詩を紹介するわかりやすい講義は評判がよかった。数年に一度学生を連れての研修旅行ではたまにはフランスもあった。

平凡な生活だったが、風のない湖水の表面にさざ波が立つように、何かの前兆が心の中に起こってくるのを感じることがあった。これが己の人生なのか、このままずっと続いて行く人生なのか。さざ波が何を象徴しているかはわからなかった。いつか意識も失って灼熱の中へ飛び込んでいく何かの衝動にかられるのか、闇の一点に集中して吸い込まれじっと耐えながら消えていく自分を欲するのか。どちらにも激しい理由のない怒りのようなものを伴っていた。ただそうした心のさざ波が起こりそうになると彼は無意識のうちにそれを避け通常の生活に戻ろうとした。日々の生活ではなるべく気にかかるものは避けていたい。そのため結婚の時期と言われる時代もいつの間にか過ぎた。しかしこの平穏な生活もいつまで続くかわからなかった。大学の理事長が、先生お歳はお幾つになられましたか、と言ってきた時が退職の勧めだった。老後をどう独りで過ごすかまだ考えてもいなかった。

沢木は三十歳のころ三年間をパリで過ごした。日本の大学院を出ても仕事はなかった。帰国する予定の先輩がその部屋を紹介してくれた。パリ大学に聴講生として登録した。八階の狭い屋根裏部屋だったがその部屋は満足のいくものだった。天窓と床の間の隙間のマットがベッドだった。雨の時は天窓から漏れるしずくが顔におちて目覚めた。冬の寒い時は、部屋には小さなヒーターがあったが、天窓のガラスが凍り付いていていた。夜中に共同トイレに降りていきたくない時はワインの空き瓶が代わりだった。夏は濡れタオルを、すぐにぬるくなったが、頭からかぶった。天気がいい時は窓のすぐそばの「聖廟」の後ろから昇る朝日が美しかった。夕陽が家々の屋根や教会のガラスを照らした。夜はライトアップされた遠くの丘の上の寺院が見えた。

学位は持っていたので勉強に焦ることはなかった。会話にもすぐ慣れた。友人たちとのパーティーではよく飲みよく喋った。誰もが日本人に優しかった。映画や散歩で孤独も楽しんだ。何時間もカフェに座って通行人を眺めても飽きることはなかった。

ある日曜日の夕方、散歩の途中に雨に降られて傍の教会に駆け込んだ。教会では日曜日の夕方のミサでパイプオルガンの演奏がある。ちょうど良かったと思って入ると、大勢の人が座っている。特別の演奏会のようだった。荘厳な音が教会の石の壁に響き渡り、聴衆の頭を重苦しく押さえつけ、深淵に引きずり込む。バッハの「トッカータとフーガ」だった。沢木は学生の頃この音楽を大学近くの喫茶店でよくリクエストしたものだった。古いステレオ装置から流れる音の世界は、その先の荘厳さを想像させた。深い神聖な闇の世界に沈んでいくのもその音の先の想像だった。しかし何か不満足だった。だが今は違う、これはまさに本物だ。曲は深い地底から突然に噴き上がり、地上のものすべてのものに襲いかかり、引きずり込もうとする。必死で逃げようとするが、さらに追いかけてくる。身体を遠慮なく刺し震わせ、残酷なほどに食い込んでくる。そして身体を引き裂き粉末にして深淵にちりばめる。身体と心はきらめきながら霧のように深い闇に沈んでいく。もはや人間はこの音楽の前では頭を上げることはできない。これは神にささげる音楽ではない。神は深淵のはるか奥底にある。奈落である。その一点にすべては吸収される。人間の悲劇、悲しみはそこで永遠に癒される。

様々な想念に浸って沢木は感動の時間を終えた。演奏が終わってふと気が付くと隣に日本人の夫婦がいた。軽い挨拶を交わすとそれが吉野夫妻だった。

それから彼らの部屋に度々招待されるようになった。吉野の周りには日本人があまりいなかったせいもあったろう。沢木はいつも次の招待が待ち遠しかった。部屋は街の中心の大通りから入った閑静で瀟洒な建物にあった。三部屋あるうちの居間にはピアノが置かれていた。据え付けの家具は古い光沢を放っていた。ベランダには街路樹の枝が垂れ、緑色のカーテンになり、また鏡に映っていた。木の床は固くても靴の音は柔らかかった。開け放したガラス戸からは気持ちのいい風がいつも流れ込んできた。夕方から夜風に変わるとその香りも増した。由紀子の手料理のおかげで沢木は日本料理の渇望が癒された。ワインは沢木が普段口にする味と全く違うまろみがあった。

吉野は精神科の医者だった。沢木がなぜ精神科なのか尋ねると最初は、家内の親が精神科病院を経営しているものだからと答えていたが、思い直したのか持論を展開した。

「精神病院と言うでしょう、なぜ精神科病院ではないのか、内科の病院、外科の病院というでしょう、それが最初の疑問でした。そしてほとんどが閉鎖病棟です。それをだれも病気だと思っていない。病気は治るのにです。社会はその人が社会的に変なことをするかどうか、を問うだけです。その振る舞いがおかしいと判断されれば、閉鎖病棟行きです。夜勤のアルバイトで随分ひどいところを見ました。強制入院させられた若者が自分は患者じゃない、病気はもう治ったんだ、とわめいていました。看護士が数人で彼を殴っていました。彼は最初は哀願していましたがかなわぬとみて反撃しました。彼らの思うつぼでした。患者はさらに激しく殴られ翌日には死んでいました。日本はいつからこんなことになったのか。明治時代に精神衛生法というのが制定されてからです。いわゆる座敷牢を法定化したようなものです。あと何回かは改正されましたが、似たようなものなんですよ」

それから話は政治の問題にもなったが、沢木があまり関心を持たないようなので話は文学の話に移っていった。

吉野は文学、とくに詩については造詣が深かった。ある日古い通りを歩いていて、ヴェルレーヌここに死ぬ、という表札のある家を見つけた時は嬉しかったと話した。一階は、レストランヴェルレーヌ。その全集を買ってますます好きになった。フランス語はそんなに難しくない。彼がランボーをピストルで撃って、刑務所に入れられ、そこで悔悟した話。その後再び彼はある美少年と知り合って、田舎に家を買って一緒に住んでいたが、美少年はすぐに病気で死ぬ。自分はその家を小旅行で前日行って見てきた。晩年はアルコールに溺れ惨めに死んだが、その葬儀には多くの詩人が集まって彼を讃えた。

話は尽きなかった。沢木も喋った。自分の専門が十五世紀のフランスのヴィヨンという詩人であること。名門の出身でソルボンヌ大学を卒業しながら、無頼の仲間たちと交流を続けついに小役人を殺す。何度も刑務所に入り、絞首刑の寸前に恩赦で助かり、また売春宿を転々とし窃盗団に加わり、無頼を繰り返しながらいつしか人知れず消えて行った謎の詩人。その翻訳を一度出版したこともあったが、評判はさしてよくなかった。

またいくつかの雑文を発表していたので、一応はヴィヨンの専門家としての名前だけは知る人もいた。

吉野に話はしなかったが、沢木は自分の若い頃の無頼経験をヴィヨンの中に見ていたように思っていた。激しい喧嘩で相手を傷つけ逃げたことは何度もあった。血だらけの相手がその後どうなったか知らない。死んだかもしれないとふと思って、汗をかいて目覚めたのはもう何年も経ってからだったが、それが彼のヴィヨン研究のきっかけだった。才能に恵まれながら彼は何故その世界でしか生きられなかったのか。「往古のフランソア・ヴィヨンは威風堂々と酒場から酒場へと飲み歩いては略奪を行い、そこには群衆の歓呼の声の雑踏と、風塵のような狂える華麗な街の殺戮とがあった」ある著名な研究者の文章は沢木の心を震わせた。強盗に押し入る前夜の酒盛り。欲望に迷わされた夜毎の狂乱。歴史の古い残酷な絵本を見るようだった。彼はヴィヨンに憧れ実際にはありえないだろうがその生活を夢見た。そして怒りと悲しみと皮肉に満ちた詩。絞首刑を宣告された彼の詩は沢木の心に浸みた。沢木がパリでの住まいを決める時もヴィヨンの縄張りであったS・J通りを選んだのは当然だった。

そんな世界と縁のないような吉野の生活は沢木には羨ましくもあったが、妬む気持ちにはならなかった。美しい妻と優雅な生活と勉強は吉野にぴったりだった。帰国してからも保証は十分だ。この友情を長く大切にしなければならないと思うだけだった。

沢木は一人息子だったが、弁護士になりきれずに司法書士となった父親から厳しく教育された。高成績をあげて弁護士にならねばならなかった。圧迫に耐えきれず、ある日彼は父親を殴って家を出て不良グループに入った。無頼の荒れた生活でも文学部には入学できた。母親が陰で金銭面の応援をしてくれた。それは今でも続いている。沢木が吉野にはそれらのことを話すことはなかった。

沢木は頻繁に彼らを訪れるようになった。おいしい食事や気の合う話。また食後の由紀子のピアノは沢木の楽しみだった。沢木は次第にそれに惹かれるようになっていった。それが訪問したい気持ちをさらに助長した。素晴らしい演奏だった。しかし沢木は演奏する彼女の背中と腰と手の艶やかな動きに魅入られて、次第に曲が聴こえなくなっていくようだった。一曲弾き終わると彼女はいつも数秒うつむいたままでいた。乱れた髪から覗くうなじは白かった。そのうなじから沢木は彼女の表情を想像するようになった。沢木はその美しさに耐えられないと思った。聴こえなかった曲も次の招待まで消えることはない。彼は音楽があまりわからないという不器用さをなぜか二人の前で装っていなければならなかった。

一通りのパリの街を知ってしまうと、何時間も公園やカフェで過ごすことが一番の楽しみになった。公園で見る空は夕方になって陽が落ちかかった時が一番美しかった。空の青さが薄暗くなるにつれてますます透き通って来るのだった。ベンチで本を読み、昼寝をし、ウォークマンで音楽を繰り返し聴いた。ショパンのノクターンとプレリュードだった。由紀子の得意とする曲だった。

カフェでは通行人を眺めながらビールとワインを何杯も飲んだ。退屈ではなかった。もの憂さに身を任せると少しは心地よかった。学生街のそのカフェの前の石畳を、いろんな人種の若者が歩いて行った。一歩一歩の靴音が心に突き刺さった。彼は何か知らない拭い去れない哀しみが心の奥底に残っているのを感じていた。それを苛立ちだと思い込もうとしていた。それを抑えつけておかねばならない。今日はこれで終わりだと立ち上がって部屋に帰っても空しいだけだ。かといってこのままじっと座っていても何の変化もない。心地よかった空気が乾燥したまま周りに張り付いているだけだ。

通りの突き当りの公園の先に陽が沈もうとしていた。その時ふと背後を女性が通り過ぎる気配を感じて彼は振り向こうとした。だが彼はそれを抑えた。なつかしい空気の香りだった。由紀子だと思った。髪の間から覗く白いうなじと、肩の線、背中、腰の骨格が一瞬に蘇った。それは彼にとっては最後通告のようなものだった。数秒後彼は思い切って振り向いた。しかしそれは由紀子ではなかったが、その瞬間に彼は解き放たれたように確信した。俺は彼女に恋をしている、その身体にその存在すべてに。もうそれを抑えることはできなかった。忘れ去ることはできなかった。彼は喜びよりも甘い悲しみに陥った。

吉野から三週間も招待がないと、沢木の胸は苦しくなった。嫌われて拒否されているのではないかと不安になった。夜、天窓の真下のマットに横になったまま彼は身動きできなかった。天窓から欠けた月が見えた。沢木は自分より整った体つきの吉野が、由紀子を抱き服を脱がせている場面を想像した。なされるままに従う由紀子の姿態を思うと胸が締め付けられた。人の妻を自分はどうすることもできない。吉野の形のいい唇が彼女のうなじを這う時の由紀子の表情は、沢木を虚脱させ深い悲しみだけを残した。どうしようもない。嫉妬という言葉では表せない辛い空しさだけが冷たく身体を刺した。乾ききった喉の奥にいきなり塩辛い水分が逆った。

五月の天気の良い日の夕方だった。沢木は吉野の部屋のベルを押した。愚かで醜いと思った。しかし悲しみは愚劣さでしか癒されないのだ、と彼は自分で勝手に納得した。ちょっと近くまで来たので、しばらく彼には会っていないし、と彼は眼をそらしながらも精いっぱいの冷静さを装って挨拶を交わした。由紀子は部屋へ案内してくれた。沢木はその後姿全部を決して忘れないように目に焼き付けようと思った。由紀子がビールかコーヒーかと聞いてきて、彼は水をお願いしますと答えた。それ以外は咽喉を通りそうになかった。

吉野は昨晩は帰ってこなかったということだった。最近は教授の地方講演に同行したり、パリでも仲間内の議論で長引いて帰らないことも多い。疲れているようだが気持ちは高揚している。教授はアメリカでの著書の発売と講演で成功を収めて帰国したばかりだった。由紀子は淡々と話した。

何時になるかわかりませんが、お待ちになりますか、と問われて帰らねばならないのかと一瞬思ったが、彼はもう覚悟は決めていた。厚かましく口を開いた。

「一曲お願いできませんか」

「何を弾きましょうか」

「ゴルドベルグ変奏曲のアリア」

「難しいのをご存じなのね」

「ええ欲望を抑えつけたような単調な哀しみが感じられます。それが好きです」

夕方の最後の光に映えて街路樹の花が眼についた。薄紫の小さな靄のように枝にかかっている。桐の花だ。曲がはじまると陽は急に落ちた。彼は曲を聴きながら美しく優しく揺れる姿を凝視しそれから眼を閉じた。彼女の演奏姿を見なくても眼底に浮き上がらせることが出来るかどうか試そうとした。単調の澄んだ音を奏でる腕は、深海を泳ぐ白い魚のようである。それは悲しみに満ちて小刻みに震えている。その美しさはまわりをただ拒否している。薄闇の中でも白いブラウスを透して彼女の身体が見える。彼女の息の匂いを感じそうになった。衣擦れとその空気の微かな流れにも彼は匂いを感じた。それ以上は耐えられなかった。

　重苦しい曲が半分も終わらないうちに彼は早々に辞した。挨拶もちゃんとしないままだった。急に悲しくなった。甘い憧れが自分を拒否する前に、自らすべてを拒否しなければならない、と彼は石段に足を踏み出した時にそう思った。どうしようもないことはどうしようもないのだ。自分の動作や周りがすべて空疎だった。手足の動きに力が感じられなかった。すべてが無駄で虚しい。死と言う言葉が一瞬ひらめいた。窓を見上げるともうカーテンが閉められ、薄い光がわずかに漏れていた。桐の花がくるくる舞いながら落ちてきていた。気が付けば数秒おきにポトリポトリと落ちてくる。拾ってみると萼から離れた円錐形の一個の花のままである。

　その夕方の刹那を沢木は長い間決して忘れることはなかった。繰り返し思い出しては何度も同じことを考えた。あの時無理にでも手首を握って引き寄せ、せめて首筋にでも唇を押し当てることが出来ていたら、決してそれ以上のことを望んでいるわけではない。しかし間違いなく彼女は侮蔑の激しい平手打ちを返しただろう。それはそれでよかったのだ。それから年毎に記憶が遠くなるにつれ、むしろ想像は勝手に広がった。無頼漢詩人ヴィヨンが勝手に彼の想念に入り込んできた。精悍で凶暴で淫靡な笑いを絶やさない憧れの男。俺は恥を抑えきれないまま、彼のような凶暴な男に変貌すべきだったろうか。しかしそこにはピアノを弾く由紀子の白い項と肩と背中の肉が清楚な仄暗い光で漂っていた。彼はそれを見つめることで変貌することを拒否し、静かに悲しみに浸ることを決心していた。

　久しぶりに会ったのは吉野が帰国する一か月前だった。彼らは外で飲んだ。吉野の表情は興奮した後の虚脱状態に似ていた。

酒が深まると彼は古い悔悟を話すようになった。彼の師、M・F教授が日本を訪れたのは彼がフランスへ来る五年ほど前だった。彼はそのころ地方都市の公立の精神科病院に勤めていた。設備も整った一級の病院だった。近くには女囚の刑務所があった。すでに著作で名を成していたH・M教授はそこを訪れた。閉塞された環境や抑圧された個人の意識などから歴史を分析する、逆にその歴史から抑圧された個人はどう生きざるを得ないか。女囚刑務所は世界に稀に見る環境だと教授の賞賛を得た。

彼はついでに吉野が勤めている病院を訪問した。フランス語を少し話す吉野が接待役にあてられた。彼はまる三日間付きっきりだった。吉野はまたM・F教授の著作をよく読んで共鳴していた。不安定な発作を起こす者をすぐに入院させるのが当時の治療だった。特に患者が社会的弱者であれば強制入院は誰も異存がなかった。吉野はM・F教授の持論を引用してそれらに反対した。彼の論文に、古い医者は、大抵が裕福な医者たちだったが、またあの「アカのやつら」が、と非難していた。

数年たって彼はある少年を担当した。中学でいじめにあった彼は次第に両親へ暴力をふるうようになった。高校も中退し部屋に閉じ籠ってゲーム機をいじっていたが暴力は収まらなかった。初めは厳しかった父親も暴力には負けるようになった。親がある時町医者に相談した。町医者はすぐに強制入院の手続きを取った。病院内で少年は最初は暴れたが次第におとなしくなった。しばらくして吉野は両親と少年と看護師と一緒に面談した。少年は素直に詫び、両親は泣いて喜んだ。強制入院がよかったのかどうか吉野に疑問が残ったままだった。

退院の直後少年は牛刀を手に入れ、長距離バスを乗っ取った。女性が一人殺され数名が怪我をした。警官たちの強行突入で少年は逮捕された。テレビでも中継された。少年は病院では嘘をついておとなしく猫をかぶっていたと言った。両親を決して許さない、復讐するためだと繰り返した。

吉野に批判が集中した。凶暴な奴は閉じ込めておくべきだ。それを見抜けないのは医者として失格だ。吉野に反論はできたが、実際に女性が殺されていた。反論はさらに非難を呼ぶだけだった。遺族が病院を告訴してきた。

吉野はその病院を辞めた。フランスへ渡りM・F教授のもとで一年ほど勉強することにした。由紀子の父親が資金を援助した。その父親もまた、あの「アカ」が、とののしる医者の一人ではあった。

最後に招待された吉野の帰国前の食事は静かに終わった。会話は少なかったが、吉野はしきりに沢木の恋人について尋ねた。沢木には恋人らしき女性がいるにはいた。大人しい銀行員の娘だった。帰国したら結婚してもいいと思って相手も両親も待っていた。次の春にはこちらに旅行で来ることになっている、まだ婚約はしていない、式を挙げる時は招待するからな。それだけでその話は終わった。

沢木はお疲れでしょうからと言って、最後のピアノも断った。もう由紀子の姿は眼底に焼き付いていた。匂いや空気の流れは胸の奥からいつでも流れてきた。一個の物体として彼の中に生きている。彼は必死でそう思い込もうとした。そして決して手が届くものではない。触れ得る者ではない。これが不条理なのだ、彼はそう自分を皮肉った。納得しなければならなかった。帰り際に二人と握手した。顔を見ることはできなかった。由紀子の手を握るのは初めてだった。沢木の体を心地よい甘い悲しい衝撃が走った。

あれから四十年も経ってまだその時の事を鮮明に覚えている。意識を失くすほど酒を飲んで彼は北駅の近くの怪しげな地域に足を踏み入れた。初めての経験だった。危険を恐れる気持ちは全くなかった。むしろ危険を欲した。危険な男でも出てきたら俺は戦い間違いなくその男を殺す。酒で痺れた感覚にも悪臭と安香水の匂いが満ちていた。それが心地よかった。手持ちの金は使ってしまった。少しの満足にもならなかった。砂のような肉体への無味乾燥の一瞬だった。寒かった。空しさと怒りしか残らなかった。

暗い石畳を歩きながら、愚劣だ、生きていることは愚劣だ、おれは愚劣の塊だと呟くように考えた。何をもっても埋めることのできない空虚を内包した俺は一個の愚劣の塊だ。あと二年自分はパリで過ごす。淡々とした生活を続けるだけだ。もうこれからはどんな女も愛することはできないだろう。決して甘い憧れのようなものを感じてはいけないのだ。一切を拒否する。俺は石のように生きる、愚劣な一個の塊としてただ生きる。

部屋へ帰って彼はその銀行員の娘に手紙を書いた。帰国しても会わない。理由のない簡単なものだった。

由紀子の相談を受けてからも沢木はまだ真剣に考えていなかった。思い出に浸って流れるままを見ていたに過ぎない。吉野が、三か月たったら沢木に相談すること、と言い残したこと、そして今の状況は何を意味しているのか、自分は何をすべきか決めなければならない。その必要があれば彼を救わねばならない。また眼底に焼き付いている由紀子の面影を再び眼前に呼び戻さねばならない。それが幻であっても。

沢木は吉野とは共通の話題で何時間も話して飽きなかったが、その付き合いの中で何かが欠落している感じは拭えなかった。自分のことはよく理解してくれていると思うものの、彼のことはもう一つ踏み込めないでいた。それは吉野の生い立ち、青少年時代を知りたいと思う反面、触れてはいけない柔らかな暗い領域を感じざるを得なかったからだった。幼い頃、炭鉱町で育ち電気技師だった父が事故で死んで以来苦しい生活を送ってきたこと、その炭鉱町の病院の院長に育てられたこと、一度吉野が恥ずかしそうに話したことがあった。院長のあと取り息子も吉野の同級で医学部に入ったが、今はその病院はない。成績優秀だった吉野と幼馴染の院長の娘が結ばれるのは流れとして不自然ではなかった。

よくある話で沢木は別段気にもしなかった。炭鉱町で育った吉野が学生運動に身を投じるのは何ら不思議ではない。そして正義感だけでなく持ち前の優しさで社会の底辺の弱者に気持ちを寄せるのもうなずける。医者としての仕事ぶりは誇りあるものだ。確かに沢木がそこに魅かれたのは間違いなかった。

だが信念のために日々を送りながらも、何かが自分の足をすくい泥沼に引きずり込もうとしている不安を無意識のうちに感じていたのではないだろうか。沢木もそれを感じ吉野のもろさを心配した。確実な生活を送りながら、突然ある時すべてを捨てて破滅の淵へ自らを投げ込んでいく、なぜそうするのか、そうせざるを得ないのか。

沢木はある衝動を忘れることが出来ない。クリニックの経営が軌道に乗って、吉野の表情も柔和になっていた頃だった。彼への尊敬の念も増していた。市の福祉課や保健所の職員もしばしば訪れて来た。沢木はなぜか吉野に似合わないと思った。その時襲ってきた衝動はなんだったのだろうか。沢木には苦悩に歪んだ吉野の顔が浮かんできた。それは吉野にふさわしかった。破滅、と言う言葉が閃いた。沢木はそれを期待している自分を感じて驚いた。恐怖に似た空気が胸を撫でて行った。沢木は忘れようとした。

「なるサー祭り」の時期になった。由紀子に頼まれてからもう二か月が過ぎていた。沢木はまだ診療所閉鎖を実行する決心がつかなかった。それよりも先に「なるサー祭り」に参加していた元患者や毎年の参加者には院長の不在と祭りの中止を知らせなくてはならない。それを口実に沢木は久しぶりにその駅に降り立った。由紀子にも会いたかった。静かな懐かしさを味わいたかった。電話の応答はなかった。沢木は幾分ほっとしながら野本に電話をした。彼は喜んで出てきた。二人だけで、何とかなるサー、で飲みましょうか、と相変わらずにこやかだった。

さびれていく商店街だったが、ジングルベルが鳴り、まばらではあったが照明が色とりどりに点滅すると、それなりに精いっぱいの歓びが溢れていた。大学でも女子学生たちが様々な企画をして沢木を招待することがあったが、僕はクリスチャンじゃないから、といつも断るのだった。音楽は心地よく懐かしいものだった。だが彼には遠い昔の懐かしい悲しみが付き纏って他人と浮かれる気持ちにはなれなかった。

パリのシャンゼリゼの並木は紫と白の霧のような照明に飾られ、十二月いっぱい続く。帰国する前年のクリスマスは忘れることができなかった。一キロも続くその静かで美しい並木の照明はなぜこんなに悲しいのか。パリを去りたくないという気持ちと帰国すればまた懐かしいけれど、由紀子に会わねばならない。その畏れと、苦悩が想像される。涙でぼやけるイルミネーションが彼の脳裏を去来するのだった。

野本は風邪気味だと言いながらよく飲み食った。接待の女性をからかい落ち着いていなかった。沢木は野本が何か隠しているのではないかと思った。やっと野本が喋り始めたのは時間も相当経ってからだった。

「実はこの前は簡単に言いましたが、この一、二年、私服警官がしつこくなりましてね、震災以降です、それもおおぴっらにね、昔はそれでも誰もわからないうちに現れて消えてたのに、と先生が言っていました。この前なんか、僕の会社にも来ました。クリニックに覚せい剤患者らしきものはいないかって。先生のことを調べに来たんですよ。ひやっとしました。実は時々夕方になってから、青白い顔をした若い者が会社に来ることがあるんです。ポンプくださいって。可哀そうで時々は売ってやります。飲み屋のマダムみたいな女性がタクシーで乗り付けて大学の先生の名刺を見せて注射器をたくさん買っていったこともありますよ。そうだ、私服は名刺も置いて行きましたよ。樽田とかいってました。この前はケンちゃんも質問されたらしいです。私服と知らず、ケンちゃんが先生は福島だ、と答えたと報告した時、先生に随分叱られたそうです。ケンちゃん、しょげてましたが。先生と出かける時、教えられたこともあります。後ろを見てみろ、あれだ。やっぱり、私服の樽田でしたよ。そして先生が不思議なことを言ったこともあったな。あいつはおれの学生時代からの担当だって、そんなに何十年もやるのですかね。何の意味があるんですかね。ついこの前もいましたよ」

沢木はその反体制運動のことについて、吉野から真面目に話を聞いたり、考えを求められることはあまりなかった。同調者として安心しているのであったろうが、寂しいことでもあった。まして私服のことなど沢木はまったく知らなかった。

別れ際になって野本が言った。二人とも酔っていた。

「今日は体調があまりよくない。今までこんなことはなかったんですがね。クリニックは年が明けてから取り掛かりましょう。僕もちょっと疲れました。大切そうな書類だけは選んで、あとは「何でも屋」に全部任せましょう。一日で終わりですよ。それで先生ともお別れかな。五十年の付き合いもあっという間ですね。昔のことを昨日のように覚えている、これがいけないですな。五十年前のことが昨日だったら、その五十年はなんだったのでしょうね。先生がいなくなる前に言ってました。高校一年の時におふくろに買ってもらった白いスポーツシューズがいまだに懐かしく思う。それが一番の思い出だって、あのころは貧しかったのにって。こうやって人間はあっという間に五十年、七十年、そして死んでいくんですね」

沢木はこれが終わったら多分君と会うことはないだろう。そしてお互いにどこかで死んでそのままだ、今日は何か自分の知らないことを話してくれと頼んだ。自分の三十五年の推移とも並べてみたかった。

この三十五年の成り行きはそう変わったことではなかった。吉野がパリへ行くとき由紀子は親に相談もせずに同行した。いずれ病院を継いでくれるならと義理の父、院長は譲歩した。帰国してから吉野は猶予をもらっていたが、その院長も死んだ。吉野は跡を継がなかった。病院は売却された。彼にはどうでもいいことだった。

「先生のクリニックの三十五年は一瞬のような感じですね。空しく哀しいですね。これで終わりですかね。ただね、教授、僕も歳のせいか時々変なことを考えるのですよ。先生、何か人に言えない病気じゃないかって。疲れたと言うことが多くなってきていました。体の芯に何か異常があるような気がしましたね。教授も気付いていたんでしょう。随分痩せてきた。冗談で、先生エイズでももらってきたんじゃないですか、と言ったことがあるんです。先生、笑いもせず否定もせず、聞こえないような顔をしていましたがね。まさかエイズではないでしょうが、どこかで何かの病気の治療をしている、そんなことも考えられますね。僕たちに言いたくなくて。まさか外国ってことはないでしょうね」

沢木は一瞬でも野本の話を信じたのが嫌だった。半分信じかけてあわてて否定したからだった。確かに十年ほど前、吉野の師のM・F教授がエイズで死んだというニュースを聞いたことはある。だが二人はその話をしたことはなかった。今、野本の話からどこか外国の衛生状態の悪い病院でじっと死を待っている吉野を想像して沢木はぞっとした。

また昔読んだトーマス・マンの小説を思いだす。主人公の天才作曲家アドレアンは芸術の不毛と孤立を乗り越えようとして長い苦悩の末、娼婦からの病毒感染によって霊感を得るという「悪魔との契約」をする。悪魔との長い会話が続く。やがて彼は狂い自滅する。何とも不可解な小説だった。それほどの深い残酷な苦しみが人間にあるのか。そして沢木はなぜ今それを思い出したのか、自分でもわからなかった。

「実はずっと迷っていたのです。教授に隠してたんですが、今日はいい機会だ。もう三十五年、いや四十年も前になるかな、先生が僕に持ってきたものがあるんです。これは小説だ、おれが生きているうちは陽の目を見ない。誰にも見せるな。死んでも十年は出すな。人それぞれに秘密はあるものですね。それ以来、これについて先生はなんにも言わない。先生も忘れているかも知れない、うん確かに。これを教授、あなたに渡します。僕はこうしていますが、最近は体調も良くない。借金も増えて、いつ首をくくるかわからない。これが何か事があっていい加減なところに捨てられても困る。僕もこの頃、少し疲れましてね。年金の出る歳にもなったし、もし診療所を片づけるなら、終わったら僕も引退して家内の里にでも帰ります。先生の奥さんも別れるつもりでしょう」

中年を過ぎてからどちらが先に死ぬかな、という冗談は普通だった。沢木は体には自信があったがこれから何があるかわからない、それにそんな重たいものを預かりたくないという気がしたが、読んでみたいという気持ちを抑えきれなかった。吉野がこのまま姿を見せなかったら、それは許されるだろう。だが今はまだ読む気にはなれない。何かのきっかけがなければ読むことはない。それは多分、自分に大きな衝撃を与えるものだろう。あるいは自分が何かに打ちのめされて立ち上がれなくなった時に読むべきものだろう。野本は紙の紐で括られた茶封筒を鞄から出した。封筒は風化して端から破れて崩れそうだった。中を見せないまま、別の紙袋に丁寧にそれを包んで野本はすぐに帰った。

吉野が帰国して二年後に沢木も帰国した。吉野はクリニックを開業したばかりだった。パリでの贅沢な生活から見て、仕事場をこの煤けた街を選んだ吉野の気持ちが沢木には最初はわからなかった。由紀子もよく承知したものだ、義父からの資金援助は十分にあるだろうに、が疑問だった。義父の病院をそのまま受け継いで経営するのを断ったからだろう。それでも吉野の気持ちを理解するのに時間はかからなかった。すぐ後に彼は自宅を建てた。

由紀子との再会はその新築の家だった。由紀子は変わっていた。というより、沢木が変わったという方が正確だったろう。涼しい風の吹き抜けるパリの部屋の華やかな由紀子ではなかった。普段着を着て沢木に忙しそうにお茶を入れる姿だった。二年ぶりに見る日本、そこに立っている現実が、まだ彼には実感としてない時だったからだろうか。由紀子へのあの熱い思いは消えたが、鬱積された哀しい欲求はその傷跡として残っていた。そして彼女はいまだに沢木にとっては拭い去ることのできない対象だった。目の前にいる由紀子が仮の映像でも、それへの情念は深く残っている。ますます沢木の心に突き刺さる。いくら欲しても、彼女を抱きその肌に触れることはできない。それをはっきりと認識しているからこそその存在そのもの、姿そのものは眼底に石のように居座っている。その対象への情念は心の奥底で冷たく燃えている。沢木はそれを大切にしようとしていた。

何度か訪問して食事をしたが、昔のようにピアノは弾いてくれなかった。沢木も頼まなかった。落ち着かない由紀子の前でパリの思い出も文学論もはずまなかった。

由紀子がある時沢木の訪問を断った。それを告げる吉野に気を使わせまいと沢木は平静を装った。沢木は由紀子が彼の心の中の煩悶を知ったに違いないと確信した。それは一種の歓びだったが、現実としては辛く悲しいことだった。

沢木はちょうどその頃大学の職が決まったばかりだった。さまざまな用件を確実にこなして日々を送っていた。時には意味もないような雑事にも熱中した。それが悲しみを忘れることだった。時間がかかったが彼はそれを克服した。そしてその癖は抜けないまま彼のスタイルになった。クリニックへ行くと吉野は何もなかったように歓迎してくれた。

いつの頃からだったろうか、その界隈に足を踏み入れることが習慣になったのは。ある時、吉野と簡単な夕食をとって別れた後、沢木はその風俗街を散歩することにした。意識はしていたが、気づかぬふりをして自然に足がその界隈へ向うままにまかせていた。

その一帯にはバランスの悪い原色のネオンがけたたましい音楽とともに氾濫している。ネクタイはしているがだらしない若者が客引きをしている。沢木は何も選ばずただ眼についた入り口へ入った。うす暗いフロアーに週刊誌ののったテーブルが一つ、椅子が五、六個おいてあり労働者風の男が二人雑誌を見ている。石鹸の匂いが不安を取り除いてくれた。誰か指名は、と訊ねる事務的な男にいやと首を振るとそのまま二階へ案内され、蒸し暑い蒸気と香水の匂う部屋に入れられた。化粧をしているがみすぼらしい女がいた。初めてだった。

あれは由紀子が彼の訪問を拒否した日の帰りだったろうか。それとも大学の仕事にも少し慣れた頃、授業の終わりに女子学生が一斉に立ち上がる時にむせるような化粧臭と体臭が彼を襲った時だったろうか。それはもう三十年も前のことになる。

沢木には昔のような悲痛な気持ちはなかった。由紀子にいつか拒否されるであろうことはある程度覚悟はしていたのだ。深層の心の闇では、むしろそれを望んでいたのではないか。由紀子は偶像であり、仮の現象であった。絶対に己のものにすることのできない対象だった。だからこそ彼はさらに欲することができた。それは悲しみや絶望でもなく、沼の底の泥濘のような安らぎであり、安心感であった。今この蒸気の満ちた部屋で、女の肌に触れる時、一瞬由紀子の匂い、雰囲気が閃く。しかしそれは彼女への欲望というより、何かへの哀しい希求だった。

界隈は時とともに推移した。世の中の景気に連れて光の溢れ方は変わった。薄暗く音楽も静かに、あるいはさらに激しく流れる時もあった。顔見知りの客引きも女も変わって行った。たまたま三度ほど会った女に、お金を貯めたら国に帰って小料理屋をしたい、あなた独身でしょう、一緒に来ない、と言われたこともあった。沢木は数秒間それを想像して楽しんだ。誰に知られることもなかった。

クリニックに来ることはここに来ることと同意語だった。それが三十年以上続いたのだ。夏は界隈全体が蒸されたように暑く、異臭も漂った。春の夜風には下品なネオンも懐かしく見えた。冬の夜風は風呂上りに体に冷く淋しかった。時には怒りのように激しい性を求めたこともあった、諦めのように静かな時も、また素性も知らない女に限りない優しさを覚えたことも。次々に異なる肉体が彼の胸の上を通り過ぎて行った。そしてことごとく過去の闇に消えて行った。反省や悔悟と居直りを交互に覚えた。愚劣な秘密、と惨めさに陥りそうになると、それは意識して避けた。もう忘れてしまったが、昔はなにかに憧れを抱いたこともあったような気もする。激しく希求したことも。そんな新鮮な気持ちの時もあったと自分を慰めた。しかし時は流れて行った。ある時、なじみの客引きに、よう、ご老体、と冗談で声を掛けられた時は不敵な面構えを意識して、彼にニヤリと笑みを返した。ここで俺は三十五年という時間と肉体の一部を費やしたのだ。

吉野の原稿を持ってこの界隈に来るのは少し気が引けたがすぐに居直った。人には言えない愚劣さ卑屈さ俗っぽさに浸るのが沢木には一種の安心感だった。それで貴重な原稿を手にしていることが今ふさわしいようにも思えた。ただ失くさないようにコートのポケットにしっかりとねじ込んだ。

懐かしい場所だった。帰って来たと思うことすらあった。慣れてしまった石鹸の匂いと暖かい湯気、毎回変わる女の肌と安香水。様々な肉の感触も同時代の女から娘に近い感触になって行った。ここに来るのも最近では義務のように思われることもあった。そして安心することが出来た。音楽やネオンはいつも煩わしかった。

受付の小さな窓口に見慣れた顔があった。あ、教授さん、と声をかけられても恥ずかしさはなかった。ケンちゃんのお母さんの仕事場だった。ケンちゃんは元気ですか、と聞いたがすぐに返事はなかった。しばらくはケンちゃんに会っていない。覗き込むと暗い声が帰ってきた。「死んだよ」

沢木はお母さんの仕事が終わるのを待って話を聞いた。

それは半年くらい前のことだった。ケンちゃんはある日クリニックへ行くためにバスに乗った。降り際に小銭がなかった。一万円札におつりは出なかった。謝るケンちゃんに運転手は舌打ちを返した。侮辱されたケンちゃんはシートベルトで動けない運転手を殴った。殴っているうちにさらに怒りが増してきた。乗客は誰も止めなかった。運転手はドアを開け警笛を鳴らし続けた。そこを通りかかった男がケンちゃんを止め引きずりおろした。ケンちゃんは暴れたら止まらなかった。男はケンちゃんを投げ飛ばし地面に押さえつけた。首筋を膝で押さえつけられ手は背中へねじ上げられた。ケンちゃんの顔には砂が食い込みこめかみからは血が滲んだ。ケンちゃんは痛いと泣いていた。男は止めなかった。男はクリニックを偵察に来た私服の樽田だった。偶然だった。やっとケンちゃんが必死の力で男をはねのけて逃げたが、クリニックの前まで来たときにまたつかまった。揉み合っているうちに入り口のガラスが割れ、今度は男が倒れた。男は動かなくなった。周りの者が男をクリニックへ運んだ。ショックで心臓が止まっている、と院長が言った。ＡＥＤ除細動器が当てられた。院長は注射を打ちマッサージを続けた。ケンちゃんの興奮は収まらなかった。

ケンちゃんは泣きながら繰り返し叫んでいた。先生、こいつを殺してくれ、生かさないでください、お願いです、先生、なんでそいつを助けるんですか、先生。救急車が来て男が連れて行かれてもケンちゃんは泣き止まなかった。先生、どうしてですか、あいつは悪い奴です、スパイです、先生。吉野は院長室に入って鍵をかけた。ケンちゃんは泣きながらいつまでもドアを叩き続けた。

それで終わればそれでよかったのだ。ケンちゃんの興奮が収まるのに時間がかかっても何とかなっただろう。吉野は母親と一緒にバス会社に謝りに行った。その一週間後のことだった。ケンちゃんが久しぶりにクリニックへ顔を出した。受付で少し恥ずかしそうにしていたのも束の間だった。また偶然に樽田が入ってきた。菓子箱を風呂敷に包んでいる。ケンちゃんの顔色が変わったのを誰もが見た。そして少しずつ後ずさりしながら出ていくのに気付かないふりをした。男はケンちゃんを無視していた。樽田は長々と吉野に喋ったらしい。

「先日は本当にありがとうございました。先生は命の恩人です。救急隊の方に言われました。先生がいなかったら多分命はなかっただろうと。まだ死にたくありませんから。まさかあそこで私を助けないでおこうと思ったわけではないでしょうね。先生と私は本当に縁がある。二人だけの縁もある。もう何十年になりますかね。私もおかげさまで警察を辞めてからもいろいろ使ってもらっています。これからもよろしく。先生とは長くやっていけそうだ。ところで私の家内ですが、ひどい鬱病です。今度診てやってくれませんか。先生だったら安心だ、評判もいい」

樽田はしばしば来院するようになった。クリニックへ来る従来の患者は次第に減っていった。院長は樽田を断ったが、彼は愛想笑いをしながらまた来た。ケンちゃんはもう姿を見せなかった。患者が誰も来ない日もあった。そんな日は院長は一日中部屋に閉じ籠っていた。そしてケンちゃんは三か月後に自殺した。患者の死であれほど泣いた先生を始めて見た、と誰もが言っていた。沢木は吉野の苦悩が想像できた。いたたまれなかった。

ケンも三十五になったばかりでした。なにもなくなってしまって、こんなものですかね、仕方がないです。ケンちゃんの母親は落ち着いて話してくれた。


いつものホテルは満室だった。何軒か探したがなかなか見つからなかった。湯上りで寒くなってきた。何軒も回るうちに滑稽さ、惨めさが消えて自信に似たものが湧いてきた。だれもこんな自分を知らないだろう。もし学生と会っても俺とは気づかないだろう。しかしなんというつまらないことをしているのか。まさに愚劣だ。誰もこんな愚劣な俺を知らないだろう。先刻は腹が減ったという女の頼みでラーメンの出前をとったのだった。湯気の中のラーメンは空腹に浸みた。今日初めて会う、学生だと言った女。干からびていく俺の肉体は醜いか。

日頃は期末テストでも全員を合格させるためになるべく易しい問題を出す、カンニングも許す優しい教官だ。学生には少しでもフランス語を齧ったという記憶さえ残っていればいい。彼女らはまだ若い。誰もがまだ将来の希望や楽しみをなんの疑いもなく持っている。それが虚しいものだとやがて知るだろうが、それも未来の意味だ。だが愚劣の俺には未来はない。老残と死に向かって愚劣に生きるだけだ。ならばもっと愚劣に生きていかねばならない。情熱をもってそこに集中していくべきだ。それを愛すべきだ。

吉野の苦悩に歪んだ表情が思い浮かぶ。吉野ともと語り合っておくべきだった。望むものを捨てろ。意味のないことに生きることを怖れるな。そうすれば生きることに煩悶はない。

やっとベッドにもぐりこむことができた。シーツも替えられていない。なま臭い惨めな部屋だ。服のまま横になる。なかなか眠れそうにない。だがなぜか安らかな気持ちだ。

今ここそこで吉野の原稿を読むべきだった。小説であろうと告白であろうと三十年前の遺書であろうと沢木はすべてを受け入れることが出来そうだった。吉野の苦悩を全部俺が引き受けてやる。お前が苦しみながら生きてきたこと、その様を決して忘れはしない俺がいる。安心して現実の世界から姿を消してくれ。汚い安宿の暗い電球のもとでこそこれは読むにふさわしい。

吉野の原稿は三十枚ほどの短いものだった。原稿に彼の名前はない。タイトルは「小説」とだけ書かれている。沢木はその「小説」に衝撃を受けたが、それはすぐに消えてもの悲しさが残った。彼の苦悩を感じると、それは吉野へのいとおしさに変わっていった。おそらくこれは四十年も前のことだ。いやそれ以上だろう。すべてが真実ではないだろうが、吉野がこれを書かざるを得ない気持ちになって、また野本へ預けた気持ちは理解できた。原稿用紙は変色して読めない個所もあった。まだ三十歳前の吉野のペンは若々しくぎこちなかった。沢木は一度読み通してから、もう一度気になるところを繰り返して読んだ。最初は彼がデモで逮捕されたところから始まっていた。

「まさかお前が逮捕されるとは思ってみなかったろう。あの日デモの帰りに僕を取り押さえた私服警官がにやりと笑いながら言った。僕はその意味がわからなかった。まさに思ってもみないことだったので、それほどの緊迫感はなかった。しかしその言葉は拘置、保釈、裁判という時間の中で次第に重く僕の頭上にのしかかってくるようになった。一つには僕の数年間の活動に対して無視するという限りない侮蔑の言葉である。僕の行動の一つ一つを見透かしてマークして適当なころを見計らって逮捕する。理由はなんだってよい、おれたちは深刻ぶったお前たちに因縁をつけてくだらないゲームを楽しんでいるのさ。歳は同じくらいなのに、妙に老けた私服の狡猾な眼。思い出すたびに僕は怒りよりも激しい恥辱に耐えられなかった。そうだ、まさに僕は逮捕されると思ってもみなかった。凶器準備集合罪、傷害罪、公務執行妨害罪、あまりにも大げさな罪名だった。裁判が公正なものだったら何の時間もかけずに僕の無罪は証明されるはずだった。

逮捕される三か月前のK大学での集会が僕の罪の現場であるということだった。裁判が始まって証拠写真が出され、何かを投げている見知らぬ男が僕だということだった。それが事実であるかどうかは権力にとってはどうでもいいことだった。僕はその時いままで何に向かって闘争を続けてきたかということを改めて知った。ふとかすかな恐怖が背中を掠めるのを覚えた。絶望へ滑り落ちていく一歩なのか。権力は有無を言わさず対象を抹殺しようとする。無力なものに無意味な態度を強要する。愚劣な巨大な力を持って僕を一片の小さな愚劣の塊にしようとする」

未決囚の日々の生活、仲間の励ましの面会を少しうるさく思い始めてきたこと、次第に闘争への彼の力が必要とされなくなり、保釈後は自然に身を引いて行ったこと、が書かれている。内ゲバ、R派からの攻撃を怖れて身を隠し精神的にも追い詰められた不安な日々も続けられている。裁判の日は出廷しなければならなかったが、それ以外では表に出ずに彼は炭鉱町のT病院で働いている。アルコール中毒患者や自立の出来ない無気力な人たちばかりだった。病院は病気を治すところではなく、隠し捨ててしまおうとする家族のためにあるようなものだった。退院するのはわずかで大半はすぐに戻ってきた。T病院はかつての親友Mの父の病院だった。その親友は大学二年の時退学処分を受けて行方不明になり自殺した。昔のことだ。

吉野の文章には子供の頃のことが語られている。彼の父親は炭鉱の会社の電気技師だった。人望が厚く会社からも労働者側からも信頼を得ていた。また技術力のためT病院の営繕を手伝うことも多かったので、院長とも個人的に親交が深かった。その父が事故で死んだのは彼がまだ小学校の時だった。途方に暮れた家族を院長が引き取ってくれた。母が女中として離れの一間に住むことが出来た。利発な彼を院長は自分の子供の学友にしたかったのだ。彼らは兄弟のように育った。坊ちゃん、坊ちゃんと大切にされるMの前で、幼い吉野は自分の位置はちゃんとわきまえていた。Mはそれをごく自然として振る舞った。長髪の美少年のMと丸坊主の吉野だった。二人はじゃれあうようにいつも一緒だった。次第にM

が指示を出し吉野がそれに従うようになっていったのは仕方がないことだった。

　ある夏のことが淡々と書かれている。あまり暑いので二人は水風呂に入って遊んでいた。自分の性器を見せ合い、お互いに触ったりしていた。そのうちにMが面白いことをしようと、吉野を妹の部屋に誘った。広い家には誰もいない。部屋でMは引出しをあけて妹の下着や洋服を出して吉野に触らせた。彼は揉んだり引き延ばしたりしながら不思議な気持ちになった。Mはもっとやれと勧めながら吉野に体を押し付けた。がそれ以上進まなかった。いきなり吉野は射精したのだった。

　中学高校になると成績に差が出た。吉野の成績は県内でも上位にいた。院長はそれも喜んだ。息子と一緒に医学部に合格してくれたら学費は任せてくれと言った。吉野は毎晩Mの部屋へ通って勉強し問題を解いた。吉野はMに教えるために結局二度その問題を解いた。Mの母は嬉しそうに夜食を運んできた。妹の由紀子が一緒に夜食をとることもあった。由紀子はお兄ちゃん、お兄ちゃん、とMを特に慕っていた。吉野にはよそよそしい態度でしか接しなかった。

　Mは革靴で学校に通う背の高い長髪の似合う生徒だった。学校では吉野はいつもMについてまわった。腰巾着と悪口を言われたが悪い気はしなかった。夜と昼とは支配権が逆だった。

「二人でそろって医学部に合格した祝いの席で、将来二人でこの病院をやってくれたらなと院長が言った時、僕はふと空々しさを覚えた。酒気を帯びた院長の赤ら顔に僕は憎しみに似たものを感じ始めた。将来ずっと彼らの従者として僕を囲って行こうというのだろうか。

　入学と同時に僕たちはふと疎遠になった。僕は安い下宿に住み酒と麻雀を覚え怠惰の味を知った。彼は磨き上げた車で通学した。彼は昔ほど僕を必要とはしなかった。それでも時折り二人で過ごすこともあった。ある時彼が初めて女を経験したと言った時、僕は賞賛の言葉を送りながら、彼のセーターの下の肩のふっくらとした膨らみに激しく嫉妬した。

休みにも僕は郷里に帰らなかった。母は僕の入学を見ないまま亡くなっていた。僕はアルバイトで稼ぎながら収入の大半を酒に変えてしまっていた。約束通りに院長は学費を出してくれたがそれ以上頼るべきではなかった。戻って来るたびにMは女の経験を語った。父の目を盗んで空いた病室の鉄製のベッドに看護婦を抑えつける話はいつも僕を興奮させた。ちょっと優しい声をかけるとすぐに夢中になってくるぜ。僕は見覚えのある看護婦の姿態をどれほど悲しい気持ちで思い浮かべたことだろう。時に僕はその看護婦が由紀子の顔をしている気がして嫌な気持ちになった。そんなことはありえないはずだった。僕は必死の気持ちでそれを追い払った。嫉妬だったのだろうか。ただ由紀子を犯し奪い取る想像がふと浮かぶと、それは僕を力づけてくれた。彼女を愛し始めていたのだろうか。

由紀子はたびたび出てきた。兄の部屋を掃除し食事を作った。仲がいいのを見せつけるように僕も呼ばれた。ある時など酒を飲み過ぎて部屋でそのまま眠ったことがあった。咽喉が渇いて目を覚ますと、Mを真ん中にして向こう側に由紀子も眠っていた。昔の悪戯が思い出されて僕は興奮した。そして布団の中の由紀子の肉体を想像して、兄妹として共通のものを持っているMを憎んだ。

僕の生活は苦しかった。Mに金を借りるしかなかった。前の借金の残ったまま、ある時次の借金を頼むと彼は露骨に嫌な表情をした。それから度々僕は返す意思もなく金をせびるようになった。彼は僕を避けるようになった。しかし僕は止めなかった。ある期末、僕は二つの科目を落とし、追試を受けることになった。Mは及第していた。僕がテストで彼に負けたのははじめてだった。いつものように金を借りに行った僕に、彼は誇らしげに要求よりも多く出した。それは僕らの友情の終わりだった。
Mの自殺の原因の大半を僕が占めているのは確実だった。誰もそれを知らない。誰も理解できないだろう。永遠に闇の中に閉じ込めておくのだ。しかしそれを思い出すたびに僕の胸は締め付けられる。胸が抉られるような恥ずかしさに責め苛まれる。その当時、僕も自殺しようと思うほど苦しみ、その恐怖にも捉われていた。しかしそれももう昔のことだ」

僕は今、運動から身を引いてT病院で働いている。何故あれほど激しく運動に没頭していたのか、自分に問うこともない。今はただ患者への深い思いやりについて書かれているだけだ。

「患者の中に、小学生や中学生が何人もいて僕はいつも痛ましい思いに胸をふさがれた。駆け落ちした母親に捨てられた少女は愛くるしい眼をいっぱいに広げていたが、決して泣こうとも口を開こうともしなかった。アル中の父を持つ少年は母親への虐待を見かねて、ある日突然自分の体が輝きだして、不幸な家庭を救う救世主になったと宣言した。彼はいつも病室で毛布をマントのようにはおり神の言葉を喋った。また入院してから一言もしゃべらなかった少女は窓から飛び降りた。
一人一人の患者の顔を思い浮かべると僕はたまらないほどの懐かしさに捉われる。かれらに限りない愛情を持っているかと問われればそうだと答える。しかしそのために自分の全生涯と生命を掛けて身を犠牲にすることが出来るかという問いには答えられない」

大したことではないと最初は高をくくっていたが、裁判の結果がだんだんと気になってくる。有罪、刑の執行、医道審議会による医師免許剥奪、もしかしたらという経過を怖れるようになる。

「闘争に没頭していた頃、疲れて着の身着のままで眠りをむさぼった日々、あれほど軽薄に思われた医者という職業になぜこれほど固執するのか。不名誉を恐れるのか。医者以外に僕は何もできないのか。僕は反問し意気地なさを悔やみ苛立ちの日々を送った。僕はこっそり図書館へ行き医道審議会の処分の記録を調べた。惨めだった。静まり返った中でページを繰る。隅の方でささやく声がする。まさかお前が、まさかお前が逮捕されるとは。だれかが耳元でからかいだすようだ。

裁判が終わりさえすれば、無事終わりさえすれば、何度この言葉を繰り返し呪文のようにまた祈りのように繰り返し呟いたことだろう。有罪、頭上に打ち下ろされる鉄槌のようなその瞬間は、僕の全身をどのように打ちのめすのか。狂気に駆られたように僕は叫ぶか。下半身が崩壊していくようにその場に崩れ落ちるのか。打ちひしがれたまま二度と立ち上がれなくなるのか。

反面、僕は無意識のうちにその瞬間を期待していたようでもある。その瞬間はむしろめくるめくような快感となって襲って来て、一種の至福感として僕を包み込むのではないか。そのような想念が眠りの浅い明け方訪れて来るようになった。原色の形のない映像が不規則に動き始める。誰かの忍び笑いが聴こえてくる。誰かをこの手で苦しめたい」

僕は神経が相当にすり減ってきているのを感じる。

「患者を診察するとき、自分の行為ひとつで彼らを破滅させることが出来るとふと考え、不安になることがあった。社会生活へ復帰しようとする患者の努力の中に、さらに深い破滅へ身をなげうっていこうという無意識の傾向があることを僕は感じることがあった。彼らをそれ故に病人とよぶのか。病人だから顕著にその意志が表現されるのか。彼らを僕自身の手で破滅させる。二度と立ち上がれない言葉を投げかける。そんな誘惑と知らないうちに戦っている自分を感じて僕は驚いた。その上その誘惑に打ち負かされれば、この上ない至福感に陥るのではないかと思うと、僕は恐怖に捉われて暗然とした。

僕は医者としての人格欠落者か。しかし本気でそのようなことを考えているのでないことは自分でわかっていた。人間をそれほど冒涜できるわけはない。他人を破滅させるという妄想の快感の中に、僕は自分の破滅への衝動を秘かに感じ取っていたのだ。己自身がいつか一瞬のうちに暗黒の淵に身を躍らせる衝動を待ち望み怖れてもいたのだ。深い苦悩は存在しないだろう。何も見ず何も聞かず何も語らず、ある時狂気に駆られて深淵を落ちていくのがいいのだ」

彼は数年そこで仕事をする。鬱積した怒りや不安を払しょくするため彼は修業僧のような生活を送る。専門書を読み、古今の詩を読み、音楽に日々を費やし禁欲を科す。

特別病室を部屋兼書斎にして病院食で過ごす。すべての患者の顔が頭の内外で渦を巻いて語りかける。渦に巻き込まれ倒されないように自分をしっかりと見つめなければならない。区別のつかない日々は驚くほど速く流れる。外出はほとんどしない。長い苦悩が書かれている。そしてある時、私服警官が訪ねてくる。
「襟の高い灰色のコートに身を包み鳥打帽を深々とかぶった男を見て僕ははっと身構えた。おまえが逮捕されるとは思ってもみなかっただろう。まさかお前が。その声でなんと多くの眠りを破られてきたことだろう。まさにあの時の男だった。僕は恐怖よりも背中を冷たいものでそっと撫でられたような虚脱感に捉われた」

そのなれなれしさに激しい嫌悪感を覚えるがどうしようもない。

「やあ先生、お久しぶりですな。ここにおられたのですか。真面目なお勤めご苦労様です。革命運動から身を引かれて、静かにお過ごしですか。もう何年になりますか。今日は特別の要件があるわけではないんで。先生が連中の資金源であることが確認できればいいんですよ。それと何か新しい動きがあれば、またその時は来ます。あ、R派はもう来ないでしょう。この前奴らと話をしたのですが、先生はもう忘れられています。大丈夫です。あ、K教授、先生の学生時代の教授ですよ、あの方にも久しぶりに会ってきました。大学紛争も一段落した、懐かしいとも言っておられましたよ。いや、懐かしいと言いながら、嫌な気持ち、屈辱を思い出したようだったかな。先生の学生時代の事もよくお話になりました。面白いお話でした。いや、先生ご心配なく、こんなことは誰にも言いません。先生と私だけの秘密です。先生の友人、誰でしたかな、あの自殺した友人の方。先生と特に親しかったとか。残念でしたね」

そもそもの大学紛争はパリのカルチェラタンで学生が学問の自由をと叫んで始まった。日本では医学部のインターン制度廃止反対に端を発したものだった。過去が蘇る。

「僕はインターンを終えたばかりだった。学生のリーダーの一人が教授面会の際、教授の肩を押しそれが暴行として報告され、その理由で処分を受けてから紛争は混迷し始めた。医学部長である精神病理学のK主任教授は護衛に守られて行くようになった。毎日のように医局では討議が行われた。学生の意見をいかにも理解した様な助教授の愛想笑いはかえって反発を受けた。最初自分の長い下積みの思い出で学生を説得しようとした教授は次第に何も話そうとしなくなり薄笑いを浮かべているだけになった。彼が口を開かない限り収束への糸口はなかった。

教授の絶対的な権力と官僚機構の中で学問の自由な発露はあり得ない。現在の大学でこれ以上学ぶものはない。青年医師連盟と無給医局員組合は全病棟の自主管理に踏み切った。僕は連盟の指示を受けて、医学部共通医局と自主講座の場所を確保するため数人の仲間と医学部図書館を占拠した。

教授への個人攻撃のビラが撒かれた。まず彼が助教授の頃おこなったロボトミー実験がとりあげられ彼の断罪を迫った。教授は病気といって自宅に引きこもったままだった。また助教授時代の論文が盗用論文だという問題も起こった。続いてその前年に下された友人のMの退学を強引に進めたのもその教授であることが問題になった。

大学は何度も機動隊を導入した。病棟の自主管理は二か月で排除され、教授派の医局員で占められた。

十数人で占拠していた図書館はいとも簡単に奪還された。僕は殴打され長い間寝ていた。紛争は収まりつつあった。医局員は次々に大学を出て行った。僕は肋骨のひびの痛みにうずくまる布団の中で、教授よりの手紙を受け取った。彼は僕が他人の過去をあばいて破滅させようとすると非難していた。君がこれ以上大学での運動を続けるならば、自分もまた発表しなければならないことがあるという趣旨だった。それはMの自殺の原因を指していた。教授の脅迫している原因は確かに僕にあった。しかし誰も知らないはずだった。彼はいつどこで知ったのか」

沢木は最後のページを一気に読んだ。全身は虚脱状態でありながら、動悸だけは激しく鳴っていた。もうこのページを再び開くことはないだろう。これは彼への同情か、いや違う。彼への限りないいとおしさだ。沢木はインクの消えていきそうな、そして風化して粉末になって飛び散りそうな原稿用紙の上に吉野の幻影を見て、それを抱きしめたくなった。この世の中で君を理解し受け止め抱きしめるのは俺だけだ。これがフィクションなのか現実の話なのかそれとも告白なのかわからない。どうであろうと、とにかく読むのは俺一人だ、他には決して出さない、と沢木は固く決心した。

「めくるめくような夏の一瞬の記憶がよみがえる。白熱した太陽の光線に満ちたあたりの情景を僕はまったく覚えていない。しかし現実の僕は数日前から夏風邪をひいて寝込んでいた。冷静だとも思っていた。寒くてどうしようもないのに全身からは絶えず汗が噴き出ていた。数日前の解剖の学生実習が浮かんでくる。検体は干からびた老女のようだった。かつて愛されて歓び、裏切られて悲しんだ肉体の残滓だった。快感が貫いたことも、苦痛に曲がり歪んだこともあったのだ。

朝めざめた時に僕はふとそうすることを思いついたのだった。朝の三十分しか陽の射さない部屋だったがその日は久しぶりに朝陽を顔に浴びて目を覚ました。気分はよかった。急に何とも言えない幸福感が全身に満ちてきた。灼熱の太陽の下の輝く海が脳裏にひらめいた。午後は泳ぎに出かけよう。Mを誘って行こう。僕は立ち上がった。急に眼がくらんだのを覚えている。あとはまったく消えてしまった。

どこかの薄暗い部屋でタイプライターを打っている自分の姿を僕は見ている。ローマ字で密告書を作っている。まぎれもなく僕自身だ。しかし夢の映像のようだ。僕はそれを廊下に貼るかK教授の部屋に投げ込むか郵送するか考える。それがすんだら海水浴だ。どこまで泳いで行っても海底の砂地が見える海。太陽の匂いに満ちた愛撫するような風が吹く。

それは夏休みを間近に控えた解剖学の実習の時だった。学生たちも解剖には慣れてきつつあった。男女の死体が解剖台の上で少しずつ剝されていく。助手が席を外した時だった。Mが素早く男の一部を切り取って、女の下半身に差し込もうとする。卑猥な忍び笑いが起こるが、ふとそれは途絶える。敬虔なものを冒した畏れと後悔で誰もが口をつぐむ。気の弱い助手が真っ青な顔でいつの間にか僕らの後ろに立っている。叱ることも出来ず彼は呆然としているが、ふと気づいたように部屋を出ていく。教授に告げに行ったのだろうか。僕らはそしらぬ顔でその場を離れる。

Mの行為を見ていたものは僕を含めて五人だった。教授はひどく怒りクラス全員を教室に閉じ込めて説教した。このような行為をする者は医者としての人格を持っていない。教授会に報告され行為者の処分について討議された。しかし行為者が誰であるか、わからなかった。決して口を割る者はいなかった。

Mは普段と変わらずに振る舞っていた。

僕ら五人は彼の不安と反省を感じることはできた。夏休みがはじまり、それが終わるころには誰もが忘れてしまうさ、僕らはそう思い込もうとしていた」


ある日沢木は吉野の診察室に入った。この三十五年で五、六回しか入ったことはない。あとは吉野に挨拶をするときに覗いたくらいの診察室だった。神聖な仕事場をかかわりのない自分が馴れ馴れしく出入りするのはどうかと沢木は遠慮していた。吉野もそれを理解していた。

由紀子に相談を受けてからも、すぐには入る気にはなれなかった。なにか衝撃的な根拠が見つかるのではないかとの怖さがあった。だがいつまでもそのままでは済まされない。

エアコンを点けたがそれは冷房のままだった。足元と頭上から冷気が襲ってきたが、暖房に切り替えなかった。埃の流れがひんやり首筋を撫でた。いつ始めたのかたばこが匂う。

八畳にも満たない部屋で窓は摺りガラスで白く外は見えない。溜まった埃のためかもしれない。隙間風が木の窓枠から流れ込んでくる。患者と医者が真向かいに座って話をする小さなテーブルが入り口近くにあり、椅子は患者用の方が革張りで立派である。乱雑に散らばっている書類やまとまりなく詰め込まれた本棚の本。壁には患者たちの作品の絵や書道が掛けてある。その隅にテーブルトップのパソコンと小さなステレオセットと沢山のＣＤがある。特に記憶とは変わってはいない。パソコンは当然パスワードで保護されて覗くことはできない。ここ数年は夜遅くまでこの部屋で過ごしていたと事務員から聞いたことがある。うす暗い蛍光灯をつける。

哀しみか苦しみかどんな感情の流れが彼の心に渦巻いていたのか。どんな切ない力でそれらを抑えつけようとしていたのか。あるいはもう諦めてその激流に身をゆだねていたのだろうか。彼は逃げたのだろうか、それともさらなる流れに飛び込んでいったのか。沢木はまったく今までそれらを感じなかったことを恥じたが、また何の相談もしてくれなかった吉野を恨めしく思った。誰かほかに相談するものがいたとは思えない。今彼を抱きしめてやりたい。愚かな意味のない雑事に次々に纏わりつかれながら、それに苦しめられながら力つきてただ遁走していったのか。やるせなさが沢木の思考を止めた。そこにどれくらいの時間いたか覚えてはいない。

沢木も自分の三十五年間を考えてみる。世の中は様々に変わった。日本経済の成長がありバブル景気があり崩壊があり、一晩でどん底に落ちる人がいた。日常に残酷な事件があり自然災害が起こり、原子力発電所が崩壊した。苦しみと悲しみを抱えて生きねばならない人々が増えた。外国では戦争がありテロがあり、泣きわめく人々の映像に触れない日はなかった。沢木はその都度同情し心を痛めた。しかし自分では何もしなかった。何もできなかった。そして忘れた。自分に残ったものは本当に何もない。吉野のような煩悶もない。その間、自分が熱中していたのは秘かに自室で浸るヴィヨンの詩だけだ。美しく哀しいバラードを暗唱する。暴力と放浪に憧れる。闇の中の感動を想像する。本気でそれらを追っかけるのではなく、ただ夢見るだけだった。

また大学の授業はたいして重荷にはならなかったが、面白くはなかった。それを何という長い間続けてきたのだろう。勉強もせず物覚えも悪い女学生へ一時間も喋ると、学生が見えなくなる。空虚な空間へ言葉ではない俺の音だけが漂って消えて行く。それだけの三十五年だった。同僚の教師とは誰と何回喋ったか記憶にもない。

明日の十時に理事長に呼ばれている。用件はわかっている。年が明ければ自分は七十歳になる。

沢木はもう吉野は帰ってこないと確信していた。由紀子がいろんな事情を知っていることは間違いない。二人の間には誰も知ることのできないことがあったのだ。愛か憎しみか、あるいはそれでも離れることのできない無関心か。冷たい気流を間にしてもなお引き合うものが。それらが氷解したのか、それとも吉野だけが一散に闇の彼方へ遁走していったのか。なぜか。しかし由紀子がそれを語ることはないだろう。感情を押し殺して沈黙を守る悲痛な表情が浮かぶ。

沢木はかつて吉野の姿がそこにあった椅子に座ってみた。長い日々の中で、彼は心の奥に重い鉛の棘を抱えてそれに耐えてきたのだ。今彼が憐れでいとおしい。そしてそれに従ってついてきた由紀子の苦しみがさらに沢木の胸を打つ。

ステレオ装置のスイッチを入れてみる。沢木は当然そこにあるCDを見つけ、ためらわずにかける。「トッカータとフーガ」だ。出だしの音がいきなり冷気を切り裂くように鳴り響いた時、沢木はそのあまりの鋭さにあわててスイッチを切った。切り裂かれた冷気の間からいきなり漆黒が出現した。灼光のようでもあったが一瞬に消えた。動悸が高鳴った。懐かしさはなかった。そしてまた気分が沈んだ。

その時沢木は自分がなぜそう思ったのかわからなかった。由紀子を抱きたい、かつての美しい由紀子ではなく、今の朽木のようなやつれた由紀子を。彼女は決して逆らわないだろう。うなじにかかる乱れた髪、萎れていく乳房、もう鍵盤の上で踊ることのない木の枝のような指。そして形の崩れつつある腰。

それらを力尽きるまで愛撫したい。かつての美しさを秘めた醜い由紀子がさらにいとおしい。長い間由紀子に求めて来たのはそれだったのだろうか。彼女の歪んだ顔は苦痛のためか、悲しみのためか、快感なのか。

玄関の戸が開く音がする。由紀子が来たのだ、沢木は身構えるが、それが幻聴だとすぐに気付く。彼女が来るはずはない。しかし彼はじっと待っている。

ルーアンの長い一日

一

ノルマンディ公国の主都ルーアンは、中世の頃からセーヌ川を遡ってくる英国商船との水運交易で栄えた。また救国の少女のジャンヌ・ダルクが処刑された歴史的古都である。人々はそこを聖地としながら、彼女の火刑の苦しみを歎きそして徒刑人の先祖を恥じている。

灰色の建物の間に並ぶ街中には教会が多い。

パリ・サンラザール駅から日に数本の汽車で二時間あまりのところに位置する。二時間ほど先へ進めば暗いノルマンディの海、デエップへ出る。一年を通して雨が降る。特に秋から冬にかけて冷たい雨が多い。

一九二八年「昭和三年」十一月二日金曜日の午前、一人の男が駅に降り立った。鳥打帽から覗く表情はやや疲れている。緊張のためかもしれない。濃い焦げ茶色のコートの男の背は低い。一瞬ホームに立ち止まりあたりを見回してから彼は意を決したように歩き始めた。歩調は力強い。周りの建物は朝早く発ってきたパリに比べてみすぼらしく暗い。もっともパリもくすんでいた。空は曇って間違いなく雨が降るだろう。それは好都合だった。

男は、林倭衛《しずえ》三十三歳の画家である。やや青白い顔は、柔和さと厳しさを兼ねそなえ、そのどちらもその瞬間は激しさを極めると思われる。コートの下に五寸五分の匕首を腰に差している。


彼の足はルーアン美術館へ向かった。百年前に建てられたこの美術館を訪れることは以前はあまり考えていなかった。だがここに来れば素通りできないのは画家の常である。二年前にこの近くに住んでいたクロード・モネが死んだこともある。ひところ話題になったノートル・ダム聖堂の三十枚に及ぶ連作も何枚かあるかもしれない。何か事を起こそうとしても、絵画にしばし没頭するのは、また別世界の次元の違う時間だった。

薄汚れてはいたが大きな石造りの建物は内包する歴史の重みを感じさせた。建物の前の池に白鳥が遊んでいる。周りの木々には一枚も葉は残っていない。灰色の湖面の静かさが彼の緊張をわずかに緩めた。悲しい思い出が蘇りかけたが彼はそれを抑えた。

古い宗教画が多く、それらを抜けていったが一枚の絵画に足を止めさせられた。十七世紀初頭の画家カラバッジョの「鞭刑を受けるキリスト」である。カラバッジョは絵を描く時以外は、無頼の徒であり、遊興の徒であり、殺人者であった。絵には三人の男が描かれている。二人の徒刑人と二人の表情は同情と哀しみに満ちているが、キリストには苦痛も怒りもない。ただ自分の運命を黙って受け入れている。そして均整のとれた彼の裸体は美しい。光と影の描写が実に見事だ。感動のあまり林はどのくらいその前に立っていたか覚えていない。

悲しみが不意に襲ってきた深い悲しみに圧倒され意識が遠のいていたのだろう。考えまいとしていた、虐殺された親友の面影をそこに見ざるをえなかった。すでにもう五年前のことだ。

また自分にはこんな絵は描けないという失望の苛立ちもあった。

他の絵はもう眼には入らなかった。出口近くの部屋の上の見落としそうな一枚だけがかすかに記憶に残った。「セーヌに流される青年」と題されていた。フランク王国のある時代に二人の王子が専制の王に反逆して戦いを挑むが破れる。王は青年の両脚の腱を切り、小舟に乗せてセーヌ川に流す。足元には小さなキリスト像がある。広いセーヌ川を見つめる青年たちの眼はもう絶望を通り越した諦めに満ちている。その表情はなぜこんなに美しいのか。林は何人も友人たちの肖像画を描いてきた。しかし気に入ったのは一枚だけだ。その一枚の表情に林は自分の想いも描きこんだのだった。それはもう昔のことで空しい。

林は十五歳になる「まこと」少年を思いだした。その年の初めから父親の辻潤とともにパリに来ている。将来は絵描きになるんだと赤い頬を膨らませて意気込んで語る少年だった。彼はまこと少年を二、三歳のころから知っている。林が最初のパリ滞在から帰ってきた時はまだ十三ほどだったが、そのころから絵を描きたい、パリに行きたいとせがんだものだった。

彼にこのカラバッジョを見せたらどんなふうに興奮をするだろうと思ったのだった。林の二度目の渡欧と偶然同じころ彼もまた父親とともにパリにやって来て絵を勉強したいと言っていた。

林はまこと少年を連れて毎日パリを散歩した。美術館めぐりが主だった。彼は子供にしては大きすぎ、弟としては幼すぎるまことを連れて回るのが、鬱々しがちな生活を少し楽しくさせてくれるので嫌ではなかった。だが最近は様子がおかしい。最初にルーブルへ連れていった時、ドラクロワの前で興奮してものも言えないほどに喜んだものだったが、最近はルーブルへ誘っても嬉しそうな顔は見せなくなった。

何も特別のことのない日々でも、まことといると気が晴れた。ある時まことが父に言われたと、薬缶を買いに行くことになった。雑貨屋に入ったものの林は薬缶というフランス語を知らないのに気付いた。手振りで火を起こす手つきをしてカップに注ぐ真似をしてみた。店の主人は不思議な顔をしている。その時、まことがフ、ロウ、ショウ「火、水、熱い」と言って飲む仕草をした。主人は笑って薬缶を出してきた。

まことは少しフランス語を勉強してきていた。年上の林よりうまく通じたのに得意な顔をするのが林には嬉しかった。ますます少年が可愛いらしく思われた。彼も自分を心より慕ってくれていると思うと、懐かしく昔のことが思い出された。

そんな時、林もまた自分が十八歳の頃、大きな兄貴分の親友の胸に抱かれたようにうっとりしたことを思い出すのだった。それは今はもう悲しい思い出でしかなかったが。

まことの父、辻潤は読売新聞第一回巴里特置員としてパリに滞在していた。彼は英国貴族のド・クインシーの「阿片吸飲者の告白」やシュテルナーの「唯一者とその所有」など数多くの翻訳書を出していたが、仕事に対する貪欲さにかけていた。時には酒に溺れさまよい、野天生活も辞さず、ニヒリスト、ダダイスト放浪者と呼ばれていた。「世界思想全集」に掲載された原稿料は予想よりかなり多く、読売新聞の依頼を受けてパリ滞在を決めた。ヨーロッパの近況を時折り原稿で送るのが仕事だったが、彼にはあまりその気はなかった。毎日ホテルの部屋に閉じ籠って本を読んでいた。「大菩薩峠」は長い時間を潰すには読みごたえがあった。何でパリに居るのか自分もわからない、しかし日本にいても仕方がない、というのが口癖だった。

林と辻は親友同士だった。林が二年ぶりにパリ滞在を決めたのには、辻が先にパリにいることもそのきっかけの一つだった。思想家としてすでに名が知られていた辻と名もなき若い絵描きは出会った時から酒好きで気持ちが通じ合った。辻は自分から難しいことは喋らず、林も寡黙で彼のデッサンを描いたりした。静かに酒を酌み交わすのが心地よかった。

知り合ってから十二年になる。辻潤はかっての教え子の伊藤野枝と結婚して二児をもうけていたが、その頃妻の野枝は子供を置いて出奔していた。

野枝は平塚らいてうの跡を継いで「青鞜」の編集出版をしながらアメリカの女性思想家、エマ・ゴールドマンの著書を翻訳して勉強中だった。力が付くと同時に辻の友人の大杉栄に影響を受けるようになり、辻潤を捨て次男を連れて大杉の下に走った。

大杉はアナキズムを標榜していた思想家で他に与える影響は大きかった。社会主義者達と雑誌発刊、講演と活躍していたが、その合間をまた獄中で過ごすことも多かった。獄中でも翻訳や語学の勉強を続けていた。

大杉には妻の保子と恋人の神近市子がいたが野枝はそれらを退けた。彼女の白い歯の口元は魅力的で、眼は野生味を帯び目指す物を得るためには何ものも厭わず進む大胆な少女とでも言えた。大杉は何通もの手紙を送り、彼女を魅了した。

林が辻と知り合ったのはその出来事の少し後だった。大杉の弟分として日々を送っていた林はその忙しい生活の手伝いも進んでした。ある時伊藤野枝に頼まれて、辻のところにある原稿を引き取りに行ったのだった。大杉に心酔していた林であるが、同じ年の野枝の指図に従うのは癪だった。大杉を独り占めしているような野枝の態度も好きでなかった。野枝を寝取られた辻への同情がその後の友情の下敷きになった。

辻は妻の家出のあと、怒りを面には出さなかったが、しばらくは寺に籠りそのあとは淫蕩に耽っていた。苦しんでいたのだ。林が訪ねた時は少し気持ちも持ち直していたのだろう、書き物をしていた。用件を伝えると用意していたようにすぐに風呂敷包を出してきた。

「君が絵を描いているのは知っていますよ。少し飲んでいきませんか」

青白い痩せた顔は品格があった。林は喜んで受けた。鰯の干物がつまみだった。積み木で遊んでいた三歳ほどの子どもが辻の膝に甘えて乗って来てそのつまみを取ってしゃぶった。可愛い子だった。それが辻と野枝の間に生まれた長男のまことだった。野枝はまことを置いて出て行ってしまった。

時々の酒はお互いに楽しく美味かった。深酒はなぜかしなかった。金がなかったせいもある。

花が美しいのは、無防備に外に向かって自分を広げ、ただ待っているからではないか。林はそんな辻の言葉を記憶している。林はそれ以来花を描こうとするとその言葉が浮かんできた。そのせいでもないだろうがそれ以来花はなかなか描けなかった。

ある時頼まれてまことを野枝の所へ連れていったこともある。野枝は一瞬嫌な顔をして林を見た。彼は素知らぬ顔をしていた。それでも懐かしそうに子供をあやしていた。大杉もそれに付き合っていた。その時の林の印象は今でも消えない。まことは、四歳頃だったろうか、母親よりも大杉になつきその膝の上ではしゃいで笑っていた。

その後辻はまことをつれて放浪していたようで会うことも少なかった。まことは十三歳になっていた。十歳年上の辻は林を、しずえ、と呼んでいた。林は自分が年下にもかかわらず相手を、じゅん、と呼び捨てにしていた。それでこの生意気なまことも林を、しずえ、と呼び捨てにしていた。周りの人間もこの少年を面白がって見ていた。

今にも雨が降り出しそうな空だった。彼の計画の瞬間に降る雨は都合がよいはずだった。人通りは少ない。市場に続く道の手前で彼は腹ごしらえをしようと小さな食堂に入った。中国語の書かれた店から流れる大蒜の匂いが彼の足を止めた。万頭を二個と油の浮いた鶏のスープを頼んだ。ワインは不味かったが二杯飲んだ。彼は自分が小柄であるのにやや劣等感を覚えていたが、体が頑強なのは自慢だった。それに少し酒が入ると勢いがついて喧嘩には負けたことはなかった。

店の若い女が声をかけてきたが彼は優しく微笑んで首を振った。多分中国人かと聞いてきたに違いなかった。そして指で自分を指し、ここには来なかったという意味を加えて、大きく顔の前で手を振った。彼女はわかったようだった。

小さい食堂だったが、隅の椅子に赤子が寝かされていた。大蒜に混じってオムツも匂った。覗き込むと、まだ頭髪もなく細い眼の離れているまさに東洋人の顔があった。可愛らしかった。それが泣き出すと口から甘い乳の匂いが吐き出された。

林は胸を締め付けられたが急いでそれを忘れようとした。彼は身重の妻を日本へ置いて二度目のパリに来ていた。パリに着いて少しして女の子が生まれたと電報を受けた。聖子と名付けられていた。嬉しくもあったが、これからの金銭の問題も悩ましいところだった。安易に送金を頼むこともできない。むしろ絵を売って送金しなければならない。不安も大きい。

そうまでして何故彼は再びパリに来なければならなかったのか。最初のパリ滞在の成果は二十八枚の作品だった。四年間の作品数としては少ない。酒や友人との遊興の明け暮れ、病気スランプ、そして大きなショックで落ち込んだ日々、ぼんやりして何もできなかった日々、決して満足の行くものではなかった。いつまでも借金だけで生活し続けることはできなかった。もっと激しく、一度に爆発するような絵を描いていたい。新しい境地を切り開いて、誰も知らない色の世界を、美しく溢れる光を描いてみたい。帰る間際になってその思いはさらに強くなっていたのだった。必ずまた来る、その決心はいつまでも消えなかった。

帰る決心をして手配がすんでからエクス・アン・プロヴァンスのかつてのセザンヌのアトリエを借りた。一九二四年末から翌年の春のことだった。渡欧してから四年が経とうとしていた。真剣に絵以外のことは考えずにそれに没頭しよう。決心は固かったが冬のプロヴァンスは南国とはいえ、光あふれる理想郷とは言い難かった。

あたりを散歩して絵になる場所を見つけても翌日に出かけようとして雨風が強いこともある。そのせいにして煙草をふかしながら一日を過ごしてしまうこともある。毎朝七時には起きて今日は六時間は描こうと思うけれど陽が急に陰って描けない。昼にちょっと酒を飲んでアトリエに籠って数時間描く。しかし思い通りに筆が進まない。焦るところに友人が訪ねてくると断りきれずに酒宴になる。

絵に没頭するいわば恍惚の時間が眼の前に来ているのに、そこまでたどり着けない。がむしゃらに描きつづけねばならないという気持ちがつのる強さに逆らうように、俺はもう描けなくなったのではないかという焦燥感に苛まれる。このまま想像力が枯渇するのではないか、という不安は一番つらかった。

二時間戸外で描き午後から少しと小刻みに画布に向かうことを続けても結局は気に入らず消してしまう。酒を飲むこととパリから一緒に来ていたイヴォンヌという女性と過ごすことが夜の唯一の安らぎだった。

彼は他の絵描きのことはあまり気にしなかったが、レオナール・フジタの評判だけは聞いていた。サロン・ドートンヌで評価された色や彼らの派手な饗宴の噂は知っていたが気にはしなかった。俺の絵もきっと売れるようになる、そう固く信じようとした。

一度だけ気になった男がいた。パリの裏町だった。暗く寒い日だったが男には目の前の風景と画布しか見えていないかのようだった。黙した表情は他をいっさい拒否する激しさに満ちていた。覗き込んだ絵は林のものと傾向が違った。光を求めようとしないがそれでもそれなりに彼の想いが詰まっているようだった。林は声を掛けないまま通り過ぎた。男は自分の絵の中にしか存在していない。激しく自分を追い詰めている。その後も男の没頭している姿が時おり林の頭を通り過ぎた。後で彼が佐伯祐三という名前であるのを知った。

悪戦苦闘しながらもやっとやる気が高まった時はプロヴァンスを去る時期が来ていた。初めてその光の美しさに気づいたが遅かった。心残りは大きかったが仕方がなかった。それでも「サント・ヴィクトワール」や数枚の風景、「無題」と題したイヴォンヌの肖像画などは一応完成した。

必ずパリに戻ってくる、そう彼は誓った。彼にすがりつき泣きじゃくり別れを嫌がるイヴォンヌをそのまま置いて去るのは辛かった。彼女にどれだけ世話になったことか。感謝だけではない、愛おしさは彼を苦しめた。しかし連れて帰るのは事情が許さなかった。

一九二五年初夏、彼は日本に戻った。日本へ持ち帰った二十八枚の作品は春陽会の一室を与えられた展覧会で好評を得た。

「彼の一室を領した瑞々しさは実に心地よいものだった。多くの作品を一堂に連ねて見る時に効果は大きい。氏の色彩感覚の発散によるし、感情的色彩家なることを証明している」

「筆触は精密ではないが、清らかで力強くて透明性に富み弾力がある」

「彼の絵には自然の香りがする。好ましい。それは人を引きつけ、去らしめない」

渡欧作品は好評であったが思うように売れなかった。景気が次第に悪くなり、政治的にも日本は暗い時代に入ろうとしていた。

展覧会以降は交友関係が広がり酒を飲む機会が増えたのは嫌ではなかった。一応の画家として認められたことは確かだったが貪欲な創作活動にのめり込んでいたわけではない。創作は続けるものの他展の批評を頼まれて応じたり恩師の画塾の手伝いをしていた。美術評論の座談会などで喋る彼は一見安定した生活をしているように見えたが、心はいつももう一つ満たされなかった。時間はだらだらと流れた。

そんな中、教え子のまだ女学生気分の抜けない富子という女性と知り合って一緒に住むようになるには時間はかからなかった。ほがらかな彼女は熱心に絵を学び、時には短歌を作って彼に見せた。いつ会えるかわからないフランスに残してきたイヴォンヌの面影も消さねばならなかった。

もう一つの大きな穴からはいつまでも抜け出そうになかった。日本の眼の前に居る筈の温かい人間がいなかった。彼が兄貴分として慕ってきた大杉栄という人間がこの日本にも世界のどこにもいなかった。彼が妻の野枝とともに関東大震災のあと憲兵隊に虐殺されて三年が経っていた。震災の復興とともに大杉虐殺の事件は忘れ去られようとしていた。

その時彼はパリに居た。三年前にマルセイユで、またすぐに会えるという軽い気持ちで別れたばかりだったのだ。あの日は晴れていた。しかし帰って来ても懐かしい日本の空気の中に彼はいなかった。日本に戻ってきて感じるのは、あの晴れたマルセイユに戻ればまた彼に会えるのではないかという錯覚の悲しい思いだった。それが浮かぶとまた酒に溺れた。

ある時期絵描きの仲間の一人が、パリへ行きたいので事情を教えてくれと言ってきた。新進気鋭の彼の作品は良かった。彼の家は素封家だった。何回か会う内に林の心はパリへの想いが膨らんできて抑えようがなくなった。それはプロヴァンスで不完全燃焼のまま終わった絵への情熱を達成感のないまま残してきた苛立ち、イヴォンヌへの懐かしさ、パリのキャフェのワインの魅力だった。またパリには生きているはずの大杉や親しい酒の友人もいる。今度こそ燃え尽きるまでがむしゃらに絵を描く。血を吐いてもやり遂げる。それまでは死んでも帰らない。

妻の富子は妊娠していた。しかし彼はその友人に借金を申し込んだ。彼は少しならとそれを受けた。林にはもう躊躇はなかった。その年の正月、辻潤が息子のまことを連れてパリへ行っていたのも林の心を急き立てた。父や家族や友人らの反対を押し切って彼は旅だった。身重の妻を置いていくのは辛かった。一九二八年の一月、帰国して二年半が経っていた。

市内の中心のマルシェは終わったばかりだった。テントの片づけを終え人は捨てられた野菜くずや塵の掃除をしていた。店主たちが大声でしゃべり合っている。午前中の雑踏の気配だけが残っている。清掃に蒔かれた水が地面を濡らし、曇り空から雨を引き出そうしているかのようだった。

広場の中心に組み合わされた細く高い鉄柱が建てられている。赤茶けた色に塗られているが半分は錆びている。それがジャンヌ・ダルクの処刑された場所だとすぐにわかった。林はその柱を撫で短く手を合わせた。

林はジャンヌ・ダルクの火刑の絵をいくつか見たことはあったが、絵画として優れたものはなかったように思っていた。詳しい歴史も知らない。ただ美しい少女が凌辱され傷つけられ苦しみながら殺される表情を忘れることはできなかった。

彼は鉄柱の先の曇り空を見上げた。暗い虚ろな灰色が静止していた。一斉にあたり中の教会の鐘が鳴りだした。いままで抑え込んできた感情が激しく噴き上がって来たのはその瞬間だった。涙が込み上げてきた。最初に先ほど見た「磔刑をうけるキリスト」の絵が浮かんだ。鞭打たれても傷一つない均整のとれた美しいキリストの裸体とその眼は運命をただ耐えているという静かさに満ちている。苦しみも怒りもない。

彼は殺されたかつての兄貴分、大杉栄の姿をそこに見た。いや見たいと思った。気高い殉教者としての宿命を受けるべき人だった。彼の体と同じものだった。しかし触れることのできない高貴なものであった。少し薄いがいつも抱かれているように思える彼の広い胸だった。それならば俺も少しは耐えられる。しかし現実の模様を知るにつれて林の頭は悔しさと悲しみにしばらくは狂ったままだった。

騙されたように淀橋警察署に連れて行かれたのは妻の野枝と甥っ子の三人だった。そこで彼らは弄り殺された。憲兵大尉の甘粕が背後から首を絞め数人の部下たちが体を抑え蹴りつけた。大杉は痩せてはいたが武術にも長けて相手が憲兵でも一対一対では殺されるまで負けることはない。絶命するまで十分かかったとある。肋骨も折られ無残な姿となった彼と野枝と甥っ子は菰に巻かれ古井戸に投げ込まれた。上から震災で崩れた瓦礫がさらに投げ込まれた。

一九二三年九月二十五日パリの大使館と日本人会に送られて来た電報で林は事実を知ったが詳しくはわからなかった。震災の衝撃がまだ冷めていない時だった。信じられなかった。彼とはつい三か月前に別れたばかりだった。周りの者も詳しくは知らなかった。しばらく彼は不安とまだ間違いではないかという微かな望みで一か月を過ごした。早く真実を知りたいという焦りのためまだ悲しみはなかった。

十月の半ばになって新聞が届いた。二十五日の読売新聞は一面に取り上げていた。

「浅慮なる甘粕憲兵大尉　無政府主義者殺害　大杉栄らを死に至らす　第一師団軍法会議検察館談　甘粕憲兵大尉は本月十六日夜大杉栄外二名の者を某所に同行し之を死に至りしたり　右犯行の動機は甘粕大尉が平素より社会主義者の行動を国家に有害なりと思惟しありたる折柄今回の大震災に際し無政府主義者大杉栄等が震災後秩序未だ整はざるに乗じ如何なる不逞行為にいづるやも計り難きを憂い自ら国家の徒賊を駆除せんとしたるに在るものの如し」

次々に新聞は事実を伝えてきた。十月九日の新聞には一面に関連記事と甘粕の写真があった。

「甘粕大尉の公判開かる　水も漏らさぬ警戒裏に悪びれぬ大尉　後ろから柔道の手で絞める　大杉氏は十分で絶命　野枝はうなって絶命　銃殺されたのは宗一君　夫妻は夕食せず　子供だけがたべました」

「口から血を流し舌は垂れ下がっていた。甘粕は一言も大杉とは言葉は交わさなかった」

公判の一問一答がくわしく述べられている。林は何度も読むのを止めかけたが気を取り直して読んだ。憎い甘粕の写真を眼に焼き付けた。

「大杉夫妻の幽霊に逢った代々木の人　初台あたりの暗まぎれにまず子供の悲鳴が聞こえ　宗一殺しはだれか　淀橋署は絶対に関係せぬと発表……」

次々に新聞は書きたてた。読むたびに怒り悲しみ怨み復讐などすべての感情が胸から沸き起こって来て頭を突き抜けた。彼の無念さと怒りが直接に感じられた。苦痛の中で何を思ったのだろう。愚かな輩に大切な命を無慙に奪われていいものか。現実はあまりに残酷だ。しかしどうすることもできない。林は酒を浴びて泣きながら寝込んで、長い間起き上がれなかった。大杉と野枝と少年が投げ込まれた古井戸の写真が送られてきた時数分間彼は痴呆状態に陥った。

雑誌「改造」の一九二三年十二月号は「大杉栄追想」の特集を組んだ。山川均、土岐善麿、有島生馬、久米政雄、野口米次郎、吉野作造、長与善郎、芥川龍之介が寄稿した。同志の和田久太郎も寄稿していた。

和田は翌年の九月、震災戒厳令司令官の福田雅太郎を復讐のため狙撃して失敗して逮捕された。新聞は、大杉の形見のピストルか、死後の主義の衰微を歎き挽回策に苦心、未遂につき懲役は四、五年か、と報じていた。

その二か月前の新聞で林はある出来事にショックを受けたばかりだった。先輩の絵描き有島生馬の兄の有島武郎が心中したというニュースだった。生馬も武郎も何かにつけ林を応援してくれた。助けてくれた渡欧の費用も少なくはなかった。武郎は軽井沢の別荘で人妻と縊死した。六月六日に死んだが七月七日になるまで発見されなかった。梅雨の時期で遺体は腐れ落ちて、しばらく身元はわからなかったということだった。

その頃林はフランスの生活も二年目を迎え生活にも慣れ、酒を飲む機会も増えていたが仕事もある程度順調だった。ただマンネリに陥りかけた時期でもあった。しかし思いもかけずに大杉に会ったことで新鮮なやる気が出てきた時だった。だが林はこの事件の後は神経衰弱気味になり、酒を飲んでもすぐに酔った。酒乱に近く誰とでも喧嘩をした。負けると声を出して、大杉、大杉と言っては泣いた。

林は大杉の長い回顧録を書いた。書くことで気持ちも少しは落ち着いてきた。彼がまだ死んでいなかった、林の中では生き続けていた。「改造」一九二四年五月の原稿「仏蘭西監獄及法廷の大杉栄」は四十七ページに及んだ。

一緒に住み始めたイヴォンヌという小柄なフランス女性が家庭的に献身してくれるようになった。この時期を乗り越えしばらく握れなかった絵筆もようやく握れるようになったのは彼女のおかげだった。

彼が大杉と知り合ったのは一九一一年頃だった。林はまだ十七歳だった。大杉が千葉刑務所から出所して、大逆事件で幸徳秋水が縛り首になった頃だった。平塚らいてうが「青鞜」を出版し、中国では辛亥革命が起こっていた。貧しかった林は小さな印刷会社に植字工として働いていた。また元来絵がすきだったので近くの画塾にも通っていた。大杉らの文書を植字するたびにその文書は彼の心に突き刺さってくるようになっていた。いつも前向きな林は社会主義者たちの集会にも出かけ大杉の演説も聞くようになった。彼らの一人の肖像画「サンジカリスト」が二科展に入賞した時、大杉が褒めてくれた微笑が忘れられない思い出になった。彼は十九歳になっていた。

忙しい時でも大杉はこの十歳若い林に時間を割くことを嫌がらなかった。石川啄木の短歌を暗唱して聞かせに来る彼を面白がって迎えた。自分は酒を飲まないのにこの弟分が美味しそうに飲むのを見るのが好きだった。彼はひどい吃音だったが林と喋る時はなぜかゆっくりした気分になって静かに普通に話した。そして次第にこの若者と社会思想論を話さなくなっていた。

君はもう運動などせずに絵を描いていたほうがいいよ、ある時大杉は言った。いつも彼は大きな温かい空気に包まれているようだった。大杉の鋭い眼光は林の心の支えであり力の源であった。林はますます絵にのめり込んでいった。少しずつこの若い画家の評判も上がっていた。彼はまた詩も書いて大杉に見せた。

魂の爆発

おれはおれの魂を爆発させたい。

俺の太陽の光でおれの視神経を焼きたい。

凡て狂乱にまで逆上がりゆく過度の緊張にありたい。

・・・・・・・

爆発するただ一瞬があればいい。

その一瞬で沢山だ。

大杉が短期の刑期で刑務所から出てきた時、林は半日で大杉の肖像画「出獄の日のO氏」を描いた。その顔は鋭い眼光を放っているが、信頼している者には限りなく優しく感じられる。それは二科展で評判になったが警察から撤去命令が来た。

翌年林が渡欧のビザ取得時に外務省から、お前は大杉の肖像画を描いた画家だからビザはやらない、と言われたが、決してこの絵は人前に出さないと頼み込んでやっと許可をもらった。それ以来この絵は幻の名画になった。

林のパリ生活が二年になろうとしていた時、大杉が突然フランスに現れたのだった。林は嬉しかった。彼の髪に胸に背中に顔を埋めて泣きたいくらいだった。二月のパリはまだ寒かったが空は晴れていた。それからの数日は曇っている日も林にはパリは明るく感じられた。初めて二人で連れだって街に出た時も、林は嬉しくて何から話していいかわからずにむしろ喋れなかった。大杉の匂いも感じられて、心が躍って仕方なかった。キャフェでは何杯もワインを頼んだ。大杉は何杯もコーヒーをお替りして付き合ってくれた。絵を描くよりも楽しい有意義な時間だった。マロニエや花々が街を彩り咲き始めていた。

五月にパリの北の街サン・ドニーのメーデーで大杉が逮捕された日まで林にとっては夢のような日々だった。しかし夕方には戻るからとサン・ミッシェル橋の上で別れてからは自由な時間はなくなった。入れられたサンテ刑務所へ通うのは林の日課になった。そこでも大杉は卑屈にもならず堂々としていた。フランスでは政治犯はやや優遇されるということだった。

しかし一か月後には強制退去になった。マルセイユで二日ほど遊んだあと大杉は船上の人となった。連絡の手違いで最後の挨拶ができないままだった。海は初夏の光に輝いていた。それが最後だった。後には彼の死の辛い苦しい思い出しか残っていない。

その心残りは何年経ってからも思い出され、その都度悲しみが襲ってきた。

もう一杯ワインが欲しかったが我慢した。そろそろ行動を起こす準備をしなければならない。マルシェ広場から八方に別れて伸びている通りを探す。そこには目的地があった。狐通り一三四番地。彼には腰に差している匕首を確かめた。

二

一九二三年「大正十二年」十月九日の読売新聞朝刊の二面には法廷での甘粕大尉の様子が詳しく書かれている。写真は直立した側面の姿である。

「席に着くと被告甘粕大尉は鉄縁の眼鏡に憲兵大尉の正服をつけて丸腰、二人の看視に守られて入廷した。岩倉判事長はまず型通りの官氏名から始まる甘粕大尉への尋問を始めた。甘粕は別に悪びれた風もなく不動の姿勢で軍隊式に「そうであります」とはっきり答えた。山田検察官は被告甘粕正彦は無政府主義者大杉栄を右腕を栄の後方から巻き付けて絞め窒息せしめ伊藤野枝を同一方法で東京憲兵隊長室で……」

「小川法務官は事実調べに掛かった。まず被告の思想を訊ねた。被告は平常から日本思想界は混乱していると聞いていた、……社会主義者には一部には聞くべきものもあるとしても……無政府主義者はすべての権力に反抗し日本の道徳を全て覆そうとしていてかっての大逆事件と同じで黙視することが出来ない……」

「警察では生活のために騒いでいる者まで検束しているのに、大杉をほっておくのはいけないことだと思った」

「私のやったことは特別のことだと思います。やったことは大杉を殺したことです」

「殺した後麻縄で絞めたのは万一息を吹き返すといけないので巻きつけました」

「いろいろあるが最初から見つけたら殺してやろうと思った。憲兵の任務として執行しようとしたのではない。私は最初から個人として殺してやろうと思っていました」

「大杉が佛国へ行った前後の事情や金の出所や震災後の行動を聞こうと思ったが私が聞くと悪いと思った」

「野枝は女ながら爆弾を持って活動すると聞いていました」

「無邪気な子供は好きでよくなつきます。子供は大杉の子供と思っていました」

臆することなく甘粕は意見を述べた。しかし部下を庇うつもりで子供も殺したと言っていたが、追及されると、あとで自分ではない、知らないと言ってすすり泣いた。

判決は十二月八日に言い渡された。予想より軽い懲役十年の刑だった。彼は囚人になって軍籍を略奪されても、帝国陸軍憲兵の矜持は失うまいと気を張り詰めていた。しかし獄衣の自分の姿には納得はいかなかった。他の下司な囚人たちと同じに、下駄の緒を繋ぐ単純な仕事にこれから何年も従事しなければならなかった。俺は殺人者であってもこれらの下層の人たちと違う。そう思っても、下駄の緒の仕事に生きる目標を見つけることはできない。軍籍に未練を残したまま、天皇と国家の為に尽くす気持ちに揺らぎはない、と彼は必死にまた黙々と獄中日記を綴っている。

長くても三年で出られる、と彼に告げたものがいてそれが救いだった。もともと彼は忍従の性格を持っていた。その美徳をいつも自らに言い聞かせていた。決まったことに従うのはそれがゆるぎないものであれば、それに向かってじっと耐えることは容易だった。敬うものからの使命と運命であればどれほど苦しいものでも甘受するのはむしろ誇りだった。

これが期限のない、あるいは十年という長い期限であり、ただの殺人者としてしか認められない存在だけだったら、彼はプライドの為に間違いなく獄中で自死したであろう。

甘粕の家系は両親ともに士族の出だった。厳格ながら円満で折り目正しい家庭だった。甘粕正彦はその長男として出来のいい子供だった。幼年学校、陸軍士官学校卒業の後、少尉になったが怪我のため軍人への道をあきらめ憲兵になった。

刑期は縮められ予定通りに三年で出獄となった。大杉の同志一派の報復を恐れて、その日から憲兵が警護に着いた。山中の温泉など逃げ隠れしていたがついに合同記者会見を行うことにした。憲兵大佐、少佐などに囲まれての会見は記者たちの質問も制限され真相に触れることなく終わった。

運命のままに流されながらそれを意味づけるために、彼には上官の命令は絶対のものだった。その上に座する天皇に忠誠を尽くすことは生き甲斐であった。

大杉殺しをあくまで彼は個人の考えでやったと繰り返した。その贖罪は彼の存在理由になり、自由の身になったはずだった。しかし大杉殺しは軍の命令だったという話が世間ではいつまでも消えなかった。大杉の命日に甘粕が獄中から手を合わせていたという噂からも世間はそう思った。甘粕は独身だったから命じられたという話も流れていた。しかも一般大衆は甘粕を支持するのも多かった。そのためか何度も彼は憲兵隊司令部に呼ばれた。軍は彼を隠すために遠ざける必要があった。

三年前の震災の前に彼は婚約をしていた。女学校教師の大柄な女性だった。小柄な彼と並ぶとさらに大きく見えた。美しさや精気の感じられる女性ではなかった。彼女の兄でさえ彼女をのろまの女と呼んでいた。もともと彼は軍人としてその任を全うするには生涯独身で通すつもりだった。魅力を感じないまま婚約したのも母の勧めるままだった。彼女は獄中の甘粕の出所を待って三十歳になっていた。

何度かの密談の中で甘粕を遠ざけるためにフランスへ留学させようということになった。すでに式を挙げていた夫婦の費用も軍が持つことになった。最初はフランスに興味ももったが次第に鬱とうしくなった。一般人となった彼の為に一年か二年の費用を軍が持つということはあまりに不自然ではないか。だが彼は逆らわなかった。それが決められた道だった。

一九二八年七月に旅立った彼は翌月の末にパリに着いた。三十七歳になっていた。八月にもなるともう秋の気配である。色鮮やかな花はどこにも咲いてなく枯葉だけが砂ぼこりとともに舞う。時に雨が降ると枯葉は地面にへばりつき、その都度寒さが増してくる。暗い石の建物は雨が降ると雨よけにもならない。パリにはなんの魅力も感じなかった。市内見学のあと一度ヴェルサイユ宮殿へ出かけたが疲れただけだった。

語学でも勉強しようと思わないでもなかったが、フランス語のわからない他国人への侮蔑の態度にその気も失せた。なるべく日本人と付き合わないと決めていたが、他にすることがなかった。何かをしたいという気持ちで来たのではなかった。取り敢えず街中を散歩するしかなかった。長い時間セーヌ川をただ眺めて過ごすこともあった。

妻は妊娠していた。特に愛情を感じていない妻はむしろ足手まといだったが、他に何もすることもなかった。語り合う共通の話題もなかった。夜毎妻の体を貪るだけだった。日本へ帰りたくもあり帰りたくもなかった。どこにも居場所がなかった。

運命を甘受することに己を鍛えていたはずだったがこの無意味さと向き合うには限界に近かった。存在する意味のない生活ほど虚しいものはない。他からも自身からも意味は認められない存在ほど苦しいものはない。それを突き詰めて考えると神経は間違いなく破壊される。その意味では獄中の方が存在の意味があった。彼は確信犯であり罰を受ける事には意味があった。その確信は、下司な人間たちに混じって下駄の緒を繋ぐ仕事にも耐えられた。そして期限は決まっていた。今この無意味な漂泊はいつまで続くのか。日本国にはもはや自分を覚えている者もいないのではないか。

唯一の楽しみはふとその気になって一度足を踏み入れた競馬だった。そこでは華やかな女性の香水も心地よかった。労働者達も差別の眼で見る余裕はなかった。一当たりすると彼は自らを熱中の中へ投げ込んだ。その一瞬の歓喜は久しぶりのものだった。しかしたちまち彼は窮乏生活を強いられるようになった。余分な金を軍に請求できる筈はなかった。

アムステルダムでオリンピックが開かれた時、彼は一人で出かけた。三等の安い席だった。スタジアムでも周りには知った者は誰もいない。その中で彼は幾つか君が代を聞いた。そして感涙にむせんだ。近づいてくる日本人はなるべく避け、目が合っても知らないふりをした。他人からは国粋主義者と思われても、残酷な殺人者として見られるに違いなかった。また猟奇的な殺人ととる者もいる。左翼思想の者からは危険もある。

唯一の友人、幼年学校時代の友人の軍人安藤が窮乏の彼に安い田舎を紹介してくれたが、そこはパリよりもさらにもっと住みにくかった。パリよりもさらに何もなかった。そしてまた転居した。やはり少しは勉強しようと思ったのだった。子供も生まれていた。

ある日遠藤があわてて訪ねて来て、小声で彼に相談をした。決して誰にも話してはいけないと口止めした。それには逆らえない事情があるようだった。ある地方都市だが、ここにしばらく潜んでいなければならない。食事つきの間借りで生活の心配はない。日本人はほとんどいない。大学の聴講生として勉強するにはいいところだ。人種差別もあまりない。物価も安く住みやすいと言われた地方都市、ルーアンだった。

しかしそこは彼がさらに落ち込んだ空虚の穴倉だった。

三

一九二八年二月四十五歳の辻潤がパリに着いてしばらくして松尾邦之助が訪ねてきた。松尾は三年前にパリ大学を卒業してパリ日本人会の書記をしていた。パリに住む日本人の世話役であり情報元でもあった。物書きや絵描きは何らかの形で彼の世話になっていた。雑誌を発刊したり印刷所も経営していた。歌舞伎の「修善寺物語」を仏文に翻訳して上演して成功をおさめたのは一年前だった。「其角の俳諧」や「枕草紙」なども仏訳をしていた。学生時代は苦労をしたらしいが今はフランス人の恋人を持つ、二十九歳の精気あふれる秀才だった。

安ホテルの一室で辻はベッドから出て松尾を迎え、乱雑なテーブルを片づけもせずに椅子を勧めた。松尾は何の気負いもなく自然な明るい表情の辻にすぐに魅かれた。新聞などでお互いの文章を知っていたせいもあって、打ち解けるのは早かった。こんな風に不精して毎日本を読んで寝てばかりです、という辻を松尾は引っ張り出してキャフェや安料理へ誘った。街中の広場で大声で歌ったり騒いだりしながらも、松尾は博識と表現者としての彼を尊敬するまでになった。

辻の随筆を仏語に訳してアンドレ・ジッドに見せてよい評価ももらっている。身なりも隙のない立派な青年だった。ある時ジッドから同性愛的な関係を迫られたこともある。翻訳や著書も多い。二年後辻潤のあとを受けて読売新聞巴里特置員を経て支局長になった。日仏同志会を立ち上げ、仏文の日本紹介誌を発行した。戦後はパリ日本人顧問を務め、レジオン・ドヌール勲章を受章した。またゆかりの人たちから寄付を集め辻の記念の墓碑を建てた。

辻よりも一か月遅れてパリに着いた林も度々辻の下を訪ねていた。貧乏な林は松尾のように豪快に遊ぶことはできなかった。訪ねると息子のまことが一人で寝転んでいることも多かった。そんな時はスケッチブックを持って外へ出かけた。彼は少年の絵の天分を認めた。手を入れてやると少年は嫌がった。それも頼もしく可愛らしかった。

「しずえ、俺はパリにずっといて絵を描きたい、父もそうしろという」

美術館を巡りながらまことはそう言うのが常だった。しかしドラクロワの「民衆を導く自由の女神」の前で感動していた彼は、最近は少し落ち込んでいるようだった。

「しずえ、俺はこの頃少し自信を失くした。大人になっても、いつまでたってもドラクロワのような絵は描けないと思う。やっぱり父について来年は日本に帰るか」

林は返答に困った。笑い流すことはできなかった。また、誰でもそうなんだ、それを努力で切り抜けるのだ、などと慰めは言いたくなかった。まことの言葉は林自身の迷いを少し代弁していた。

まことは辻よりも野枝に似ていた。口元と白い歯はそのままだった。背丈も同じだった。林は、まことが辻の母親や妹と生活しながら、いつ自分が野枝の子供だと知ったのかは聞けなかった。離れて暮らしていても母親と知っていたのだろうか。母親を必要とする幼児期はどんな思いだったのだろうか。

林は生前の野枝があまり好きではなかった。大杉を一人で抱え込んでいるような態度がしゃくだった。自分と兄貴分の大杉との間の壁のようなものだった。

大杉が妻の保子と恋人の神近市子と新しい恋人の野枝との関係で世間から顰蹙をかっていた時も野枝は平然としていた。他からの意見には全く耳を貸さず、林に対しても思想のないただの絵描きとでもいう風だった。大杉の愛している女性だということで林は特別な態度を見せなかったが、その肖像を描こうとは一度も思わなかった。

大杉が葉山の日蔭茶屋という宿屋で、神近に首を斬られたのは大きな出来事だった。知らせを聞いて林はすぐに病院に駆けつけた。大杉は窓際のベッドで寝ていた。首に包帯を巻かれて上向きに寝ていたが、乱れた髪で表情はわからなかった。命に別状はないと聞かされてホッとした。外は十一月の小春日和だった。林は久しぶりに一人で大杉の傍に座っていられるのが心地よかった。寝息の漏れている空気も甘く感じられた。

空気を入れ替えようと窓を少し開けた時、二人の同志と妻の保子の姿が見えた。先に見舞いに来て帰るところだったのだろう。するとその先から野枝がこちらに向かって来ていた。遅くなったと思ったのだろう、小走りだった。一人が野枝の前に立ちはだかって何かを言っている。もう一人がいきなり持っていた傘で野枝の腰を叩いた。そして倒れた野枝をさらに二人は下駄で蹴った。

林は見たくなかったが、彼らの気持ちがわからないではなかった。多分、お前のせいでこんなことになったんだ、大杉が死んだらこんなもんじゃすまないからな、と言っているのだろう。林は慌てて窓を閉めた。

しばらくして野枝が部屋に入ってきた。林はその光景を見てしまったばかりに少し萎縮していた。野枝は見られていたとは知らなかったのだろう。軽やかな声で林に言った。

「あら来てたの。もう帰っていいわ、私がいるから」

彼は嫌な気持ちになりながら逆らえなかった。それ以来野枝とはあまり口を利かなかった。

だが、大杉が虐殺された時、野枝も同じ場所で大杉と同じように殺されたと思うと、彼女へ対してすまなかったという気持ちになった。大杉と一緒に苦しんでくれたと思った。大杉を庇うような振る舞いが懐かしく思えてきたのだった。

また一つ間違えば、殺された少年がまことの可能性もあった。その日野枝の所へ行くつもりのまことは他の友達と遊び過ぎて忘れてしまっていた。遠くまで行って、遅くまで帰らなかったのだった。

それだけにまことへの親しみは増すばかりだった。まことをパリで預かって絵を教えようと思わないでもなかったが、林にはそんな余裕がないのはわかっていた。

辻と酒を飲む時はまことも傍らにいることがあった。最初知り合った頃と同じような静かな酒の席だった。違うのは傍らにいるのが三歳の赤子ではなく十五歳の少年だった。

辻は書き物でも酒の用事でも松尾の世話になることが多かった。林は嫉妬した。三人で飲もうと誘われても林は断った。辻はなにも気にしていなかった。

ある時、部屋を訪れると親子は不在で松尾だけが帰りを待って座っていた。林は長い間松尾に対して言いたいことがあって、それが胸につかえていた。大杉がサンテ刑務所に入っている時、松尾が日本人会で喋っていたと人から聞いた言葉だった。彼はまだ学生だった。

「大杉さんの周りの人は、彼をあまり英雄視し過ぎていませんか。差し入れもまるで貢物みたいですね。こんな英雄気取りはあまり好きではありません」

林はそれ以来日本人会には顔を出さなくなっていた。

「お前さんは、大杉が監獄で英雄ぶっていたと、昔言ったそうだな」

もう五年も前のことだった。だが林にはすべてのことが一つ一つ折に触れて思い出される。林は喧嘩腰だった。松尾は林よりも背も高く頑丈だった。取り組み合いをすれば年下の松尾の方が強かったかもしれない。しかし気迫の上では林が勝っている。

「あれはもう四、五年前のことですよね。もう覚えてはいませんが、そんなことを言ってたのならすみません。あれから大杉栄の文章をたくさん読んで色々と考えましたよ。まだ学生だったな、林さんの「改造」の大杉さんへの追悼文も読みました」

言葉は丁寧だったが冷やかさもあった。林が帰国してある程度の実績を評価されての再渡欧を知っているはずだったが、何の敬意もない。親子が帰って来ると林は黙って外へ出た。

批評家などつまらん、と林は気分を壊してもう松尾と話をしないと決めた。そんな林も先日は日本人画家が集まって、最近のフランス画壇について批評した座談会に出たばかりだった。座談会の礼金は少しだったが、窮之生活には役に立った。

松尾は大杉虐殺事件のあと林が雑誌「改造」に書いた長い追悼文を読んだ。「仏蘭西監獄及法廷の大杉栄」は彼の印象に残っていた。林の大杉に対する親しみと友情を羨ましく思い林にも興味を感じ好感を持った。続けて大杉の論文やエッセイも読んだ。あるところでこう話したこともあった。

「大杉は社会運動の勇敢な闘士としてよりも、むしろ彼がフランス風の個人主義を通し、最高の秩序、個々人の自発的な責任で保たれるような世の中を夢見ていた人間として尊敬に値する」

「男の中には、自分の思想とその行動の間に矛盾がないように懸命に努力し、少なくともそうした思想と行動の間の距離を狭くするために死を決して戦うものがいる、たとえば大杉など……」

松尾はまた大杉を虐殺した甘粕大尉にも興味を持った。個人の犯罪か、誰かの命令なのか、その時の心の動きはどんなものだったのだろう。松尾は林に詰め寄られ時、あまりに言いたいことが多くあったので、弁解も出来ず言葉少なになってしまった。それがいつまでも心残りだった。


再渡欧の最初の意気込みと違って彼の気持ちは停滞していた。金にならない絵に熱中することが虚しく思われることもあった。再会を喜んだイヴォンヌとの安らぎだけが救いだった。彼女との時間が絵を描く意欲を持たせてくれたが長く続かなかった。日本に置いてきた妻と娘に少しでも送金したくなると、できない自分に失望して力が萎えた。友人たちとの酒は救いになった。二度ほど訪れた競馬の大当たりも一瞬で消えた。

パリに着いてすぐのニュースが最初の躓きだった。大杉の信奉者で林の親しい友人の和田久太郎の死の知らせだった。彼は大杉の死の翌年、震災司令官の福田雅太郎を復讐のために狙撃して失敗し獄中にいた。彼は四年余り住んだ独房で縊死した。彼の自死は林が抱いている大杉がパリに居るという幻想を打ち砕いた。

街が花の美しい時期に何枚か描いたが、満足はなかった。熱中して自分を忘れること以外に満足な絵は描けない。すぐに夏が来た。その年は冷夏だった。

気が狂って雨の森を駆け回り、精神病院で死んだ日本人の絵描きのことが話題になった。直接の付き合いはなかったが、一度昔そのスケッチ姿を見かけたことがあった。佐伯祐三だった。彼の絵は林の絵と違って暗かった。彼の情熱はその暗さの中で安らぎになっていた。彼の形相を思うと悲しかった。

もう一度プロヴァンスへ行こうと決めたのはパリに来て半年が過ぎた時だった。もう秋になっていた。前の滞在の終わりの日々はかなり描けた。後がないと思うと必死さが増した。イヴォンヌも喜んだ。以前と同じ十一月にプロヴァンスに滞在することにした。

そんな折、元憲兵大尉甘粕正彦が出獄してパリに居るという噂を聞いた。彼はそれをただ聞き流すだけで済ますことは出来なかった。林の血は逆流した。喜びと間違えるほどの興奮だった。またとない復讐の機会だ。心が落ち着くまでしばらく時間がかかった。冷静にならなければならない。

まず彼を打ちのめして苦しんでいるところで問い詰める。苦しい声で謝罪の言葉を吐かせる。だがおれは許すことは出来ない。奴の反省などいらない。大杉がされたように背後から首を絞める。肋骨を蹴って何本か折る。匕首で喉を切り裂く。

しかし具体的な場面を考えると出来そうになかった。相手は闘いを仕事としている軍人だった。自分の得意とする酔っぱらいの喧嘩と違う。誰かに手伝ってもらうわけにもいかない。無頼漢を金で雇うかどうかしかない。もし成功しても自分は殺人者になる。逃げおおせるか。その前にまずパリは広い。その中でどうやって探すか。

彼は日本大使館のあたりを歩き廻ってみたが、すぐにわかるものではなかった。それに昔見た新聞の写真の横顔しか知らない。また偶然に出会うのを待つほど時間はないが、その一瞬はありうるかもしれない。彼は日本から持ってきた匕首をコートの下にしのばせるようになった。せめて頬に切りつけることでも出来たら、それしかできないかもしれない。相手は逃げおおせてもその屈辱を人には話さないだろう。もし喉を切り裂いて殺してしまったら、逆に自分がやられてしまったら、考えは堂々巡りするばかりだった。しばらくは絵を描く気持ちになれなかった。

四

軍籍の遠藤はある日本大使館の参事官から話を聞いた。

危険人物とまではいかないが、注意すべき人物が二人パリにいる。いずれも五年前の震災時に殺害された大杉の友人である。絵描きの林なにがしと読売新聞の特置員の辻という二人だ。二人はテロリストではないが、貴官の友人の甘粕に復讐することも考えられる。彼らが甘粕の在仏を知ったら何かをしでかす可能性がある。本人たちが手を下さなくてもだ。事件はもう五年前になるが、もしということを考えれば厄介事は未然に防ぎたい。

遠藤は早速甘粕に告げた。遠藤が驚いたのは、甘粕がその話にあまり動揺を見せなかったことだった。元軍人として刺客を怖れて狼狽える様子を恥じるのかと思ったが、そうでもなかった。それで何か問題があるのかという風に、丸眼鏡の奥の眼には何の緊張もなかった。感情を半ば失ったような力なさを見ると遠藤は胸が詰まった。身振りもいつもと違い緩慢だ。遠藤は悲しくなった。理由のない存在、目的のない自由、それが甘粕の頭を蝕んでしまった。遠藤には甘粕を守ってやらねばならないという熱い思いと、厄介事を抱えてしまったという複雑な気持ちが交互に襲った。

遠藤は伝手を頼ってルーアンに棲家を見つけた。寝室と小部屋の二間の部屋だった。老夫婦の民家で三食事つきだった。そのためシャワーは共同、トイレも戸外の共同だった。ルーアンに日本人はいない。煩わされるものは何もない。街は静かである程度の文化施設は整っている。先に行けば保養地のディエップにも出ることが出来る地方都市である。人情味はある。パリのように人間は多くないが、多くの無関心な人々に囲まれて過ごすよりむしろ心地よいはずだ。そこでしばらくフランス語の勉強でもしてみたらどうだと、遠藤は決めてから押し付けた。そして念の為にと上等の仕込み杖を与えた。甘粕は危険を回避したいという思いより、ただ友人が決めたことに承知しただけだった。

一九二八年の冬だった。ルーアンは雪はあまり降らず雨が多く空は何時も陰気だった。彼の住まいは市の中心のマルシェ広場から出た通りの先をまた曲がった狐通りだった。寂れた貧しい通りだった。小さな店が数件あったが周りは年寄りばかりだった。その先は雑草の土地が丘陵地帯に続いている。一昔前は狐の出没する街のはずれだったろう。

石と石灰と木組みの家は隙間風をしのげば階下の暖炉の温もりで寒さはしのげた。天井は低くもう百年以上経っている古い家だった。夫婦は一冬をほとんど出かけずにそこで過ごした。妻は生まれたばかりの赤子の世話で時間を潰したが他にはすることもなかった。夫婦の会話にも意味はなかった。

パリでは対峙する人間がこちらに無関心であれ、向かう時自分を一応準備しなければならなかった。

パリには確かに他人ばかりがいた。しかしここにはむしろ他人さえいなかった。最初は携帯していた仕込み杖も不要になった。夫婦は誰とも会わず、深い穴倉の底に溜まったただの空気だった。彼のかつての明晰な頭脳と強固な意志は雨上がりの靄に消えた。彼の精神はパリの生活以上に衰弱していた。

わずかな楽しみは老夫婦との食事だった。片目が潰れている夫は皺くちゃの顔でゆっくり喋ってくれた。ワインはいつも用意されていた。甘粕一家の食事代で老夫婦を養っているようでもあった。

春になると甘粕は一人で散歩に出かけるようになった。マロニエや桐の花が時折り青空に映えた。広場のマルシェが終わると人の群れはすぐに消えた。教会の鐘はむしろうるさかった。人と話をして言葉を勉強しようとしても、早口でまくしたてる言葉にはついて行けなかった。もの珍しさから聞いてくれる者もすぐに飽きてそっぽを向いた。

彼は無為の存在に慣れたかのようだった。思考力はもう必要なかった。自分の存在を考えることはなかった。気持ちが衰弱してしまうと、過ぎていく時間はそう長く感じられなくなった。散歩は日課だったが、楽しみとか気持ちのいいものでもなくなった。ただ歩くだけだった。それに意味はない。散歩する街の地図も頭に入った。淡々と過ぎゆく日々に悲しいことや嬉しいこともなかった。まして怒ることなどなかった。近所の老人たちとも顔見知りになった。表情の変化のない東洋人夫婦を誰もが知っていた。夏の暑さも感じないまま秋になっていた。彼も妻も太った。雨の季節に入っていた。

遠藤に帰国の辞令が来た。甘粕のことが気になった。知らせておこうと思った大使館の親しい参事官は転勤していた。次の若い参事官はあまり興味を示さなかった。誰かにはっきりと教えておかねばならない、松尾を思い浮かべた遠藤は日本人会の事務所へ行った。

遠藤はカフェに松尾を呼び出して言った。

「詳しくは言えないが、何かの折に必要になるかもしれない。君にこれを預けておく。内緒だが」

手渡された紙には「甘粕正彦　ルーアン市　狐通り一三四番地」と書かれていた。松尾は甘粕がパリに居るとは噂で知っていた。ルーアンに潜んでいたのか。胸が高まったが抑えて紙切れをポケットにおさめた。いつか機会があったらルーアンに行かねばならないだろう。甘粕にはぜひ会っておきたい。何か面白いものでも書けるだろう。

しばらくしてその彼にも帰国を促す知らせが来た。病気で寝たままだった父の死がこの一、二カ月の間ということだった。すぐにパリに戻って来られるかどうかわからない。渡仏に反対していた母や兄がいる。大学を卒業したら帰るといういい加減にしていた約束もある。とにかく帰らねばならないことは確かだった。

考えた末に松尾は辻に会うことにした。彼ならこの知らせを無暗に利用するはずがなかった。辻のかつての妻を殺した甘粕だったから少しは縁がある。かつての妻はまことの母だ。

「何かの折に必要になった時、お願いします」

何かの折、は遠藤と同じ口調だった。何かの折、とは何なのかは見当はつかなかった。

「うん、いいよ、そこに置いておいてくれ」

辻は特に興味を示さなかった。松尾は紙切れを散らかったテーブルに置いた。心配だったが、少し責任を逃れた気持ちもした。

林に渡すことも頭に浮かんだが、あまり直接過ぎた。それにいつも自分に対してよそよそしい。声をかけにくかった。松尾は林がこの事を知って一悶着起こしたら面白いと、申し訳なく思いながら秘かに考えた。自分は歴史の証人になる。しかしそれを見届ける時間はなかった。彼は帰国の途に就いた。

そのメモがどのくらいの間そのままになっていたのかはわからないが、ある日まことが散歩の途中に林に言った。紙切れを持っている。

「しずえ、この甘粕というのは、俺のははを殺した奴かな」

林にくらべてまことは冷静だった。まことは母親の甘い思い出は持っていなかった。彼には時折り見る優しいおばさんに過ぎなかった。事件は現実ではない、話で知っているだけの遠い出来事だった。林は冷静を装いながら、メモをしっかり記憶した。血が湧き起こって来るのを感じながら話を他へ移した。プロヴァンスを再訪する日にちが迫っていた。嬉しそうに準備をするイヴォンヌに思いつめた顔は見せたくなかった。ルーアンは大聖堂しか知らなかった。暗い陰気な街だと聞いていた。そこに隠れて奴はひっそりと暮らしているのか、林の気持ちが収まるわけはなかった。

実際に対面ができるかもしれないと思うと、彼を殺害するのは無理と思われた。実際に俺は人を殺すことが出来るのか。気持ちの高ぶりに比して、現実の行動を考えると冷静にならざるを得なかった。しっかりと顔を睨みつけて唾を吐きかけ一太刀でいいからその顔から血を流したい。苦痛に歪むその顔を泥靴で踏みつけたい。それだけでもいい。しかし偶然に喉を切り裂くかもしれない。その時は仕方がない。何度も現実の予定の行動と空想が交差した。殺人者になって俺は夜汽車でパリに逃げ帰る。血まみれのコートはどこで捨てる。パリのキャフェでは大杉が何杯もコーヒーをお替りして俺を待っている。

そんな妄想が起こる。足跡を消すために雨が降ればいい。

午後も過ぎると街はもう薄暗くなった。狐通り一三四番地はすぐにわかった。傾きかけた古い二階建てだった。壁の木組みも端の方は欠けたり腐りかけたりしている。窓は小さい。人の気配はない。彼の胸の動悸が激しくなった。動機はこめかみまで伝わって汗が流れてきた。行動計画をもう一度頭の中で組み立てた。まず胸元を摑んで名乗ってから罵る。そして頰に一大刀浴びせる。これが精いっぱいだろう。彼が大きくて胸元を摑むことが出来なかったら、近寄るだけで近寄って罵り匕首で刺す。その場合どうなるかわからない。彼が弱腰で謝ってきたらどうするか。俺がねじ伏せられたらどうなる、また考えは同じ繰り返しだった。

あたりはひっそりとしている。誰も通らない。彼は家並みの途切れるところまで歩いてみた。すぐに家は途絶えた。何もない黒い土地が右手に続きまだらな木立の丘陵へ続いている。左手は大きな川が流れている。遠くで汽車の音が聞こえた。逃げる場合は左手に曲がって走る、駅の方向だ。雨の一粒が彼の頰を濡らした。

甘粕の顔を見たことはない。新聞で見た横顔だけだ。丸い鉄縁の眼鏡をかけている。彼はその時ふとあることを思い出しておかしくなった。いつか競馬場でそんな眼鏡の男を見た気がした。彼は大金を擦ったのか、茫然と立っていた。手が震えていた。日本人とは思わなかったのだった。あれが甘粕だったのだろうか。あの頃はまさかパリに居るとは思わなかったのだ。そう背丈は大きくない。あの手の震えから力強さは感じられない。

林は広場と家の間を何度か往復した。この狐通りに入ると突然に人通りは減る。次第に落ち着いてきた。負けることはないだろう。そして今からすることが簡単なことに思えてきた。喉が渇いてきた。

思い切ってその家の壊れかけた木のドアを叩いてみた。ところどころに白髪を残した坊主頭の老人が出てきた。眼は落ちくぼんで見えているのかどうかわからない。髭が口と顎を覆っているので表情はわからない。後ろから妻だろうかやはり老いた女性が心配そうに見ている。人の訪問も珍しいのだろう。おずおずとしながらもこちらの要件を待っている。

「ムッシュ甘粕のお宅はこちらですか」

「彼は外出しているんじゃが、もうそろそろ帰って来る頃だ、部屋で待ちなさるかな」

少ない来客を大切にもてなすように言った。林は躊躇した。これから傷つけるか、場合によったら殺すかもしれない男を部屋で待つということは不自然な気がした。彼の私生活など見たくない。それでもふとその部屋を覗いて見たいという気にもなった。

狭い木の階段を灯りもなしに上った。すぐに六畳間くらいの部屋になった。小さな開き窓がそのまま開いている。狭い二人用のベッドと幼児用のベッドのような台が置いてある。壁紙は古いが、赤と緑の唐草模様で昔はそれでも綺麗だったのだろう。木の床の絨毯は擦り切れて躓きそうだ。壁の中央に軍服が掛けてある。唯一の矜持だろう。老人が裸電球をつけると、低い天井が薄暗く光り壁の明治天皇の肖像画を照らした。小さなテーブルには灰皿が置いてある。日がな彼はここに座って何を考えているのだろう。友人からも国からも見捨てられ、じっといつまで潜むのか。林は甘粕が哀れになってきた。その妻は彼を非難するのだろうか、彼を励ましているのだろうか。妻の胸で眠れることが唯一の幸せなのだろうか。夜泣きの赤子は煩いだろう。冬は寒いだろう。

実際に今まであったことのない人間だからこそ一層哀れに見える。俺は彼を痛めつけることができるだろうか。彼が泣いて許しを乞うたらどうするか。林はいたたまれなくなって外へ出た。

あと小一時間もすると夕暮れになる。顔を見極めにくくなるが、闇は都合がいい。雨粒が目蓋に落ちた。それを手の甲で拭こうとした時、目の前の路地から男女二人が不意に現れ、彼を見ないまま通り過ぎた。女は胸に荷物を抱えている。男は帽子を深くかぶっているのでよくわからないが、丸い眼鏡だけが確かだった。

林は思わず後ろから、おい、と声をかけてから、しまったと思った。黙って前に回るべきだった。男が四、五歩小走りに身を壁際に寄せる動作は早かった。女も少し離れた壁際に逃げた。じっと立ってこちらを心配そうに見ている。男との距離は二間もない。林の手は匕首に掛かっている。相手の顔を凝視しながら少しずつ距離を縮めた。雨が本格的に降り出した。男は左手で杖を持ち右手を添えている。仕込み杖か。すでに鯉口を切っている。林はしまったと思ったがそのまま構えていた。眼鏡の奥の青白い顔が蝋燭のように揺れている。

急に大きな叫ぶような泣き声が響いた。そちらに目を向けられないが女の荷物は赤子だったようだ。時間の経過がわからない。一人二人が周りを囲んできた。隙をつくのは容易ではなかった。いつの間にか大勢に囲まれてしまった。男を守るように屈強な二人が傍らに付いている。首筋に入った雨が体温で温まった。フランス農婦独特の声が、ポリス、と叫ぶのが聞こえた。彼らはまだ動けなかった。闇が降りていた。家々の窓に灯が燈ったのがわかった。

林は諦めた。力を抜くと人の輪をわざとゆっくりと抜けた。ざわめきが聞こえたが後ろは振り向かなかった。川の方へ向かった。川風がなぜか暖かかった。彼は走った。走りながら涙がぽろぽろこぼれた。大杉、大杉と何度も口の中で叫んだ。帰ったら早めにプロヴァンスへ向かおう。絵に没頭するのだ。光を描きたい。あの陽の輝きはいつも兄貴分の大杉の匂いがする。

以上は事実と反事実の混合の物語である。

甘粕大尉は帰国後、満洲に渡り映画会社を経営しながら戦時中の満洲魔界を暗躍したが、終戦と同時に服毒自殺した。

参考談　林聖子　「林画伯の子女」「風紋主人」
王丸容典　「大杉栄　孫」
大杉豊　「大杉の弟の孫」

資料
雑誌「改造」一九二三年十一月　一九二四年五月　国会図書館
読売新聞　一九二三年九月二十五日　十月九日　国会図書館
大杉栄全集
「風紋・五十年史」
秋山清「大杉栄評伝」
松尾邦之助「巴里物語」
小崎軍治「林倭衛」
黒い花「立野信之」
鎌田彗「大杉栄　自由への疾走」
角田房子「甘粕大尉」
辻潤「エッセイ　孤独な旅人」
辻まこと「虫類図鑑」

貴腐薔薇

一

パリ留学中の尾上清人が、父の死の知らせを受けたのは二十六歳の時だった。帰国して対面した父は病院の引き出しのような死体冷蔵庫から出てきた。倒れてから三日ほど経って近所の人が見つけたらしい。ベッドの上では静かな死に顔だったという。そのままの穏やかさが残っていると案内してくれた隣人がささやいた。日ごろから物静かな父の顔はやや青白く、何かを読んでいる時に目を上げる表情が清人の一番の記憶だった。その顔に会うのは五、六年ぶりだったが長い間隔のあととは思えなかった。光沢のある皮膚に少し髭が伸びていた。

近くの寺で隣人だけの小さな葬儀が終わると彼はまたすぐパリに戻った。それから父が一人で住んでいた家を清人はそのままにしていた。三年ほど誰も住まないままだった。

その家は祖父の頃からの割烹旅館だった。小さな入り江に面していて、近くの漁港から鮮魚を取り寄せて料理を出す旅館の三軒の一つだった。ひところは賑わったが、時代の流れとともに父の旅館以外は閉じていた。その父の旅館も昔なじみの客の依頼の小さな宴会とか、近隣の客のためだけのものになっていた。それも近所の主婦たちが手伝うのだった。近くに分譲のリゾートマンションができ、眺めのいいレストランのあるホテルもできた。

父の旅館の部屋からは海がそのまま続いていた。燃えるような夕陽が沈む時は、小さな入り江すべてが油を流しこまれたような黄金色の光に満たされた。美しく重い静謐の時間だった。

玄関側には昔は欧風の庭が整理されていた。薔薇を中心に季節の花が咲き誇った時もあったらしい。それは清人には遠い記憶にあるだけで、この二十年ほどは荒れるままだった。雑草と枯れ枝に覆われていたが、時々思い出したように名も知らぬ花が咲いた。山藤が花をつけると蜂が羽音を立てた。自然に実をつける木もあったがそのまま萎んで枯れた。湿った季節には蛇が枯れ草の中を這った。

文学青年だった父が祖父の跡を継いだのも、料理は好きだったものの仕事は使用人に任せ翻訳などをして日々を送ることができそうだったからだ。大学の同級の女性が妻になり清人を産んだ。母も仕事は熱心でなかった。庭の花々の手入れに時間を費やした。その母は清人が五歳の頃急にいなくなったので、あまり記憶にない。親切な女性がいたという感覚しか残っていない。その後の女性を母と呼べないことはなかったが、一応はある時まで母だった。彼女も仕事にはあまり熱心ではなく旅館は次第にすたれていった。祖父から受け継いだ裏山をホテルに売ったり土地を貸したりして生活に困らず、父も仕事に執着はなくなっていた。いつももの静かで読書をしたり頼まれて翻訳などしていた。

清人は中学時代は柔道に明け暮れた楽しい時を送った。高校になってからは不良の仲間になった。夏になると松林で近所の少女やよそからくる少女らとたやすく遊べた。酒を覚え煙草も吸った。母らしき女性にはいつも荒々しく接した。どうしても馴染めなかった。あとになって聞くと彼女は父の出戻りの従兄妹で押しかけ女房もどきだった。すさんだ学校生活で退学になる寸前だった。

校長室に呼ばれて説教を受けた次の日、父は清人を連れて上京した。父が自分のために熱心に動いてくれるのがうれしかった。カナダ大使館で父は、多分学生時代の知り合いだったのだろう、その担当官と話をして清人の留学を頼んだ。ちょうどそのプログラムが始まった頃ですぐにそれは決まった。

それからの時間はめまぐるしく過ぎていった。環境の変化が大きすぎ否応なしに次々にすることが連なって、不安や希望や物珍しさに心を奪われることはなかった。異国のある温かい家庭に入り同年の男子から言葉もすぐに覚え、柔道でも仲間ができ、普通に生活できるようになった。四季折々の行事も楽しく、また学校の成績も悪くはなかった。

大学ではフランス語も学んだ。そして歴史や社会学や文学の授業が結局はヨーロッパについて学ぶだけということに気づき、すぐに飽きた。二年を終えたころ、彼はパリ第三大学文学部の試験を受けて合格して転校した。

パリに移る前に初めて帰国した。父は最初フランスには行かせたくなかったと言ったが、喜んで学生時代から大切にしていた書籍を何冊かくれた。父も仏文学を専攻していたのだ。パリに渡ってから手紙のやり取りはあったものの、それが父の顔を見た最後だった。

九月の初めだった。家の窓や戸をあけ放つと、三年の間、埃とともにこもっていた空気が海風に一気に流された。台所に小さくたまっていた水が悪臭を放っていた。家族が住んでいた離れの居間の安楽椅子には父の読みかけの本がそのままだった。カミュとその恩師のグルニエ教授との往復書簡集だった。

テレビのコンセントを入れると青い火花が散って切れた。父の寝室はベッドもそのままで、ひんやりとした空気は汚れていなかった。清人はベッドが残っている昔の自分の部屋を使うことにした。大きな窓は海に面していた。静かなさざ波は昔のままだった。

湿っていた客用の寝具はすべて捨てた。この先たぶん自分は何もしないだろうと思い、人を雇って家中の大掃除をした。そして閉めた。昔の建物なので、床や柱や天井はしっかりしていた。雨漏りもなかった。海の見える風呂はそのままにしておいた。客室としていた二階の部屋は使うつもりはなかった。近在の人々の会合や宴会に使われていた一階の広間はこれからも頼まれれば貸すことになるだろう。それを期待して畳を変えたと思われたくなかったのでそのままにしておいた。この広間は西日をまっすぐに受けるので畳は焦げ茶色に焼けていた。

その日は少し曇っていて夕陽を期待できなかったが、それでも清人は広間の縁側に座って海と空を昼過ぎからずっと見ていた。繰り返される波の音だけがかすかにする。懐かしい家に帰ってきたという感慨はなかった。今から何でも自由だと思うとそれがうれしかった。

大学を出てからしばらく働いたパリが思い出される。日本人の経営する小さな商会で酒の輸出入や翻訳を請け負っていた。君にその気があるなら労働許可を取ってやるから長く勤めてくれ、という社長の言葉は受けなかった。特別な希望があるわけではないがこんなことを何年も続けることはできない。半地下の事務所は昼間から暗く電気を付けなければならなかった。最初の頃、金髪の年増の女性に誘われたが断ってそれから疎遠になった。

太陽が沈みいくにしたがって雲がますます広がって水平線を覆い、そのまま夜の闇が辺りを制しそうだった。だが太陽は雲の外側で最後の光を放っていた。低く垂れこめた黒い雲の上に澄み切った錆色が突然空を占めた。深紅でもない薔薇色でもない、透明な赤黒い光が重たい黒い雲を霞のように押しのけていた。それは濃い薔薇色ともいえるし暗黒の赤色とも思われる哀しい色だった。

もうパリには帰れないとなぜか思う。近くの丘の公園から眺めた一度だけの激しい夕陽を思い出す。山のないパリは市内が一望に見渡せる。積み木のような建物や遠くの寺院の尖塔が夕闇に浮かび上がる。空は一瞬に燃え上がる。果て無く続く雲が荒れ狂ったように真っ赤に舞い上がる。巨大な棺桶が空一杯に燃えているようだ。革命前夜だ、とそんな詩を書いたこともある。

だが今は赤黒い色も霞んで消え、かすかな水色が雲の間から覗く。波の音は夜の闇に飲まれて消えた。早い時間だが清人は寝ることにした。まさに五年ぶりのベッドだった。何の違和感もなく体は匂いもそのままのシーツに沈んだ。つい数日前まで住んでいたパリの部屋が思い出される。ほんの短い日々だったような気もする。臭い生ごみ置き場の側の狭い階段を五階まで歩き、そして電気もつけないままベッドに倒れこんだ日々。何人かの女性が住んで去っていった部屋。一人で荷物を片付けた最後の日。深酒のまま朝早く目覚める時、小さな窓から近くの教会の尖塔の後ろから朝焼けが見えたものだった。

そして明日は何も予定がないと思うと嬉しかった。

父の資産管理はわかりやすく記録されていた。残ったお金は十分にあったが、自分が何もしなければそのうちに尽きることは間違いなかった。少額を月々引き出して使いながら、自分でも少しは稼がねばならない。旅館の経営などできないし、サラリーマンは味気ない。翻訳でもそんなに稼げるとは思われない。ならば日々の務めはあるだろうが、どこか大学か、なければ短大の教師でもするか。パリ大学文学修士の資格はある。

大学では相当に勉強した自負はある。この大学は単位が取れずに落第すると退学しなければならなくなる。友人たちの数名は退学した。俺たちは二十年もフランス語を喋っているのに退学だ、お前はよく進級出来たな、とパリ生まれの日本人たちから、親しみと尊敬を込めて言われたこともある。

ある時、父から手紙が届いた。カミュの伝記を読んでいるが、彼がそれを読んで文学に目覚めたという小説を読んでみたい。十七歳の時だ。日本には原本も訳本もない。アンドレ・ド・リショウという作家の「苦悩」という作品で、リセの教授だったジャン・グルニエがカミュに勧めた本だ。

第一次大戦後の未亡人とその息子の少年の物語である。未亡人がプロバンスのある村に囚われているドイツの青年捕虜と恋に落ちる。その少年の苦悩が描かれている。二人は最後に村人の復讐を受ける。カミュを愛した文盲の母もそんな経験がありカミュも悩んだのだろう。清人は小説を一年かけて翻訳した。父はそれを地元の出版社に持ち込み出版してくれた。全国のカミュ研究会にも送った。自分の一つの実績になるはずだ。

またカミュの二十歳の時の詩「地中海」を読んで清人は感銘を受けた。その頃に書いた日記やエッセイにすでにカミュの根本の思想がある。「苦悩」を出発点としたカミュに関するいくつかの論文を書いた。「異邦人」に至る彼の思想の形成の過程を検証したものだった。最後は第二次大戦後のカミュとモーリャックの論争を論文でまとめた。ナチ協力者に厳しい断罪を求めるカミュと、信仰上から許そうとしたモーリャックの論争だった。教授は褒めてくれた。ただそれは、父がくれた書籍に挟まれていた父の大学の卒論だった。自分の二百ページの論文を埋めるには必要だ。手を入れて書き直した部分もあったが後ろめたい気持ちは残った。だが許されると勝手に納得していた。

これらをまとめていくつかの私立大学に送った。どこからも採用の返事は来なかった。ある女子短期大学から検討中です、と返事が来たがそれだけだった。教授たちのつながりやコネがないと就職はなかなか決まらないのだろう。少し焦りながらもそのうちに何かがあるだろうと居直るしかなかった。

自炊も始めた。近所の漁師が魚を持ってきてくれたりした。自転車で買い物をするほか何をすることもなく、何をしたいということもなかった。読書と昼寝と入り江を眺めて一日が終わった。入り江は日々時間ごとに変化して美しく、俺にとっては地中海だ、と思って自嘲した。

秋とはいえまだ日差しの強い日、彼は道端で一人の男に出会った。薄汚れた作業着と麦わら帽子から覗く顔は日に焼けて真っ黒だった。醜い顔だったが、話しかけてくる口から覗いている真っ白な歯の心地よい印象が清人の足を止めた。彼が手押ししている自転車には、前も後ろも荷台には大輪の赤い薔薇が満載されていた。まとまった薔薇の美しさに胸を衝かれ彼はその匂いにむせた。目が眩んだ。

何本か買ってくれませんか、と彼は歯切れのいい青年の声で言った。近くの山に商業用の薔薇園でもあるのだろうか。あるいはこの男はそこから盗んできて稼いでいるに違いない。およそ薔薇売り業者には見えない。

清人は全部くれと気取って言いかけたが、三本だけ買った。男は汚れた分厚い手で棘も気にせずに三本を引き抜くと手渡した。清人の手に棘が刺さって痛かったがむしろそれが新鮮だった。男の汗の臭いがしたが気にならなかった。そして彼が腰のタオルで汗を拭きながら去っていくのを清人はなぜかじっと見ていた。タオルの白さが秋の日に光っていた。

カミュの日記にあるランボーの詩の引用が思い出された。

「海と空は大理石のテラスに沢山の若々しい力強い薔薇の群れを引き寄せる」

大理石のテラスこそないが、昼間の柔らかい海を見下ろしている薔薇、入り江の夕陽に抱かれる薔薇、夜のランプの明かりに揺れる机の上の薔薇はまさに俺のものだ、と思う。いい気分になりそうだったが、心の底に小さな棘が残っているのを感じないわけにはいかなかった。

パリで写真家志望のイザベルという女性としばらく暮らしたことがある。彼女はいつも狭い部屋をアトリエにして花瓶一杯の花を撮っていた。またある時彼は全裸になって、被写体になったこともある。筋肉で張った肉体には自信があった。彼は照明の角度を変えながら撮影に没頭する彼女を眺めるのが好きだった。金髪が光の欠片にきらめくのは美しかった。撮影用のカメラも買い彼女の半裸体を指示されながら撮ったことも思い出される。その後は激しく愛し合った。少しは写真技術を学んだ気もする。しかしある時彼女は突然インド人の写真家と去っていった。彼女の映像は消されていた。清人は彼女が残した花瓶の花がすっかり枯れて腐るまでそのままにしておいた。かすかに残った香りは花か彼女のものかわからない。触れたくもなく目にしたくもなかった。薔薇が最後まで醜く残った。屈辱や怒りよりも、また悲しみよりも清人は諦めに心を沈ませた。

厨房の離れに六畳ほどの女中部屋がある。旅館が忙しかったころはそこに三、四人の賄い婦や女中が寝起きしていた。風通しも日当たりも悪かった。空気は澱んでいる。清人はある考えでその部屋を使うことにした。

純白のシーツを敷いて無造作に薔薇の一輪をそこに投げた。黒ずんだ板壁の前に薔薇を入れたガラスの一輪挿しを置いた。

毎日深夜の十二時、カメラを固定し、同じ照明でそれぞれを一枚ずつ写真に撮ることにした。暗闇を背景にしてシーツの花を光に浮かび上がらせる。そして花が完全に萎れて腐り埃のように消えるまで記録しようと思ったのだった。一緒に住んでいたイザベルの撮影に熱中する姿が思い出される。しかしこんな意味のないことをするのは馬鹿げていると思い、どうせ暇だからと言い訳しながら、自分の気持ちの奥底に残っているわだかまりを意識しないわけにはいかなかった。

またその部屋にも思い入れがあった、五歳になるかならない頃だったろう。ある両親の不在の夜、彼は女中たちに預けられたことがあった。幼児と戯れて遊んでくれていたのだろうが、彼女らは悪ふざけが過ぎてとうとう彼を裸の太ももで挟んで弄び始めた。もう一人は乳房を彼の口に押し付けた。彼は幼児なりの快感を覚えていた。それは長い間消えなかったが、彼女たちはいつの間にか部屋からいなくなったように思う。旅館をやめる頃だったのだろう。

もう一つ残っているのは無彩色の映像の流れのような印象で思い出したくないものだった。その部屋で男が女に無理やりに口づけを迫っているのだが、彼女は拒否しながらも次第に受け入れつつあるようだった。その一瞬だけで清人は身を引いて忘れようとした。むしろ自分に罪悪感があった。そして長い間忘れることができた。ずいぶん後になって、日本を離れ解放感に気持ちが晴れた時ふとそれが思い出された。あの女性は母だったのだろうか。

シーツに投げられた薔薇は翌日には花弁の重さに耐えきれずに歪んだ形になった。秘部を隠そうとするように楕円形のまま花びらを次第に閉じつつあった。愛に飢えた女性が悲しみに満ちて横たわっているように見えた。その悲しみが伝わってくるようだった。

一輪挿しは水を吸って清々しく立っていた。それは可憐な少女よりもむしろ美少年に思われた。パリの公園でかん高い声で友人たちと遊ぶ少年たちに日差しはいつも明るく風は爽やかだった。

萎んでいく花はもう花弁を見せなくなった。赤黒い塊になっていった。叶えられない夢と恨みを内包して一つの塊になっていった。花の縁は黒ずんできた。

水を吸っていた花は少しずつ花弁を広げていくようだった。水がなくなると外側の一枚が黒くなって剝げかかった。自然に落ちるまでそのままにしておいたが落ちない。次の花弁はもう赤くはなかった。悔いながら悪行を続ける不良少年のようだった。彼は性の衝動にどうしても勝てないのだ。かつての美少年は苦悩のあまり醜く萎み始める。

シーツの薔薇はもう哀しみを忘れていた。諦めを誇示し、自分に残った美しさの欠片をも自ら捨てようとしていた。だがある時突然一瞬だけ深紅に燃え上がったように見えたが、それは甘い匂いを漂わせる翌日の腐敗の始まりだった。色香を残した老婆が死を直前にして舞うようだ。

一輪挿しは結局は花弁を落とさなかった。最後まで縋り付いている。そして残りの花は固く閉じて開きもすぼみもしない。色は濃いセピア色に固まっている。不良少年は劇しい人生の葛藤の果てに襤褸をまとった放浪詩人となった、その花の中に矜持を秘めた枯れた立ち姿だった。ただ毅然としている。

何日間も清人は花を見続けその変化を楽しんだ。一日ごとの変化が連続で網膜に蘇るようになった。

充実した観察時間だった。ただ不安もあった。楽しいけれど心から吹き上げてこようとして発しきれなかったもの、十年余りになる異国の生活の苦労と充実の記憶が浮かんできたが、懐かしさよりもその不安が消えなかった。今までは何だったのだろう。そしてこれからは全くの孤独だ。いや孤独というよりは何をしても許される、これが自由なのだ。枯れて腐っていく花とこの淫靡な部屋にいつまでも蹲っているのも許される。俺は落ち着く。

それは一か月を越えついに二か月になった。

清人は街に出るようになった。不良高校生の頃も村の娘との松林や浜辺の戯れでは物足りなくなって街へ出かけたものだった。喧嘩をしたり映画を観るくらいだったが街へ出るのは好きだった。それからは六年前フランスへ行くことに決まっていた時、父が街中にある日仏文化交流会館へ連れて行ってくれた時だった。フランス人講師に父は清人を自慢げに紹介し、またスタッフとも親しく話をしていた。

バスや大小の車が走り、様々な格好の顔の人間がうごめく街が好きだった。だが久しぶりに歩く故郷の街は継ぎはぎだらけで全く整っていない建物ばかりに見えた。薄っぺらな紙を塗り付けたような建物と街並みだった。確かにごみなどは落ちていないが、捨てられたごみの散らばるパリの下町のほうが懐かしい。それでも彼は度々出かけた。ビルの裏通りとか古い小路はすぐに馴染んだ。ただ昼間からゆっくり珈琲やビールを飲んで、何時間座っていてもおかしくないキャフェらしきものはない。

一度思い出しながら日仏文化交流会館の前を通ってみた。中年過ぎの男女や、若い女性たちが出入りしていた。仏語を勉強している学生たちだろう。彼は中へは入らなかった。

ある時街はずれの古い雑居ビルに見覚えのある出版社の名前を見つけた。父に勧められて訳した本を出版してくれた「牧神社」というところだった。何も考えずに入って社長に会いたいと名前を告げた。七、八人が紙に埋もれて机に向かって仕事をしている。入口まで新しい本がインクのにおいを放って積まれている。社長は中年の落ち着いた小柄な女性で本田と名乗った。清人の本のことを覚えていて父の死も知っていた。今は何をしているの、と聞かれとっさに答えることができなかった彼は、写真を撮っていますと答えてしまった。イザベルと暮らした部屋がなぜかひらめいた。あそこはまさにアトリエだった。自分は撮影助手だった。少しは勉強したかもしれない、観光案内のような写真はどうでもいいのよ、と言われてつい薔薇の写真を話すことになった。それから話が進み、自費出版なら引き受けていいわよという話になった。

翌日再訪して写真を見せた。一か月撮り続け六十枚になっていた。大判で上質の紙でカラーとなると相当に価格は高くなる。枚数は削らねばならない。打合せを何度か繰り返し払える金額で計画がまとまった。まず二百部くらい刷りましょう。本の題をいろいろ考えたが、簡単に「薔薇の沈黙」にした。ちょっと平凡だとは思ったがそのままにした。

何度か会っているうちに本田社長のしっかりした考え方に安心して付いていけると感じるようになった。前に出版した本は、出版元の著作権のことで話がまとまっていない。カミュ研究会に送ったのも入れてやっと三百部くらいは売れたけれど、再販するならちゃんと著作権を取って出したい。今度の写真はまだちょっと素人の域を出ていない。本にするのに写真を並べればいいというものではない。ただ観点を面白く思う人はいるかもしれない。自費出版ならそれでいいけど、それでも主張というか哲学というか詩が必要だ。あなたの詩集として出しなさい。あなたの思いを込めた詩を入れなさい。清人は胸から湧き上がってくるものを感じながら納得した。

彼は詩を数編しか書いたことがなかった。カミュの「地中海」という詩をはじめ、ランボー、マラルメ、ボードレールを読んでみたが少し理解ができても自分で書こうとするとどうしても論文調になった。表現と言葉に理論的な決着をつけなければペンは進まず次の言葉が出てこなかった。それで止めてしまっていた。

本田社長からの、詩を書いたらどう、という言葉に気持ちは高ぶったが、苦労がそこから始まった。花の消えていく美しさか、醜い姿か、恋を失った苦さか、幼児を捉えた猥雑さか、閉じ込めてしまったあの部屋の怖れか。それをどうやってどんな言葉で薔薇に託すのか。なかなか難しかった。しかし思いは溢れんばかりだ。

彼は父の書棚から何冊か詩集らしきものを取り出して読んでみた。いくつかの詩句が印象に残った一冊があった。それは表紙も破れたかなり古い「花のストイック」という薄い詩集だった。作者は知らない。茶色に張り付いてしまった薄い紙はゆっくり捲らないと破れそうだった。巻頭はこの四行だけだった。

一輪の薔薇はすべての薔薇である。　リルケ

僕の好きな詩の一行である。薔薇ほどその美しさを誇示し、その深淵を内包し生を謳歌するものはな

い。そして枯渇していくときの醜さの尊厳は生を愛する者の心を激しく打つ。

リルケの一行を理論的に読もうとしても正確には理解できない。詩は解説ではない。清人の胸に一条の光が差し込んでくるようだった。彼はその詩集の四行に続けて書き加えた。

怒りのような壮絶さでそれは外界のすべてを拒否し、やがて満足とも思える鮮やかさで姿を消す。それにとって鑑賞してくれる対象が、人間が、神が必要であったか。それにとっては空間も時間も必要ない。それがやがて闇の深淵に消えていくことさえ重要ではない。あらゆる思考は愚劣である。薔薇の拒否ほど正確で美しい真実はない。いまや詩にどんな表現を求めうるだろう。あらゆる表現は無意味である。

「僕はここで人が栄光と呼んでいるものを理解する。それは節度なく愛する権利のことだ。この世にはたった一つの愛しかない。女の体を抱きしめることだ。それはまた空から海に向かって降ってくるあの不思議な悦びをわが身に引き留めることだ」

薔薇は美しい肉体を持っている。太陽と輝く海を愛するアルジェの薔薇は

「刑務所は街の高台にあるので小さな窓から海が見えた」

しかしそれも拒否する。その時彼は詩人になる。すべてを拒否する書かざる詩人の真実にとって詩はもはやどんな表現力を持つこともできない。一輪の絶対の薔薇の美しさの前に言葉は何の意味を持つというのか。激しくその薔薇を愛するだけである。

そして清人はカミュの「日記」と「異邦人」の数行を加えた。

写真の一枚一枚に言葉を付けるのは無意味でわざとらしくなるので、この文章だけにした。詩集のほかの詩はもう読まなかった。写真の一日一ページは多すぎるので、半分以上は削らなければならなかった。あとは出来上がりを待つだけだった。

最終校正が終わると出来上がりは早かった。三冊ほど手に取って、コーヒーでもごちそうするわという本田社長に会社のもう一本裏の通りのカフェに案内された。居酒屋、焼き鳥屋、バーが並んだ古い通りだった。清人には初めての光景だった。建物はどれも古いが伝統的なものではない。新しいものがそのまま薄汚れて古くなっている。まだ夕方なのに酔っている者が歩いている。もういい匂いがするし、それなりに東洋の風情はある。

灰色の雑居ビルの入口の狭い階段を上り、ガラスの古い引き戸を開けるとカフェだった。左手に画廊らしきものがある。ちょっと目を向けたが色の強い抽象画が展示されている。興味を惹かれる絵ではない。右手に入るとカウンターから長い白髪と無精ひげの老人が優しい微笑で迎えてくれる。素朴な板のカウンターだ。奥は十個ほどの小さな木のテーブルが並んでいる。ウイスキーの匂いに混じったコーヒーの香りがする。天井、床、壁は柔らかな木である。それがうす暗い照明で居心地のいい雰囲気を醸し出している。ＢＧＭが低く流れている。

清人はワインを頼んだ。不味かったがそれがこの場には合っていた。ここは絵描き、物書き、写真家、舞踏家など気ままに来て昼から飲んでいるのよ。十代の若者から最長年齢は九十七歳の現役絵描きまで。隣に座ればすぐ友人になる。いやそれはいいよ、と彼は答える。一人で昼間からゆっくり座ってワインを飲めるのがいい。友人が欲しいわけではない。ここは人の夢を食べる「貘」という名前なの。

彼は本の出来上がりに全く満足できなかった。紙質はもっと艶やかなはずだった。暗闇の赤はもっと鮮明でありながら消えていこうとする不安と悲しみを秘めているはずだった。写真はただの印刷の小冊子になっている。苛立ちが沸き起こってきそうだが、いつもの癖でそれを自然に抑えようとする気持ちも同時に感じた。自分の責任だし今からどうしようもない。どう気に入った、と本田社長が尋ねたが清人はこのカフェの事かと思って、まあまあと答えた。本の出来栄えの事だったかもしれないが訂正はしなかった。

ここの主人は写真家なの、時々アメリカの写真雑誌の「ヴォーグ」に採用もされている。でもそれでは食べていけない、むしろ今は若者の応援家なのね。

主人が何冊か自分の作品が載った雑誌と綴じた写真集を出してきた。どれも清人の興味を引いた。いろんな姿態の若い女性の裸体だった。それは背景がすべて廃墟だったたからだった。崩れかけた陶房、廃寺、乱雑な書庫、雨に打たれた物置小屋の傍、そして森の中の枯れかけた泉。中に虚ろな眼差しを向けている横になった痩せた主人の裸体もあった。主人はいつの間にか「薔薇の沈黙」をめくっていた。いいですね、何か僕には気持ちがわかる、と主人が言った。次は何を考えていますか、という問いには答えられなかった。

時々訪れるようになった。午後の暇な時を選びワインを飲んだ。不味さも慣れてきて好きになった。隣に座った客が話しかけてきてもいい加減な受け答えしかしなかった。黙って主人がコーヒーを淹れるさまや、カウンターの棚のグラスやカップを眺めていると気分が安らいだ。新聞も読んだ。主人も無駄に話しかけてこなかった。

今まで大志を抱いて異国に住んだわけではない。故郷を嫌って出て行ったわけでもない。なるがままに流れていただけだ。そしてこれからどうしようか。不安のようなまたそれを楽しんでいる自分がいた。そこに座っていると落ち着いてぼんやり考えることができた。

午後の遅いある日、人が集まってきた。見慣れない顔が多かった。今日は舞踏があるんです、と主人が言ったので清人はカウンターの隅に身を寄せた。ちょっと見てみたいという気持ちもあった。奥のテーブルやカウンターは一杯になった。しかし踊りに興味はわかなかった。ぼろ布をまとった長い髪の若い女性がゆっくりした動作で体をくねらせたり、手を上に向けたり、真っ白な化粧の表情は崩さずに時折奇妙な声を上げて叫んだ。ただ真剣だったかそれが何なのかわからない。彼はすぐに出た。

しばらくは行かなかった。すると主人が何か心配しているのではないかという気になってきた。そんな気を起こさせるカフェだと気が付くと早速出かけることにした。

何事もなかったように主人は彼を迎えて、ワインを変えてみました、どうでしょう、と言った。それは前のより不味かったが、学生時代が思い出された。清人にはむしろ新鮮だった。つい何杯も飲んでしまった。

短い黒髪の若い女性が寄ってきた。少女のような細い四肢だがジーンズと白いセーターの中のその動きが艶めかしい。ふくらんだ小さな胸。顔立はやや小さく、美しく整い過ぎた感があるが、それが欠点でもあり魅力でもあるようだ。年齢を察することができない雰囲気を持っている。安心して親しめそうだ。懐かしさが喚起され、年上と思えばその胸に顔を埋めたくなるし若いと思えば胸に入れたくなる、そんな不思議さがあった。薄い化粧は皮膚の内側から光沢を抑えてしっとりと滲み出ていた。口紅だけが爪と同じ色に赤い。そして爽やかな香水だった。今までに会ったことのない魅力だった。

美しい眼だと思った途端彼女はすぐにそれをそらし、先生の写真集はすごく好きです、まるで僕を見ているようです、自惚れかな、と下を向いていった。ありがとう、それで君は今僕と言ったが、男の子なの、と清人が聞くと少女はさあ、といって答えずに微笑んだ。名前は孔雀と言います。神戸に住んでいます、仕事で時々こちらに来ます、踊りの仲間ですが今は詩を書いて朗読をします。彼はその唇から覗く白い歯並びに口づけをしたいと思い喉の奥が少し涸れるのを覚えた。

今までのいろんな女性たちを思い出す。高校に入ったばかりの夏、近くの松林の暗闇で中年の女性にむしろ犯されたのが始まりだった。それから地元の漁師の娘たち。フランスでは学生たちの、とくに東洋の留学生たちの談笑するカフェになぜか加わっていた栗毛の少女との何回かの夜。彼の部屋に短い間に何回も入れ替わった女性たち。そして最後はイザベルの抜けた隙間に入ってきた女だった。ポルトガルの留学生だった。がっしりした体でそう魅力はなかった。カフェで談笑した後、体の疼きを抑えきれず彼女を部屋にさそった。彼女は唇を寄せてきたが清人はそれを避けた。そして柔らかな胸や腰を愛撫したがそれ以上を進めることができなかった。俺にもう女性は向かないのだろうかという不安が残ったままだった。

三月に入ってすぐに純蘭女子短期大学から面接の通知がきた。新学期を迎える間近になって面接とはなにか事情があっての事だろう。急に教官の穴が開いたのだろうか。小さな短期大学だからそんなこともありうるだろう。清人は緊張はせずに出かけた。父の洋服タンスから選んだネクタイを締めた。

家から一時間以上かけて着いた学校は思ったより大きかった。広い運動場の先の校舎は光っていた。いつの間にか蔦の絡まった煉瓦作りの建物を想像していた。運動服姿の女子学生がランニングをしている。天気はいい。こんな光景はもう十年以上前の高校時代の記憶にあるだけだ。

待たされた部屋は一見豪華な調度品で調えられているようだが、何かちぐはぐな感じがした。濃い茶色の本箱には古い本が並べてあり、テーブルも重量感のあるものだった。窓側の棚に小さなダビデ像の複製品が大理石の滑らかな光を放っている。どこか東洋の民族衣装を着た少年の人形もある。そばに名前を知らない白い花が花瓶一杯に活けてある。なにかわからないこの不調和は部屋の主の性格なのだろうか。

ノックもなしに面接官が静かに入ってきた。彼は、副学長、教務主任、教養学科教授夏目茂樹、という名刺を出したが清人は持っていないと詫びた。大柄で短く刈った髪が四角張った顔をやや精悍に見せていた。教授はにこやかな表情で彼を迎え、清人も彼に親しみを覚え安心した。会ったことがあるような気もした。父と同じくらいの歳だろうか。座って教授が出した最初の言葉は、いいネクタイですね、という言葉だった。リラックスさせようとしたのだろうか。緑の生地にピンクの縞が少し入っている。そうセンスがいいとも思わなかったが締めやすいしっかりした生地を選んだのだった。

いきなり質問はフランス語だった。清人も久しぶりのフランス語で心地よかった。研究の内容よりもむしろ個人的な質問が多い気がした。大学生活について興味を持っているように思われた。彼も三十年前は留学していたと言った。親のことを聞かれた時はやや違和感を覚えた。一時間ほどで面接は終わった。これからはいつでも訪ねてきなさい、採用の件は二日ほどで返事をするからと言われ、握手をして別れた。教授の握力は強かった。

事務的な電話の返事はすぐに来て、厚い封書が送られてきた。学生便覧と授業内容という冊子だった。採用は教養としてのフランス語と仏文学の教官で肩書は助教だった。一応教授は夏目だが授業に関しては前任の通りもしくは一任する、と記してある。

短大は服飾デザイン科、食物栄養科、保育士学科、教養学科、学生数は各科百人で二年期で八百人と研究生を入れて総計九百人になる。他に付属の看護専門学校がある。文科系の授業は、仏文学、フランス語のほかに英米文学、英語、日本古典文学、現代文学、天文学などある。その中の二つが選択の単位になる。授業は毎日だが、一時間半の授業が午前と午後に一コマずつある。どれもかじる程度でいいのだろう。二学期には、希望者だけのアメリカかイタリアかフランスを選んだ研修旅行がある。その引率も仕事にある。各教官に狭いけれど六畳ほどの個室が与えられる。給与は思ったより多かった。

清人は満足だった。これで何年か過ごせばいい。結婚でもするかと思わないでもなかったが気乗りはしなかった。何かもっと魅惑的なものが待っている気がした。

貘では主人がお祝いにとシャンパンを抜いてくれた。居合わせた孔雀も飲んだ。口紅がシャンパンに溶けてグラスの縁を光らせた。男か女かわからないその体をセーターの上からでも一度抱いてみたいと思う。毛糸の仕切りを通してその四肢と胸板がどう動くか、どう悶えるか想像するだけで胸が躍った。俺は同性愛の気があるのだろうか。いや授業のあとの学生が出て行った教室に漂うかすかな化粧と毛髪と女の臭いがまだ好きだ。

何人かの顔見知りもできていた。元新聞記者や元大学教授が若き芸術家に混じって客だった。彼らと談笑することも多くなった。彼らの祝福も悪くはなかった。孔雀が清人の一番近い友人となっていた。授業の帰りにしばしば貘へ寄るようになった。

張り切っていた授業は面白くなくなってきた。多くの学生の反応は感じられない。数名は構わずに寝ている。起きていてもスマホを扱っているか、ぼんやり時間が過ぎるのを待っている。しかし熱心な数人はいる。いずれデザイナーか料理人を目指しフランスへ行くのだろう。文法と簡単な会話と二年生には定番の「星の王子」を読ませた。教養学科では「異邦人」のさわりを読ませた。彼らが理解したかどうかわからない。それでも授業が終わると明るい学生たちだった。熱心な学生が部屋に来て質問をしたりすると嬉しかった。

理解が悪い学生がいても落第をさせるわけにはいかない。考えた末に毎回その日の授業の文章の一行を名前入りで書かせることにした。簡単な一言でもいい。また自分の文章でもいい。それを提出させて出席簿にもする。それで単位を与えることにした。早い時間に授業は終わり、週に半日は研究日として自由に使える時間もあった。日々は淡々と過ぎ何の充実感もないまま前期は終わりそうだった。

ちょっとした事件が起こった。とはいえいい加減に対処すれば大きくもなりそうだった。

前期が終わる数日前、彼は出席日数の足りない学生がいるのに気付き授業で呼びかけた。顔と名前はまだ一致していない。すると授業が終わって部屋を出ようとする彼を五人ほどの学生が取り囲んできた。先生、あの子は今日は休んでいますが、いつも来てますよ、間違った出席日数で落第はいやよ、と一人が静かな声で言ったがそれは押しの強い低い声だった。整った顔立ちの学生だったが化粧は濃く、目は相手をからかうような皮肉の色を帯びている。背中を冷たいものが走った。学生の目がむしろ哀願であったら微笑んで、心配いらないよ、単位は考えるから、と言ったはずだった。彼は迫ってくる安香水と体臭を避けて逃げようとして、寄ってくる学生を手で押しのけようとした。一人が厭な声で、あ、先生が体を触った、と小さく叫んで勝ち誇ったような表情を見せた。教室には他の学生はだれもいなくなっていた。

怒りは収まらなかった。単位を与えても与えなくても気分は悪い。告げ口をされ変な噂で侮辱されるなら大学を辞めてもいい。セクハラの言い訳などしたくない。次の授業を休みにして彼は教務主任の呼び出しを待った。もうどうでもいいと投げやりな気分になった頃、出席の要請を受けたのは教授会の倫理委員会だった。

彼は末席に座って教務主任の説明を聞いた。例の学生は新任の先生からセクハラを受けたと騒いで度々問題を起こす注意学生である。今回彼女を調査したところ、夜のアルバイトなどで学則に違反することが多い。保護者を呼んで注意したところ彼女は自主退学を申し出てきたので受けた。先生方もくれぐれも注意されることを望みます、との主任教授の言葉だった。

それから部屋でしばらく説教を受けた。外国と違って日本はこんなつまらないことで問題が起こる。故意に騒ぎを起こすものもいる。常に緊張が求められる。君には長くこの大学に勤めてもらいたいと思ってこの処置にした。少し遠慮しながらも、恩を着せるような話をする主任の顔のほうがこわばっているように見えた。先に切り出されて清人は煮え切らないものがあったが納得せざるを得なかった。

副学長夏目主任教授は絶大な権限を持っているということだった。予算配分権と人事権は彼だけのものだった。授業のほかの自分の研究の報告が少ない教授の予算は削られ、場合によっては左遷させられた。授業のほかにいくつかの委員会があってそれも担当しなければならなかった。渉外担当、倫理委員会、就職担当、環境衛生担当など事務方と組んで仕事をさせられた。

毎週月曜日には八時から教授は全員集められた。月に一度は副学長の卓話を聞かねばならなかった。彼の教育理念であり歴史上の日本女性のあるべき姿についてだった。毎週は各科持ち回りで教育に関する題材を見つけて発表しなければならなかった。たやすくはないだろうが休む教授は少なかった。最近はさすがに他国への差別的な話は無くなっていた。欠席の多い教官は評価が当然低かった。それでも教授たちは逆らわなかった。

短大でも名門と言われたこの大学の歴史は古く、明治の終わりころ華族の娘たちの教育所が始まりだった。戦後しばらくして裁縫学校となり後に教養学科や他を加えて短期大学になった。将来は看護学部や薬学部を含めて女子大学にする予定ということだった。主任と文部省とのつながりも深い。それを進めている教務主任の独り占めの権力に黙って従いながら、むしろ教授たちの信頼も厚かった。ひと頃はだらけた不良教官がいたこともあったが、副学長が粛清し整理したという事でもあった。

国立大学の定年後に勤めていた清人の前任者は研究成果もなく覇気がないということで無理に退任させられていた。それを知った時清人は自分のためにそうさせられたのかと心配したが、考えても無駄なことだった。学長は先代からの仕事を引き継いだ何代目かの柔和な老人で、副学長である主任教授の叔父だった。

夏休みには特に仕事はなかった。教官はそれぞれの会や研究会に参加することができた。清人はカミュ研究会に入会し、機関誌に学生時代のフランス語の論文やエッセイをいくつか発表した。「苦悩」の翻訳の実績で入会は歓迎された。二十歳の頃のカミュのエッセイは何度読んでも新鮮さが消えなかった。喀血して入院した後の彼のエッセイには地中海の詩をはじめとして彼の主題の不条理の息吹がそのまま残っている。彼にとって地中海は確たるヨーロッパの歴史とそれに抱かれた人間の生そのものの喜びだった。少年の彼はサッカーに興じたり、焼ける砂に寝転んだり、紺碧の地中海に身を投げ込んで日々を謳歌していたのだ。太陽に灼かれた自分の肉体を愛おしみ、そして喀血。吐き出された自分の血を最初に見た時の彼の驚きはどんなものだっただろうか。彼は恐怖よりも先にその不思議さに感動して自分の胸板を愛撫したに違いない。

帰郷して十か月が経とうとしていた。清人は読書に疲れると目の前の海に飛び込んだ。おそらく地中海とは違うだろうその海。柔らかな生温かな海。幼い頃から馴染んできた海だ。まだ衰えていない筋肉が日々焼けて黄金色に輝いていくようだった。ここの砂は白く歩くと足元で小動物の鳴き声の音がする。

一か月ほど前の蒸し暑い梅雨時のことを思い出す。大学の近くにフィットネスクラブができた。駅前で配っていたチラシを見てプールがあったので覗いてみることにした。早い時間だったので一時間ほど泳いだ。ふと気づくと二レーン隣で夏目教授が泳いでいる。なかなか上手だ。教授は気づかないようなので清人は黙って出てもう行かなかった。

それを思い出したせいなのか、清人はふと孔雀をこの海へ呼びたくなった。それには貘の主人たちも一緒に呼べばいい。いやその前に主人の撮影場所として旅館内を提供してもいい。次々に想像が膨らんだ。西日に焼けた畳と破れた襖。荒れるに任せた雑草と枯れ木の庭、崩れ落ちた農具入れの小屋。魅力あるはずだ。主人のモデルはだいたい貘に来る若い女性から選ぶ。先生がいると緊張して仕事にならん、と言うかもしれない。こっそり来るかい、と孔雀にささやく勇気はまだなかった。

ところが意外にあっさりと、誰かが先生の家の近くの海へ行こう、と言い出してそのまま決まってしまった。孔雀を入れて翌日には主人の車で五人が来た。ビールとツマミがたっぷり用意されていた。古い閉じられた旅館に感激したもののすぐに皆は海へ飛び込んだ。泳いで騒いで飲んで、夕焼けが落ちてしまう頃に帰っていった。騒いだだけの短い一日だった。孔雀は日焼けするからと言って泳がず静かにしていた。

入り江の外側の松林に小さな神社がある。傍の小屋に神主の老夫婦が住んでいた。清人は幼い頃そこにしばらく預けられていたらしい。神主は石笛「いわぶえ」で神事を執り行うことで知られていた。神主が海岸に出て石を拾うと必ず奇妙な穴が開いており、それを吹くと能管の高い音がする。嵐の日でも毎朝奏でられるその音で神儀が始まる。

清人には老夫婦が話してくれた物語とその音の記憶がかすかに残っている。激しい嵐でも海の奥から風に混じった美しい響きを聞くことがある。そんな音だったと思い出す。神主は時々清人を早朝小さな神殿に連れて行った。神棚の前に伏せるように座って彼は石笛を吹く。清人はまだ覚めない頭で話を聞かされる。

この笛を邪まな気持ちで吹くと、海からいろんな奇妙な気持ちの悪い動物たちが神殿に上がってくる。行列を組んで太鼓や銅鑼や笛を吹きながら周りの人間たちを馬鹿にしながら踊り狂う。奇妙な声をあげながら笑い転げる。一度上がってくるとしばらくは帰らない。しかし清らかな心で笛を吹くとやつらは退散する。この笛をわしが守らねばならない。邪まな他人に渡すわけにはいかない。気持ちが荒んでいた高校生のころ一度そこを訪れたことがある。古びた小屋のような神殿は松林の中にひっそりとして、神主の家には人が住んでいる気配がなかった。

ある日の午後彼は海辺に座って眠りかけていた。曇って海風も生暖かい。時折雲の合間から僅かの光が差し海面を無彩色に照らした。風の音に混じって微かに人間の声が聞こえた。夢を見ているか、泣くようなしのび笑うような、男か女かわからない声。清人は老神主の話を思い出していた。その声が次第に嘲笑の声になり太鼓と銅鑼と笛の音になってこちらへ向かってくるのではないか。見たことのない醜い獣たちが踊りながらこちらを垣間見る。卑猥な素振りで手招きする。睡魔があまり深いので彼らを拒むことができない。なされるままに身を委ねる心地よさに体が沈んでいく。

来訪者がありそれは孔雀だった。あまりに芝居がかった偶然だが、ぼんやりした頭はその出来事を普通に受け入れた。それに赤い薔薇の束を両腕に抱えている。香りで部屋が咽たが清人は眼覚めないために、意識して目の前のことをはっきり考えないようにした。

「明日神戸へ帰ります。当分はこちらに来られません。先生に写真を撮ってもらいたくて来ました」

孔雀の初めて見る濃い化粧と花束から覗く眼が深く光る。驚くこともなく清人は予定していたように慌てずに準備にかかった。父の部屋からと自分の部屋から集めた電気スタンドは三台しかない。今日の曇り空では光が足りない。考えた末に思い出したのが閉じたままの部屋だった。固定してほっておいた照明灯がある。意識はまだぼんやりしていたが動作は早かった。

部屋は忘れられたただの味気ない物置部屋になっていた。花弁が塵のように数枚ちらばり、シーツの上のかつての薔薇は小鳥の死骸のように埋まっているだけだった。だが彼を襲った甘いワインの強力な匂いは懐かしさを越えて、さらに忘我の世界に投げ込んだ。

孔雀は自由に動いた。広間の床の間を背にして、椅子の彼はいきなり足元に薔薇の束をばらまいた。そして無音の音楽に合わせて体をくねらせポーズをとった。清人はただその瞬間毎にシャッターを切ればよかった。どの構図も絵になった。Tシャツがなだらかな肩の線から滑り落ち、細い腕に包まれた小さな胸の突起が表れた。ジーパンを脱ぐと女性の下着をつけている。そしてそれも脱いでしまうと椅子から崩れ落ちるように横になりゆっくり転がる。引き裂かれた若木の枝のような二本の足のあいだに蕾のような男根がのぞく。転がると首筋と腕と腰に棘が刺さりそれは痛みに小さく痙攣する。血がにじみでる。腕の血を舐めると口紅に混じる。

電気スタンドの光を消し障子を開ける。水平線の黒い雲の背後から暗い薔薇色が空を覆って広がっている。その微光がさざ波の繰り返しに運ばれて部屋に差し込んでくる。孔雀の白い肉体に映って縞模様に揺れる。

闇が下りてくる。新聞紙にブランデーを染み込ませて陶器の火鉢に投げ込み火をつける。一瞬燃え上がるが青い炎が弱々しく揺らめく。見つめる孔雀の瞳に映る。脇腹の傷跡を浮かび上がらせる。ただ一か所だけ盛り上がっている臀部の丸い陰影。

満月が昇った。月光が満潮の海面を雪のように照らした。二人は全裸で海へ飛び込む。彼らは絡み合って泳いだ。果てしなく沖へ流される。海は黒く重く、そして巨大な虚無の塊である。その中に二つの肉体だけが白く揺らいで輝いている。太陽の光を知らずに泳ぐ深海魚だ。

そして白い砂浜の朝の微光に揺らぐ立像。未来への希望なのか、虚無への旅立ちなのか。

夏休み前に、学術研究会という名の教授会が開かれる。教授に限らず、教官はだれでも出席できる。学会の発表や専門誌に掲載された論文などの直近の発表会で、出席は自由である。これは夏目教授の発案で、全科同一の席上にて行われる。学長のほか数名の理事も出席する。出席しない教官、程度の低い発表内容のものは評価が低く、研究費や給与に即反映する。小さな短大であるが、この行事は文科省や他大学からの評判はいい。保育学科の幼児心理学の論文や服飾ファッション学科が催したショーの結果を文学や天文学の教官も聞く。また英米文学の論文を保育学科の教官も聞く。興味はなくても夏目教授に逆らう教官はあまりいない。

清人はカミュ研究会に提出した論文の別刷りを副学長に提出し、要約を出席者に配った。ついでに

「薔薇の沈黙」を希望者に配布した。ちょっと変わったこともしたかった。今年が初めてということで彼への質問は多かった。英文学の教授が興味を持ったようだった。カミュの四十年忌の当時の大統領がカミュを聖廟であるパンテオンに納めようと提案した話を詳しく知りたいということだった。カミュの双子の姉弟の弟が賛成したが姉が政治利用されたくないと断った話だった。定番である彼の不条理の考察については地中海の詩で答えた。最後に彼の小説によく出てくる花に関する文章を二、三編紹介して話を終えた。評価のいい拍手を受けた。保育学科と服飾学科のいくつかの発表のあと、日本古典文学者が万葉集について英米文学教授が世紀末の欧州文化とオスカー・ワイルドの「獄中記」を天文学者がパリの天文台にある古いアラビアの天文図について話をした。清人はどれにも興味を持ち満足した時間を送った。この発表会の内容は小冊子にされてまとめられる。学生たちはこれを買わねばならない。

最後に夏目教授が総評で今年は概ね満足であると述べた。そして論文の注意として、引用を明確にすること、まして盗用は許されないと締めくくった。

清人は教授の最後の言葉が胸に残ったのを覚え掌に少し汗がにじんだ。「薔薇の沈黙」の前書きの四行のフレーズ、あれは引用だった。その後の数行が自分の詩だ。引用と書けばよかった。その四行を知っている教授が自分に言っているのではないだろうか。また父の論文を知っているのか。そのことだろうか。まさかそんなことはないだろう。論文は父を土台にして書いた自分の財産だ。考えがまとまらず不安が消えなくなった。私の部屋で少し話しませんか、と教授が言った時清人の胸を冷たい風が通り過ぎた。

教授がコーヒーを淹れ終わるまで黙って座っていた。掌の汗をズボンで拭いた。昔、僕も詩集を出しったことがあるんだよ、「花のストイック」という詩集だ、と彼が呟いた時も清人は少しうなずいただけだった。

教授が若い頃訪れたカミュの墓についての話が始まった。プロバンスのある田舎の共同墓地にある。磨いてもいないただの石に名前と年月が彫ってあるだけだ。周りを水仙のような白い花が囲んでいた。

清人は訪れたことはない。代わりにパリの住居の話をした。一九六〇年の正月、その部屋で二人の子供とカミュの帰りを待っている妻が電話を受ける。プロバンスの帰りの高速道路で事故にあったカミュは即死だったと。そのアパルトマンはパリの十六区にある。住所を辿って行ったことがある。中央の三階あたりの窓に張り出した花置き棚のある部屋を見上げる。壁にプレートはない。玄関の呼び鈴の名前欄を見る。そこにカミュの息子の名前をみつけて清人は興奮したのだった。

清人は嫌な話にならないように、それを避けて必死で話をした。

副学長はまた続けた。カミュが戦後パリに住むことにしたころ、異邦人はもう書き終わっていた。しばらく住んだことのある部屋はバノーと言う通りにある。ある時その住所を探していくとそこはアンドレ・ジッドのアパルトマンだった。そのアネックス（別館）というからその離れの部屋をカミュは借りていたのだ。同じ屋根の下に住んでいた。別に不思議はない。しかしジッドといえば、彼に気にいられたある日本人がジッドの部屋を訪問した時、僕のベッドを見ないか、と誘われたと日記に書いている。ジッドは同性愛好者だった。カミュがそうとは言わないが、その趣向のある他人から好かれそうだ。君はそう思わないか、と見つめられて清人は動悸が強くなった。カミュの小説の主人公が友人と夜の海で泳ぐ場面などで、そんな感じを思ったこともあったが、さあ、よくわかりませんと答えた。

教授が次に出してきたのは表紙が金色と赤と緑の模様で縁取られた豪華な分厚い絵本だった。そして大きい。フランス語の装飾文字で「即興詩人」と書いてある。かなり古い。

「これは昔パリの古本屋で手に入れた僕の宝だ。フランス人はイタリアが好きだよな、特にヴェネチア、北ヨーロッパ人もそうらしいがね」

丁寧に頁を繰り挿絵に見とれながら清人に説明する。ローマやヴェネチアの風景がデフォルメされて描かれている。絵は本物だ。美しく着飾った少年即興詩人が宮廷で詠う様や、彫りの深い瞳の黒髪の歌姫もいる。沈みゆく夕陽はアドリア海の果てだ。そして病に侵されて声も出なくなったかつての歌姫が老いながら裏町の舞台で歌う様。アンデルセンは偏屈な男だった、そしてかれも同性愛者だった、僕が死んだらこれを君に形見にあげる、と教授が言った。

一時間以上も部屋にいた。別れを告げると副学長はまた握手をしてきた。校門を出て駅に向かうと街は暮れなずんでいた。街はいつもと違う感じがする。人の群れが彼を追い越していく。平凡なこの人ごみに溶け込んでいきたい。歩く力がなかった。教授は清人の秘密を握ったと思わせたかったのか。あれは確かに盗用だろう。まさかあれが彼の詩集だったということがあるだろうか。詩集は名前も確かめなかった。だが彼が黙っている限り知らぬ顔をしていなければならない。そして、同性愛者という言葉を二度も出した。清人は自分が同性愛好者とは思っていない。だが孔雀への興味は何だろう。その心の中の葛藤まで教授は把握していると思わせたかったのか。清人は疲れ果てて汗をかいていた。

それからの数日は鬱積した気持ちを抱えたままだった。教授の影のような手が清人の心の出口を抑え、ある時はその掌のなかで転がされているような気がした。足取りはいつも不安で地面が揺れた。廊下ですれ違いあいさつを交わす時も彼の表情は友情に満ちていて、君のことは何でも知っているよ、優しく抱擁するよと言っているようだった。そしてある時彼が陰からこちらを盗み見しているような気がしたとき、清人は恐怖に似たものを感じた。

夏休みが始まって副学長にしばらく顔を合わせなくてよかった。清人は孔雀の写真集を出すことに熱中した。単なる興味本位の裸体の本ではなく芸術作品としたかった。古代彫刻が浴びるような光と影の中で、薔薇はただ孔雀の肌の色を際だたせるためにある。その肌はさらに気高く深い透明の薔薇だ。分厚い表紙と紙質が大事だ。今回は費用を惜しむ気にはならなかった。イザベルに送ることも考えたが多分そうはしないだろうと思った。

孔雀はしばらく戻ってこなかった。清人は度々あの夜のことを思い出した。孔雀は一体俺にとって何者なのか。あの夜の官能は何がもたらしたものなのか。俺は孔雀を女としてその肌に口をつけたのか、それとも男としての肉を噛んだのか。裡に男を秘めた女体として弄び愛撫したのか。いやまったくの非現実の世界でただ夢を見ていたのか。無造作に投げ捨てられた薔薇の敷物に転がる白い獲物。緑の棘が肌に食い込み小さな鳴き声のような痙攣を起こす。血か口紅か区別のつかない赤が唾液に混じって細い腕を這う。闇から浮かびあがる青白い炎を映した空虚の眼。微光に燃える首筋の産毛。死体のように白い下肢。そしてどこかに隠されている聖なる泉。美しい写真集になるに違いなかった。表現し公開するのだが、自分だけの他人の知らない世界だ。そして「貴腐薔薇」と表題を付けるのに迷いはなかった。

学生を連れての研修旅行にも行かねばならなかった。決まった美術館をいくつか連れて回り地下鉄にも乗った。かつての大学の教室に案内し授業の真似事をすると彼女らは喜んだ。あとは自由時間だった。パリを希望した学生たちとはやはり気があった。住み慣れた街なのでそう懐かしさはない。行きつけのキャフェに座るとまたいつでも来れそうだった。次に来る時は写真集を持って来て本屋に売り込もうと考えると、嬉しかった。帰国したころに写真集は出来上がっているはずだ。十日あまりはすぐに過ぎた。

教授の部屋に報告に行かねばならなかった。旅行で気分転換ができていたのでそう苦にはならない。笑顔で迎えられしばらく話をした。リュクサンブール公園の夏の薔薇園の写真をパソコンで見せていると、横に座った教授から、ふと清人は変わった微かな匂いを感じた。奇妙な不安さが蘇ってきた。フランスのいたるところに漂う香水のために匂いに敏感になっているのだろうか。

それは前日に大学に戻ってきて、自分の部屋を開けた時、澱んだ空気に混じった匂いだった。普段なら気が付かないような微妙な匂いだった。不在の間に彼が俺の部屋に入った、と思いつくのに時間はかからなかった。冷たい風が背中を走った。怒りとちょっとした恐怖だった。

「僕の自宅にも自慢の薔薇園があるんだよ。いつか招待するよ」

逃げるわけにはいかず、清人は、はあ、ぜひ、と軽く答えた。

笑顔で別れて彼はすぐに守衛室に向かった。怒りを抑えて守衛の一人に聞くと彼はあっさりと、ええ、書類がいるのでと夏目先生が言われたので私が開けました、と答えた。必要な書類などあるはずがない。何のためか、俺の秘密を探すのか、それならなぜ守衛に口止めをしていないのか。清人は冷静になって考えねばならない、何かをしなければならないと覚悟した。

もう一つのちょっとした出来事で清人は腹を決めた。

研修旅行中に彼は一人の時間を見つけて近くの教会に入った。そこは夕方になると祈りの時間にパイプオルガンの演奏がある。通常は信者は少ない。またそこで祈りのふりをしてひと眠りするのも好きだった。ひんやりした空気に混じって爽やかな空気がふと彼の眠りを妨げた。目を上げると、女子学生が一人横に座ってきて彼に微笑んでいた。音楽が好きだと言っていた保育士科のM子だった。

教会の苔むした壁の横のキャフェでしばらく時間をつぶして二人は別れた。彼女の好きなピアノの話になって、いつかその演奏を聴く自分を想像したりした。夏なのに涼しい記憶しかない。

M子が時々清人の部屋に来るようになった。髪を後ろに束ねた色白の顔は小さく、変化の乏しい表情だが周りのものに何の疑いも持たない素直さが感じられた。額やうなじの生え際の髪が美しかった。首がやや長く、清人はいつかよく似合うネックレスを勧めたいと思った。ちょっとした会話でも心地よかった。彼女が来る時間が待ち遠しくなっていた。

その来訪が何の前触れもなく突然止んだ。数日たって彼は待ちきれず音楽室の前を何度も通ってみた。彼女の姿には出会えなかった。彼女を好きだという意識はなかったが、こうなると胸が痛んできた。やっと学生の一人に聞くことができた。M子は夏目教授に呼び出され、叱られてから学校に来なくなった、なぜ叱られたかわからない、もう来ないかもしれないと言って、彼女もすぐに離れた。

身体にできた空虚に恐怖のような気味の悪さと怒りが交互に湧き上がった。教授が自分とM子との間に何か問題を感じたのか。好意は持ったが不純な関係はない。このことで彼は自分を邪魔したのだろうか。何の目的で彼は自分をこんな風に扱おうとするのか、監視するのか、秘密を握っているということで、自分を愚弄するのか。いやあれはたいした秘密ではない。いや彼のほうにこそ、自分から追及される恐れを持っているのではないかと清人は結論付けた。彼の微笑に隠されたものをいつか問い詰めてやろう、と思うと少し安心した。

写真集ができた。清人は経費の負担金の二百万を払った。出版社は全国の販売網に流した。貘の客の一人の新聞記者が紙上で取り上げてくれ評判が上がった。写真雑誌は美術の評価だけでなく技術も評価してくれた。技術は今はもう忘れたイザベルに習っただけだ。色も構図も出来上がりに清人は満足した。いつか「薔薇の沈黙」も刷りなおして出版したいという欲も出てきた。たいした費用ではない。ただこれを大学の図書館へ寄贈するかどうかは迷った。

ある日清人は黙って教授の部屋へ入った。写真集を彼に渡すか、渡さないか、渡すとすればどのタイミングか、それを考えていると妙な自信がついてきた。彼は称賛するか、嫌悪を見せるか。俺の秘密などたいしたことはない。彼と対決してもいい。問題が起こって大学を去ることも辞さない。だが彼が自分を辞めさせることはできないだろう、となぜか思う。

部屋には彼独特の匂いがこもっている。黙って部屋に入ったのを彼が咎めたら、自分の部屋に入ったことを追及してやろう。机の上には「薔薇の沈黙」が置いてある。本棚を見ていると教授が部屋に戻ってきた。機嫌は良さそうだった。そして約束でもしていたように椅子をすすめた。清人はつい、即興詩人をお借りしたいと思いまして、と言ってしまった。いかにも親しげな夏目教授の表情が返ってきた。清人が訪ねてきたのがそれほど嬉しかったのか、それはなんでも従いますよというふうな卑屈な眼にさえ見えた。清人はM子のことを持ち出そうと一瞬は思ったが、自分の執着を知られたくなくて止めた。「貴腐薔薇」の話はせずに、机上の「薔薇の沈黙」を指してどうでしたか、と聞いた。この本に関しては意見を聞いていない。聞かなくてもよかったが、次の写真集もある。教授に渡すべきかどうか。

「僕は自慢の薔薇園を持っているのですよ。今は夏薔薇の香りがいい。郊外ですが一度見学に来ませんか」

そう言われたのは二度目だ。彼は忘れているのか、故意に言ったのかわからない。清人は教授がわざと二度言ったのなら、俺に何かを隠して何かを挑んできているのだ、と嫌な気がした。

「先生、それは先生の大切な薔薇園ではないのですか。薔薇園は秘密であるべきです。容易く他人を入れるのに抵抗はないのですか。僕は人が秘密裏に愛でている花園には入りたくない。まして僕のには決して他人は入れない」

清人は教授の呆けた一瞬の表情を見逃さなかった。それはすぐに卑屈な微笑に変わった。教授が急に小さく見えた。その時清人は確信した。教授は何かを隠し俺を煽り俺の挑戦を待っている。あるいは自分の弱みを俺にわざと握らせて俺を泥沼に誘っているのではないか。清人はそうならばそうしようと思い自信をもって部屋を出た。怒りよりも冷静さが勝っていた。あなたに挑戦してあげよう。あなたが望むのならその惨めな泥沼に突き落としてやろう。そしてあることを思いついて笑いたくなった。

曇った日が続いた。黒雲が海面まで垂れこめて、夜になるとあたりはそのまま闇になった。蒸し暑さが清人の体温になっていたが、内部は冷え切っている。頭が重くだるかった。風邪をひいているのでもなさそうだ。時間の経過も感じないまま座っている。海を見ているのでも空や雲を見ているのでもない。ただそこにある闇を目に映しているだけだ。

この一年は環境が変わりその都度ちょっとした刺激はあったものの、その変化だけの日々だった。さらなる刺激を希望を日々の変化を自分は望んでいるのか。それさえ意識できない。仕事の生きがいがあるわけでもない。大学で評価がよくても教授との緊張を楽しんでもそれに何の意味があるのか。

小雨の寒い日が続くようになった。孔雀が久しぶりに来た。孔雀は清人の厚く逞しい胸板が好きだと言って、自分の小さな胸の突起を重ねてきて、体中を舐めた。清人はされるがままにまかせて天井を見ていた。孔雀は写真集に合わせて創作舞踏の公演を計画していた。清人には興味は湧かなかった。下品な大衆の中で踊る彼には興味はない。むしろ見たくない。写真集の記憶の方が新鮮だった。撮影の瞬間や出版するまでの胸の高まりの懐かしさだけでよかった。その夜清人はなぜか孔雀を邪険に扱った。

濁流のような流れが身体の奥底から溢れんばかりだった。しかし清人はそれを意識していなかった。いやできなかった。それは怒りだったろうか。わけのわからない激しい性欲だったろうか。体中の動脈が大きく波打ち、体を破壊しそうだった。その湧き上がってくる暴力を何であるか確かめる事ができずに、彼は虚脱したままだった。

開け放った窓から白々とした朝の海が見えた。雨は止んだ。後ろの山からは朝焼けが広がろうとしているだろうか。孔雀は清人の胸に顔を乗せて眠っている。冷たい涙が流れている。一度孔雀の詩の朗読を聞いたことがある。空疎な内容だったが声には感情がこもっていて、それが哀しみを掻き立てた。清人は孔雀の短い髪に手を入れて小さな頭を撫でた。可愛らしかった。この子は日々をどうやって送っているのだろうか。そしてこれからも。

　この子とこの廃屋で心中する、それは絵になる。世間への侮蔑だ。世間は自分たちが侮蔑されたとわかるだろうか。誰にも理解できないだろう。もちろんそんな気はないがふと思うとおかしくなった。波打ち際に打ち上げられた孔雀の惨めな死体が目に浮かぶ。

　何か邪悪なことをやりたい。決して極悪なことでなくてもいい。意味のないつまらないことに身を投じたい。堕落すべきだ。誰かを貶めたい。自分でも誰にでも理解できない愚劣なものを投げつけたい。侮蔑する者を無意味に破滅させたい。何故そのようなことを考えるか自分でもわからない。

　朝食に大切にとっておいたワインを出した。何か良いことがあるか、あるいは悪いことがある時に飲もうと思って、フランスから持って帰ってきたものだった。なぜその気になったかわからない。帰国する前日にふと立ち寄った古いワイン屋だった。百年以上続いたそのワイン屋をそろそろ閉じようと思っていると老主人が言った。埃をかぶったラベルの「pourriture noble」という字がやっと読めた。白ワインの名前が気に入ったのだった。

　孔雀ははしゃいでいた。それは空々しかったが、清人は気に留めなかった。虚ろな頭の中にはまだ朝の冷たい空気が澱んでいるようだった。しかしグラスに口をつけるといきなり激しくむせ返って目が覚めてしまった。いや目覚めたというよりその重い甘さが瞬間脳を突き抜け彼を忘我に陥らせた。深い倦怠感が次第に快感になって自分の身体に染み込んでくるのをぼんやり感じているだけになった。朝の弱々しい光が白ワインの薄い黄金色に映えている。

　こんなに甘いワインを飲むと悲しくなるわ、と孔雀がぽつりと言った。それが遠くから聞こえた。

清人は写真集「貴腐薔薇」を夏目教授に孔雀の名前で送った。連絡場所と神戸の住所を入れた。いつか先生の薔薇園を見たいという言葉も入れた。

二　夏目教授の話

私がパリ第五大学大学院に入った時、房子が友人と二人で旅行に来た。半年後に結婚を控え、友人との最後の楽しみだと言った。房子は私が学生の頃しばらく通った日仏文化会館の仏文学の講座の年下のクラス仲間だった。そこは趣味人の同好会でもあり特別に勉強したい者の場所でもあった。クラスには他に新聞社の元パリ支局長とかフランス国鉄に出向していた退職者などがいた。尾上清武という私と大学は別だったが親しい友人もいた。房子は尾上と結婚することになっていた。

房子は物おじしない明るい性格だった。服装のセンスもよくいつも着ている白いブラウスは鮮明だった。誰にでも愛想がよく、私は彼女が好きだった。しかし恋に進むには躊躇があった。何かのきっかけがあればそうなっていたかもしれない。彼女を愛し始める時の苦しみが予想された。

講義は古代から現代まであらゆるフランス詩を読んでいくことだった。教師が期ごとに詩集を選んだ。尾上はおとなしいまじめな男で勉強には熱心だった。私の知らない詩人など講義の前にその生い立ちや社会背景を発表したりした。その彼が房子に恋をしているのではないかと思うこともあった。素直な性格の陰にふと暗い悩ましい表情を見ることがあった。彼の苦しみを私は理解できた。派手な房子に彼の地味さがついていけるはずはないと思っていた。彼は郊外の海辺の割烹旅館の息子だった。

学部を終えたころ二人の結婚の知らせがパリに届いた。私といえばどの女性とも長続きせず鬱積がたまっていたころだった。古い裏町を散歩するだけが慰めだった。時折房子を思い出しては胸の高まりと後悔に悩まされることもあった。

三年ぶりだったろうか、彼女はやや太っていた。思えばまだ少女らしさも残っていたそのころと変わって成熟していた。その日は友人と別行動ということで、私と二人での食事になった。私は歴史のある古いレストランを選んだ。食事の途中で激しい雨が降ってきた。房子は私のパリの生活の話を詳しく聞きたがった。一本目のワインはすぐに空いた。私は彼等の話は聞きたくなかった。彼女はかなり酔ってしまっていた。雨が小降りになった時に私たちはレストランを出た。私たちははしゃいで笑いながら雨の中を走った。私の部屋はパリ国立図書館の裏の小さな公園の傍にあった。静かだった。私は彼女を抱いた。彼女は抵抗せずに最後まで泣いていた。

私が帰国して彼らの海辺の旅館を訪ねた時、二人は四歳の清人と共に迎えてくれた。私は清人があの時の子ではないかと思ったが、年月を考えるとそうではなかった。安心もしたが、ふと残念さも覚えた。清人は私によくなつき、波打ち際で長い間遊んだ。そして海の見える風呂場で砂を落とした。幼児の体を洗ってやるのは気持ちがよかった。清武と交わす酒はうまかった。彼は私のパリの話を羨望を抑えて静かに聞いていた。房子は私たちの秘密をいつか私が漏らすのではないかと恐れているはずなのにそのそぶりは見せなかった。私にはその気は全くなかった。彼女は長い時間をかけて自慢の薔薇園を案内してくれた。もしかしてあるかもしれない自分への私の執着を逸らすかのように熱心に私の顔を花々に埋めさせた。

　私はしばしば訪れた。彼女にはもうすっかり過去のことは残っていないようだった。私もそれでよかったのだが、いつも開け広げたような自由な彼女の言葉や動作が次第に私の心を痛めるようになった。夫や私よりはるかに年上の女性になっていた。そして美しくなっていた。

　訪れた時清武が不在のこともあった。そんな時彼女はふと愚痴をこぼしたりした。夫と子供とこんないいところに住んでいて幸せだけど、ほかにも世界があるかもしれないと思ったりする。それは自分が幸せで満足しているのが私に悪いと遠慮して言ったに違いなかった。それはまた私の胸を締め付けた。

　それが海の光のせいだとは言わない。ある時並んで立っていると、海の光がうなじの産毛に当たって円い肩に落ちているのが目に留まった。私は右手で肩を抱き左手で彼女の顎を抑えて口を付けた。彼女は抵抗したがすぐに受け入れた。しかしそれはほんの数秒だった。私は手を離した。沸き起こってきた哀しみのためだった。これ以上どうすることもできない。私は辞してしばらく行かなかった。

　それはもう三十数年前のことだ。それからの三年で私は苦しみや不安や悲しみや失望のすべてを味わった。

　私の父は地方の女子短期大学の理事長兼学長だった。資産の十分な先代からの引継ぎであったからいわゆる尊敬される立派な人でもなかった。太り気味で血圧も高かった。大学での権力の横暴さは知れ渡っていた。伝統のある有名校なので教官たちはだれも逆らわなかった。その大学に所属しているだけの少しの名誉にすがっていた。人事と予算配分が彼の特権だった。急に授業数を減らされた教官は思い当たることもあった。

名誉欲と事業欲は旺盛だった。彼のこれからの計画はまず看護学部を増設することだった。次に四年制大学にして、知人の経営する薬科大学と合併することだった。薬科大学は新設でまだ小さく父の大学と合併すればその評判と価値は大いに上がるはずだった。

父は理事長兼学長という自分の肩書をはずそうとした。別に学長を決めねばならない。彼は独断で保育士学科の女性教授を指名した。彼女は看護師で厚労省の天下りだった。さらに言えば父の愛人だった。それは周知のことだったが誰も口にしなかった。私の母は病弱でその当時は入院していた。

最初はだれも反対しなかったが、その時に存在していた科学史の講座の平田教授が反対に立ち上がった。彼はまだ若くいわゆるオーバードクターでやっとここの席を得ていた。彼は数人を募って学長に直々に談判に迫った。他の教授は彼に責任を押し付けることで安心して同調した。学長を民主的に選挙で選ぶべきだ、と主張した。

私の父、学長はかなり驚いた。自分に反抗するものが存在することはまず考えられないことだった。そして彼らの主張が正しいと認めざるを得なかった。彼は激高した。お前は首だ、と叫んだが誰も取り上げずそのままにされた。選挙にせざるを得なかった。対立候補は古株の人望のある教授だった。理事長も信頼を置いていた。父にしてみればそれは裏切りだった。

戦況は不利だった。父はかつて手なずけていた教授たちに金を配って切り崩しを図った。それは成功しそうだったが、この状況を面白がった週刊誌が嗅ぎ付けてきた。さらに外部組織が応援に来始めた。

学長選挙は延期され、紛争は長引く様子を見せていた。連日学長室には何人も詰め掛けた。要求は父の学長引退にまで発展した。父は体調を崩し病院に逃げこみそこから事務方に指示を出した。まだ戦いを続けあきらめなかったが孤立無援だった。

私は三十歳を何年も越えていた。父は郊外の別宅を帰国した私に譲ってくれていた。そして帰国とともに私はこの短期大学の教授になった。講座を増やし、既存の教授の授業時間を削って私に回した。教授は不満だったろうが、私はそのことに気づかずに彼らの仲間になった。紛争にはそんな父のいつもの乱暴な施策への反発もあったのだろう。

父は家庭でも横暴で母は従順だった。私は物心ついてからは両親に反発ばかりしていた。子供は私一人だったので、お金の面での苦労は全くなかった。私は高校時代から家を出て寮に入り家に帰ることは少なかった。大学時代、フランス時代とお金さえあれば両親の存在の必要はなかった。

帰国してからの短期大学在籍は私にとってはただの腰掛のつもりだった。しかし私はその時まさに渦中にいた。簡単に逃げ出すことはできなくなった。教授たちの私を見る目も当然冷たかった。父が疲れ果て諦めるまで事は収まりそうになかった。

しばらく考えて私は決心した。父と相談して私は自分を理事長兼学長の代行と任命して学長室に座った。病院までは遠慮して押しかけなかった彼らは新しく私と交渉せざるを得なかった。私には失うものはなかった。大学に愛着もなく、このまま紛争が長引いて大学が機能せず、翌年からの学生が入ってこなくても私に責任はなかった。学生が可哀そうだったが責任は教授たちにある。授業拒否の意見も出たらしいが、長引いて困るのは教授たちの方だった。文科省からも懸念の意を表してきた。

私は理屈では負けなかった。しかし個々の小さな理屈で勝ってもそれで終わりというわけにはいかなかった。主導者の平田教授は会うたびに私を罵倒した。外部団体の応援団もいた。薄ら笑いを浮かべて私は耐えていた。今までの会計の開示と理事会の刷新も持ち出され、新しい理事会に外部者と数人の教授の参加が要求された。諦めた父が負けて現在の理事が従うことしか膠着状態を終わらせることはできなかった。持久戦だった。

強がりを言っても私も少しは疲れてきていた。状況は不利だった。しかしいざ失うものが大きいと気付くと簡単に事を納めるわけにはいかなくなった。非道なことでもやらねばならないこともあると必死の思いだった。何かを実行する時は残酷にならねばならない。その後はもうどうでもなれとすべてを捨ててもいい、とさえ思ったりした。

そのさなかに房子が私の家に突然やってきたのだった。転がり込んできたと言った方がふさわしい。髪と服は乱れ憔悴しきっていた。涙のあとが化粧を崩している。わけは話さずただ落ち込んでいる。涙はもう枯れたようだった。家には入れず清人にも会わせてもらえない。一晩は庭の小屋で寝た。清武との諍いだろうが、それほどの彼の怒りは想像できなかった。自分とのかつての過ちを彼は知ったのだろうか。房子が告白しない限り誰も知ることはないはずだ。

私は卑劣な男だ。彼女をやさしく受け入れ憔悴を治めてやるつもりだった。だがその時私を襲ってきた衝動は何だったのだろう。疲れからくる神経の混乱だったのだろうか。罵倒され屈辱にまみれた事への反発だったのだろうか。私は自分を抑えることができなかった。介抱する手が激しい欲望に変わって私はそのままその暗い淵に墜落していった。彼女は動かなかった。雨が降り出したようだった。

彼女は何日も私の家にいた。毎日出かけて行っては清人を探していた。主人が清人をどこかに隠し会わせてくれないと泣いた。もう永久に会えないと。憔悴して帰ってくる彼女は正常な状態ではなかった。私は彼女を慰め、いたわり、疲れを癒すつもりだったのだろうか。私も正常ではなかったのか。抱いても彼女は何の反応も見せなかった。それがますます私の欲望を激しくした。

授業は普通通りに行われていたが次第に学生の出席は減っていった。校門の外では外部組織がビラを配って理事長の不正を暴き退陣を要求していた。

私も怒りと疲れと惨めさに取りつかれてしまっていた。何とか打開しようとした時、私は理事長が隠していた潤沢な裏金を見つけた。週刊誌の会社を回り編集者にそれを配った。反対派の弱そうな教官の個人宅を夜間訪れて説得した。そうしているうちに父がストレスの脳梗塞で倒れた。あまりに無駄な時間が経ち過ぎた。私もそろそろ片付けて逃げ出したかった。私はたまった鬱積を抱いたまま、房子との虚脱した時間に埋没していた。

そして最後に卑劣な手も考えた。科学史の講座の平田教授に会う時はもう覚悟はしていた。自宅を訪れた私の顔を見た時、平田教授の表情はひきつった。私は無理矢理部屋に入った。幼い子供と妻の三人家族の住むアパートの部屋は狭かった。やっと歩き出した幼児を私は抱いてあやしながら、突然乱暴に扱うふりをした。私は恥を捨てた。私は脅迫し金を渡した。私は大学を去ることにすると言った。倒れた理事長はもう引退しかない。副理事の父の弟は比較的温和な人物だった。その叔父が後を引き継ぐ。平田教授も私も大学から身を引く。運動は治める、外部組織は排除する。私には失うものは何もない。

先生と家族の健康は大切だ。脅迫は効果があった。

事態はすぐに収まった。叔父である新しい理事長兼学長は大学を元のままの体制に戻した。気まぐれで横暴な権力は叔父には似合わなかった。教授たちは安心し自然に引いていった。そして私と平田教授がいなくなっただけだった。父は寝たきりになった。

房子が私の部屋に来てから幾日が経ったのかもわからなくなっていた。疲れがとれても倦怠感が残っていた。責任がなくなっても自由な気分にはなれなかった。房子の体に触れることだけが日々の区切りだった。

房子は朝早く出かけ夜は遅くまで帰ってこなかったりした。清人には会えないようだった。主人との諍いはどうでもよかった。ただ息子に会いたいだけだった。会いたいという切羽詰まった気持ちが彼女の体力をすり減らしていくようだった。やっと残っている最後の緊張の糸が切れたらどうなるのか私も心配だった。家政婦に肌着や服を買ってこさせたが、身なりにはもう無頓着になっていた。化粧をしない肌は荒れていた。脱いだものはそのままにして疲れて眠る姿はだらしなかった。食事の食べ残しは汚かった。私はそれが可哀そうでいとおしかった。しかし彼女は私に対しては何の感情も持っていないようにもみえた。

出かけることも少なくなっていた。私は庭師を呼んで特徴のない庭を整備させた。土を掘り返し不要なものを取り除き大改造させた。薔薇の木を何本も無造作にそして不規則に植えさせた。初老の庭師の仕事は品がよく、雑然と盛り上がった薔薇の群れにもそれが感じられた。彼女は毎日増えていく薔薇をベンチに座ってじっと見ていた。私がそばによると力なく微笑んだ。

時々庭師が孫の少年を連れてきた。私はこの無邪気な少年が好きで遊んでやると気持ちは和らいだ。日焼けした手足と顔を汚れた服から精一杯伸ばして走る元気な子供だった。走ってきて私にぶつかり抱き上げてやると声を上げて笑った。そんな時房子は顔を曇らせた。

どこか旅行に行こうか、パリでもと言いかけて私はすぐにやめた。温かい東南アジアの海の近くの小さな町、というと少し目を上げた。私たちは孤島に置き去りにされた貧しい二人のようだった。罪を犯し罰から逃げてきた弱い二人だった。

それもある日突然彼女が姿を消したことで終わった。尾上清武のもとに戻ったのか、どこかで身を投げたのではないか、どこかの知り合いに身を寄せたのか。私には知るすべはなかった。私の長い日々が始まった。陰鬱な倦怠感だけがあった。

庭師は私の要望通りに遠慮なく薔薇を植えこんでいた。房子の不在の庭は陽の光を浴びて様々な原色で燃え上がった。それが夏だったか春だったか正確な記憶はない。

それからの一年だったか、いや二年だったか、この間のことはあまり語りたくない。私は闇に蹲っていた。生きることに何の意味も見いだせない暗闇だった。私は縋り付く思いでそこに潜むことに執着した。湿った空間は閉じられていて、そこから再び外へ出て行くことは考えなかった。底のない泥沼に落ちていくことが心地よかった。

私は異国の小さな町にいた。夏の夕方になると、辺りの人間がぞろぞろと海辺の散歩にやって来た。水平線に落ちる巨大な夕陽を見るためだった。また昼夜を問わず続く野蛮な奇妙な儀式も見た。誰もが激しい恐怖に晒されながらその儀式に取り込まれていた。ただの物体になった死体を見ることも多かった。行き倒れの死体、醜悪なものも見た。私は感情を捨てなければ存在することができなかった。

しかし私は生きていた。開け放した窓から入ってくる夏の夜の風は気持ちよかった。椰子のジュースで割ったジンは爽やかだった。香を焚いた私のベッドにはいつも少年がいた。夕陽の名残を吸った皮膚は温かく白い歯は月光に光り大きな眼は闇の底の澄んだ泉だった。


母が亡くなり父も後を追った。通知がきて私はすぐに日本へ戻った。叔父のもとで盛大な葬儀が営まれた。父が私を誇りとしていたと伝えられた。私は周りから注目の的となった。叔父は私を歓迎してくれた。

私は過去を断ち切り生まれ変わる決心をした。副学長として大学の経営を任された。まず大学の基本理念を明確にして詳しく明文化した。理事会、学則、組織図、教授や職員との契約書などは既存のものが一応はあったが他校のものを参考にしてさらに細密にまとめた。弁護士も慎重に検討した。そして副学長としての私の権限を従来よりも強めた文書で明確にした。将来に問題が起こりそうな芽は抑えた。教授たちとは改めて契約した。彼らの報酬は他校よりも多めに設定した。誰もが従順だった。

私はまた新しい事業を起こし発展させた。先代から所有の広大な土地のおかげで資金は不足なかった。まず父が計画していた看護学科は付属の看護専門学校として発足させた。いずれ四年制大学になるはずだった。名門短大であったので入学希望者は多かった。臨床検査技師学校、理学療法士学校も続いて設立した。最先端を行くファッションデザイナーを教授に迎え大学の評判をさらに上げた。保育士養成のために近代的な保育園を作った。債務超過に陥っている医院を医者ごと買い取った。そして近所のマンションを一棟買い上げ一階にクリニックを入れた。老人を多く入れ往診させた。高所得者向けの介護付き老人マンションも開設した。それはこの先も数を増やすつもりだった。小さなことだが、前に辞めさせた平田教授に連絡を取って後任を探してもらった。彼は後輩の天文学者の河辺氏を紹介してきた。私はすぐに採用し天文学講座を新設した。薬科大学との提携については吸収合併を考えていたのでうまく進まなかった。そのため四年制大学への道はまだだった。

私は地域の名士になりゴルフや宴席も多くなった。役人たちへの接待も厭わなかった。ロータリークラブの会員になったが友人は作らなかった。利用するだけだった。裏の遊びの世界も知った。私は生活に満足していた。長い年月だったが、過ぎ去ると短かった。私は事業欲に執りつかれていたにすぎない。眼前のものに気が付くとただ手に入れたくなっただけだった。手に入れても達成感や気持の高ぶりはなかった。無意識のうちに仕事の中の物語の叙情性や感情を避けようとしていた。一つが終わると興味は半減した。走ってきた時間を数えることがあってもすぐに忘れた。

肝心な危機管理は怠りなかった。理事に退官した警察署長を入れた。本部の総務課長や業務課長には警官の退職者を入れた。細かなトラブルは人に任せておけばよかった。私は次に何を思いつくかということだけに気持ちが向いた。それで二十数年が経った。

買い入れたマンションの最上階の部屋を改造して私は住んだ。住宅兼仕事場だった。山からの朝焼けや海への夕焼けは壮大だった。私は感情をこめずにその美しさだけを味わった。

ただ私を悩ませるのは時折襲ってくる抑えきれないほどの激しい欲情だった。それは若い頃であったら健康な発散でよかった。しかしそれは歳ともに激しさが増すだけではなく、また発散されて正常な健康に戻るものでもなくなってきた。性行為は清冽な快感と解放を求めるものではなくなった。一つの事業が立ち上がりある程度達成点に至ると、私は秘密裏に初めての地方や近隣の異国へ出かけた。そこで私は恥を捨てた人間になった。時として私の激しさは異常なものにしか吸収できそうになかった。その深みに入っていくことを私は恐れなかった。自分の場所へ帰る時、反省と悔悟を自己の意識から排除すれば、いや必死の思いで捨て去ればいいはずだった。しかし私の劣情は醜悪なものと、求めるものの違いを認識できなくなっていた。激しい欲情の波に飲み込まれている時、私は生きるためではなく愚劣なものになるためにその中で喘いでいるとさえ思ったりするのだった。

時には突然の憂鬱が起こってくる。私はそれが何であるかわからない。少し前から心が弱々しく痙攣し突然乱れるのではないかという予感はあった。針先で指をちょっと突いただけで、疲れが一瞬に全身を打倒さんばかりに襲ってくるのに似ていた。単なる燃え尽き症候群と言われるものなのだろうか。いや私は逆にそれを求めていたような気もする。私は自分が失敗し破綻へ向かっていくのを怖れながらも、それを求めていた気もする。すべての義務と緊張から解き放たれ、奈落へ沈んでいくことは何という心地よい世界だろう。破滅への直行下。それに身を投げこもうとする時、私はいつも激しい欲情に捉われるのだった。

電気のついていない部屋に帰り、ソファーに横になろうとした時だった。月の光でも隣のビルの灯でもない、部屋は夜の空気に満たされて明るかった。私は初めてその夢のような空間を見た。私はただ一人そこにいるだけだ。それが不思議だった。体は軽かったが頭は押さえつけられていた。理由のない悲しみが靄のように頭の中に広がっていた。音楽を聴きながら私は寝入っていた。夢の中で悲しい音楽が聞こえて来る。私は夢の中で泣いていた。ソファーと共に私の身体は闇の深遠に落ちていく。スピードが増す。私は全く無気力だ。もっと早く、もっと深く、もっと暗いところへと私は祈っている。ただ祈る。その果てにしか私の安寧はない。

郊外の家はそのままにしておいた。数年に一度しか帰らなかったが庭の手入れは続けさせた。鑑賞する主のいない薔薇の群れがそれでも咲き誇っているに違いなかった。私は時々それを想像することがあった。

私は家に帰ってみることにした。私が可愛がっていた庭師の孫が青年になって跡を継いでいた。その日焼けした顔に会うのは二年ぶりだった。彼が仕事をしている間私は肘掛椅子に座ってそれを見ていた。秋の午後だった。不要な枝を剪定し害虫を駆除し雑草を引き抜いている。形の良い背中から伸びた腕が爽やかな汗で光る。立ち上がる時の腰の筋肉が心地よく震える。柔らかな光がセーターを通して私の体を弛緩させる。私は次第に眠りに沈んでいく。昔読んだフランスのジャン・ジュネの妄想小説の場面だろうか。青年はきっと私の留守中に家中を探索しているに違いない。盗みをするのでもなく、ただ私の生活を盗み見するためだ。そう考えていると青年が一輪の薔薇を持って私の足元に跪く。それを捧げて、足をマッサージしましょうと言う。私は全身を投げ出す。終わると彼は私から大金を奪う。私は気持ちよくそれに応じる。私は完全に眠ってしまっている。

三

冬も近い日だった。事務員が持ってきた手紙を見て私は驚いた。あて先はただ学長様になって私宛ではない。差出人は尾上清人だったが、私を知らなくて出した手紙に間違いなかった。封を切る私の手は震えた。清人か、とつぶやきながら私は気持ちを整理しようとしていた。

教官としての就職依頼だった。学歴を見て安心したが同時に私の胸は痛んだ。甘く悲しい懐かしい感情が起こってきた。私は必死でそれを抑えた。尾上清武と房子の子供が目の前に出現しようとしている。留学から帰ってきた私をあの海辺の旅館で迎えた三人の笑顔。柔らかな波打ち際の砂で遊んで風呂場でもみくちゃにしたあの幼児の清人だ。まだ朗らかだった主婦の房子の表情を照らす海の光だ。そして表情をなくして私に抱かれる房子の髪だけが乱れる。

私は採用を躊躇した。私の思い出は暗い洞窟に隠された傷だ。その傷から悲しい甘い汁がにじみでてくる。完全に忘れておけばよかったのだ。しかし今から私の心の周りに防壁を築こうとしてももう遅い。私は人をやって清人を調査した。あの入江の旅館に一人で住んでいる。今は廃屋に近い。庭は雑草にまみれて廃れている。そこで清武は孤独死した。房子のことはだれも知らない。薄曇りの弱々しい海の光がかすれて消えていく。

一つの講座を空けるため、私は決心して定年の近い老教授を解雇した。確かに学問的には成果のある人間だったが大学の行事などには協力的でない。学生の人気もない。不服そうだったが退職金の上積みと私の気迫には逆らわなかった。理事会で私は強引に決定した。

理事の一人、理事長である叔父の息子、私の従弟になる夏目哲夫は若干の不満を私に告げた。彼は幼い頃から私の弟のようにして育った。実直で私の大切な片腕だった。理事会でもうまく纏めて私の意に沿ってなんでも実行してくれた。だが今回は老教授が納得したとはいえ私のやり方は今後によくない禍根を残す。彼の理には私も納得がいったので腹は立たなかった。ただ彼が私に意見するのは初めてだったので少しは気になった。

これは清人への私からの祝福だ、と彼との再会の日を待った。ただ彼は何も知らない。

私は冷静だった。ゆっくり清人を観察することができた。伸びたままの頭髪は艶やかで両側に分けられている。目は澄んで唇は私が吸った房子のそのままの形だ。背は清武に似て高く、骨格は房子と似ている。仕草は砂山が崩れる時のようにあやういが、すぐに決まった落ち着きに戻る。痩せ気味だが、筋肉が服の中でバネのようにしなっている。会話の合間に見せる微笑は私を安心させる。幼児の清人の匂いが蘇る。

そして私を驚かせたのはきっちりと結んだネクタイだった。それは帰国する時に空港で買って、久しぶりに尾上清武に会う時にたまたま土産にしたものだった。緑でピンクの模様がついている。洒落た変わったものだった。何よりも手触りがいい。清人は私を知っていてわざとこのネクタイをしてきたのではないかとも思ったがそれは思い過ぎだったろう。

それまではまだまだ私は落ち着いていられたのだ。しばらくあの入江を思い出して家族のことを聞いていた。房子、清武、そして海の光に隠された私の罪。私は採用を決めていた。そして別れに握手をした時、私の全身は一瞬の光に貫かれほとんど倒れそうになった。彼の手は力は強かったものの細くしなやかでまさにそれは房子の手だった。それは冷たかった。私は胸の中でそれに唇を付けた。雨に閉じ込められたパリの私の薄暗い部屋。私の体にしがみついたまま彼女は泣き声を抑えていた。

どのチャンスを見て彼に話をしようかと思うと、私は嬉しかった。だが私にその勇気はあるのか。いつか自然にわかるようになるのは面白くない。しかも彼が自分の母のことを知ったら、怒りは収まらないだろう。私にどう立ち向かってくるのか。それを考えると恐怖に似たものが私の背中を冷たく走った。彼は怒りを直接向けて来るのか、侮蔑を投げかけて来るのか。私の頭はしばらく混乱したが、彼の怒りや侮蔑を想像するとそれが私の心を幸せな気持ちにさせたのが不思議だった。彼が房子に似た唇と目と美しい手で私に復讐するのだ。その思いは私の胸を温かくした。彼の目は怒りの炎で燃え上がる。唇は軽蔑のあまり言葉も発せずにただ歪む。私は惨めに打ちひしがれる。それは性の快感に似ていた。

私は生まれ変わって自由になった。今の私には彼と対峙すること以外に価値があることはなくなった。大学の経営も事業も薄っぺらな空白でしかなくなった。さあ清人よ、ゆっくり迫ってくるがいい、いつでも喜んで私は受ける、そして負けるだろう。私の新しい日の始まりだった。

彼が私をただの副学長兼教授としてしか見ていないのが不満だ。私の厭わしい仮面を剥いでくれるのはお前しかいない。私の足かせを断ち切り自由な空へはばたかせてくれるのはお前の怒りと侮蔑しかない。私はそれとなくお前に教えることしかない。お前が自然に悟るようにしむけるのが私の楽しみだ。

お前を挑発し誘導する。私の気持ちをわかってくれると嬉しい。お前は美しい。私はまるでお前に恋をしているようだ。

清人を観察することが私には楽しみになった。物陰から姿を追った。人の群れでもその動きですぐにわかった。彼にもまた他人にも気付かれてはならない。それで後姿を見ることが多かった。足は長く腰の形はいい。肩のなだらかさはその母に似ている。夏になると彼の体はシャツを通してもっと美しく見えるだろう。時折目が合うと彼は少しはにかむように微笑む。なぜ無視するか冷たい挨拶で返さないのか。

清人の授業が始まり、つまらないセクハラ問題で不良女学生が問題を起こしたとき、私は女学生に怒りを覚えるよりもちょっとした楽しみを覚えた。窮地に追い込まれて困っている彼もいい。救ってやるのは簡単だが、すぐにでは面白くない。私は倫理委員の教授会にわざと彼を出席させた。彼の屈辱の表情も見たい。だがそれが簡単に済んでしまったのは残念だった。ある教師から彼女の品行不良が報告されて、彼女は退学してしまった。私は不満だった。私は清人の神妙な顔を見るだけで我慢しなければならないと思ったが、彼はあまり物おじせずに憮然としていた。太々しい態度、それは私を喜ばせた。

だが次は私が勝った。教官たちの学術研究会のことだ。彼の発表は大学時代の論文でカミュ研究会で好評だったものだ。カミュの青年時代の地中海という詩に現れた不条理の観念の誕生から、戦後すぐのモーリャックとの論争までがよくまとまっていた。私は自分の動悸が高まったのを感じた。私は覚えていた。それはもう四十年も前に私が読んで感心したものだった。清人の父の清武の論文の内容だった。私は清武をその論文で尊敬した。同時に彼の潔癖さと激しさを知ったのだった。ナチスに協力した戦犯を戦後に許そうとしたモーリャックをカミュは激しく糾弾したのだ。ただそれは一般的にも言われていることだから、全くの盗作とは言えないかもしれない。しかし私はあの時の清武の正義感とそれを決して許さないという強さに感心し、それ以来彼に言い知れぬ爽やかさを感じたものだった。

私は清武の論文の記憶を大切に隠し持っておいて、いつか清人にそれとなく知らしめる、という秘かな愉しみを持った。清人がその時に見せるだろう恥じらいの表情は私をわくわくさせた。しかしいや違うかもしれないとふと思うとそれはさらに私を興奮させた。清人はその盗作を認めず、そんなことを言う私に侮蔑を返し、怒りをぶつけてくるかもしれない。逆に堂々と私を糾弾するかもしれない。それはそれで嬉しい。

そして次の小冊子が私に与えたのはもう感動に近かった。「薔薇の沈黙」という写真集だった。一輪挿しの薔薇が枯れていく様を何日もかけて撮り続ける。また捨てられ横たわった薔薇が日々腐れていく様。

刻々と薔薇は表情を変え変貌し死へ向かっていく。今一つ印刷がよくなかったが面白いアイデアだった。そして巻頭の言葉が私を興奮させた。

リルケの、「一輪の薔薇はすべての薔薇である、」という詩の後に続くフレーズだった。

「僕の好きな詩の一行である。薔薇ほどその美しさを誇示し、その深淵を内包し生を謳歌するものはほかにない。そして枯渇死していくときの醜さの尊厳は生を愛する者の心を激しく打つ」

それはまだ私が若い頃に出した詩集の一行そのものだった。清廉潔癖な清武への競争心もあったが、彼を尊敬する気持ちも含めて出した私の詩集の巻頭の言葉だった。まさに私の一行の盗作だった。その後の数行は確かに清人の言葉かもしれない。私は胸の動悸を抑え、他人に知られないように平静を装うのに苦労した。引用を明確に、盗作などないようにと言って私はその会議を終えた。

清人を呼んで私の部屋で過ごした時間は私をこの上ない幸福感で満たした。私はお前の秘密を持っているぞ、しかしそれは言わない。そう言いたい、その私の気持ちをお前が悟るまでは、言わない。清人はそれがわかっているのか、なにも感じていないのか表情を変えない。

私たちはそれからしばらくカミュの話をした。清人はカミュの旧居を訪ねたりした話をしたが、私も若い頃はそうだった。ただまだアルジェには行ったことはなかった。日に焼けてサッカーに興じる少年のカミュ。当時の彼をもっと知りたい。私はふとジッドのことを考えた。彼は南の異国の少年を抱く背徳者だった。カミュに部屋を貸したジッドは同じ気持ちを持ったのではないか。そんな話を続けたが清人はその意味がまだわからないようだった。いやわかっていたかもしれないが、彼はなんのそぶりも見せなかった。

最後に私はアンデルセンの「即興詩人」の豪華本を見せた。おそらく十部ほどしか存在していない手作りの本である。パリの学生時代になけなしの金で買った物だ。物語も美しいが本そのものもうっとりする。私は時々一人でそれを手に取って楽しむ。私はつい清人にいつか君にあげると言ってしまった。そして彼は同性愛好者だと付け加えた。

清人の出現以来この一年、他人にはわからないようにしていたが私は正常ではなくなっていきつつあった。新緑の美しい森へあまりに深く入っていき、そこが異常な世界であるのに気づいても戻れない。深い谷底の花畑を見つけて降りて行って再び上っていけない。私はもう戻れないと覚悟した。他人に気づかれなければ、私の異常さは私の真実だ。私の醜さは私だけの世界の私の宝だ。そう居直りながら私は愚劣の塊になっていく。それは私の存在が滅んでいくということだ。その憧憬が懐かしい。しかし決して惨めではない。そう意識する時の胸の高まりは快感だった。

そして私は罪を犯した。ある夕方私は守衛を呼んで、清人の部屋を開けさせた。清人は研修旅行で学生を連れてパリへ行っている。守衛はただ神妙に従って下がった。部屋は彼のさらさらした髪の乱れる匂いと、汗に混じった幼児の匂いがした。何の変哲もないスチールの書棚と机。学生便覧や授業内容などがあるだけでたいした本はない。革の椅子に座る。引き出しを開ける。二、三の通達書類と筆記道具が無造作にある。木製の電気スタンドとベージュ色の傘。窓の外はもう薄暗い。私は電気をつける。ガラスに私の顔が映る。私は無関心を装うが掌に汗を感じる。椅子の革が温まるのが感じられる。いつも彼が座っている椅子だ。頭は朦朧として冷たい。もっと何か清人を感じるものはないのか、私の知らない清人の中身はないのか。私は安心して眠りに落ちていく。

潮の引いた砂浜が星の光で白く広がっている。私と幼児の清人が裸で戯れている。そばで房子がしゃがんで笑いながら見ている。縁側に立って清武が滅多にない笑顔を向けている。

梅雨時のある夕方だった。駅へ向かう途中に清人の姿を見かけたことがある。彼はできたばかりのフィットネスクラブへ向かっていた。私は後をつけた。彼にわからないように私もそこへ入った。広いプールだった。私は彼の裸を見た。自由に伸びた四肢は若木のようでありながら、太い幹のように筋肉の張りは均衡が取れている。特に胸板は厚い。私は彼に気づかれないように泳いでいるふりをしながらも、彼に私がいるのを気づかせようと顔をあげて遠くを見たりした。彼は気づかないまま出てしまった。

いつか彼に私の薔薇園を見せたい。主がいなくても四季折々に咲き乱れる花々。房子が力なく座っていた空間だ。弱い日の光のもとでは薔薇の輝きは虚しい。そこで清人は半裸になって籐の安楽椅子に寝転んで寝息を立てている。胸板にうっすらと汗がにじむ。私が手のひらでそれを拭ってやろうとすると、彼は眼を覚まし激しく拒否する。眠りを邪魔された怒りで目が燃えている。

私がどのくらいの時間部屋にいたかはわからない。守衛を呼んで部屋を閉めさせた時は校内も静まり返っていた。私は守衛にわざと口止めしなかった。一言いえば彼は決して口を割らないだろう。しかし私はいつか彼が清人にうっかり喋ってしまうのではないかと思い、それはそれでなぜか嬉しかった。

私は罪を犯し贖罪の代わりに正気を失ったようだ。研修旅行の清人が帰ってきてから私は度々その部屋の周りを歩くようになった。いかにも用事ありげだったたので誰も不審には思わなかったろう。そこで何度か私は保育士科の学生が出入りするのを見た。背の高い美しいM子という女性だった。随分前玄関ホールの小コンサートで演奏しているのを見た事がある。いい音楽だった。その時私は清人の相手にいいかもしれないなど思ったりした。それが今回は、部屋に入る時の嬉しそうな顔、出て行くときの頬を赤らめた満足そうな表情に何度か出くわすと、私は怒りを抑えきれなくなった。私は眼前に何も見えなかった。恥という言葉を忘れた。私はM子を部屋に呼んで叱り侮辱した。この大学で不純は許されない。さらにその母親を呼んで注意した。尾上清人はこの上ない不良の女たらしでありストーカーであると告げた。君の将来とご両親の名誉のため用心し環境を変えなさい。母親は納得した。彼女は大学を去った。

私は清人が何かを知って抗議してくるのを待っていた。そして黙って私の部屋に入っているのに出会ったとき、私は負けたと思った。私がM子を辞めさせたことや、黙って彼の部屋に入ったことなど知ったのか。あるいは私のいろんな仕掛けを感じたのか。しかし彼がすべてを知っているわけはない。私が喋らない限り海辺の罪は闇の中だ。だが彼の表情は自信に満ちふてぶてしい。私の秘密をどのくらい知っているのだろう。知ってどうしようとするのか。私の胸は期待と不安で膨らんだ。だが彼は素っ気なかった。ざっくばらんな態度で私を軽くいなした。私のへりくだった薔薇園への招待を無造作に断った。彼は明らかに私を侮辱していた。その侮辱に答えることは私の心の中の喜びを秘かに持つことだった。私も満足していた。さらに君が怒り私の満足を深くするにはまだあるぞ、君が知らないことが。君の復讐はまだまだこんなものではない。怒りに燃え上がるものが。だがまだ教えない。私は惨めに微笑んだ。

「貴腐薔薇」という一冊の本が送られてきた。上質の紙で刷られた豪華な写真集だ。差出人は神戸の孔雀とある。私はそれがだれかは知らない。対象は乱雑にばらまかれた薔薇の花々と戯れる若者の裸体である。性別は不明であるから、それは淫猥な劣情を喚起させない。どんな素晴らしい彫刻でも表現できないような均整の取れた姿態と決して絵筆では描けない皮膚の色と滑らかさ。周りの闇に浮き出る透明な清潔さ。それは美しい生きる屍のようである。青白い炎を映す眼底はかつて生きていた証とその深い悔悟と悲哀の名残だ。薔薇の棘に刺されて流れる血は、そこが秘密の奈落であることを示す。その対象にとってそれは究極の陶酔であるのだろう。だが写真はそこで終わらない。白々と明けていく海の光に浮遊する姿は自由への儚い解放なのか、無に消えていく夢の微光なのか。

撮影者尾上清人である。これは私への宣戦布告だろう。写真集の美しさに酔ったままの私は清人の冷たい眼差しを感じた。それは甘い白葡萄酒を飲んでうっとりする瞬間にも似ていた。この白い浜辺と廃屋は間違いなく彼の家だろう。私もかつて戯れた懐かしい海。それを照らす光は私の胸の奥の傷を甘い感傷で抉る。彼は復讐を開始した、と私は震えるような喜びを感じた。だが彼は何を知っているのか。私をどうしようとしているのか。彼は孔雀に本を送らせ住所を教えさせ、私に孔雀を誘わせている。彼は私が孔雀を呼び出すのを確信している。いいよ、わかっている、君が私の秘密を知っていると言いたいのだろう。私がそこで堕落していくのを待っているのだろう。私が醜く惨めな姿で喘ぐのを君は見たいのか。そんな私に激しい軽蔑を投げつけたいのだろう。仕事も地位も捨てて秘密裏に愚劣の塊になって破滅していくのをあざ笑いたいのだろう。望むところだ、君の誘導する通りについて行ってやろうではないか。

残暑の厳しいある午後、孔雀が訪れてきた。白いワイシャツ姿で麦わら帽子をかぶっている。腕をまくり胸元を見せている。最初に帽子を脱ぎ首を振って短い髪を震わせる。細くやや長い首筋、血管の透き通った皮膚。小さな整った顔だった。細い眼は少し腫れぼったく瞼はうっすらと赤みを帯びている。その魅惑の繊細さは手荒に扱えばすぐに壊れそうだ。病弱に見える彼は短命だろう。私は彼を大切にしなければならないと思う。性別はわからない。ただ歳はかなり若いのに態度だけは不遜だ。握手を交わす時お互いに微笑を交わした。私も同じワイシャツの腕をまくり胸元を広げた同じ格好をしていたのだ。孔雀は細く締まったジーンズに薄い布の靴を履いている。私は下駄だった。

彼ということにしよう。彼は今日は三時には失礼しなければなりませんと私を焦らすように言った。今日はと言ったのはまた来るということなのだ。

やや大げさに私の薔薇園を称賛しながら、彼は薔薇の種類の名をひとつずつ言った。私は種類や名前に興味はなかった。花々は無造作に群がっているのがいい。今までは花を見つめたり名前を憶えて愛でるのは苦いものを深く思い出しそうで嫌だったのだ。

私たちは庭の中心にある木のテーブルでパスタと葡萄酒の食事をした。パスタは私が朝から用意した青紫蘇のソースで、白葡萄酒は上等のリースリングである。薄い口紅の形のいい唇にパスタがすいこまれるのを私は見ている。蜂があたりを飛ぶ。日焼けしたのか酒のせいか頬がうっすらと赤い。私は彼が残したパスタを取って食べる。風が吹くと彼の背後の花と葉群れが闇のような空間に揺れる。

彼は六月にヨーロッパに行くと言った。薔薇の祭りがあるブルガリアのカザンラクという村だ。バルカン半島の麓の細長い渓谷は百キロにわたって薔薇が咲き誇る。祭りの間は村中に花が撒かれそこはピンク一色に染まる。初夏の光に燃え上がる薔薇の匂い。古代ペルシャ時代から栄えた香水の産地だ。

私には写真集と本人との区別がつかなくなっていた。秋の陽を浴びて光るワイシャツの肩はまた写真集の闇に蹲る彼の裸体そのものだった。伸びた白い腕は棘に刺され血を流している。ジーンズに包まれた形のいい腰は薔薇の敷物のうえに静かに横たわる陶酔。

しかし私は劣情を覚えなかった。むしろ情感があふれ出すのを必死で抑えていたともいえる。今はまだ印象を心に刻み込むのだ。

時間はすぐに過ぎた。別れ際の握手の手に私は口を付けた。甘い香りがした。彼は私が手を放すまでなされるままにしていた。庭の出口まで送って、去っていく彼の後姿をじっと見ていた。まだ翳っていない秋の午後の日差しの中、彼は夢のように消えていった。辺りはしんと静まりかえっている。私は今まで人生に蓄えてきた力をすっかり失ったようにベンチに崩れ込んだ。

私はそこに何時間いたかわからない。緊張の糸が切れて力を失っていた。夕闇が下りてきた。白薔薇は闇に抵抗するように最後の色を絞り出していた。赤い薔薇は闇をさらに深めようと吸い込まれていくようだった。闇が空気を沈めたのか匂いが鋭くなった。

私の身体は幸福感に満ちていた。性行為の後のような脱力感と疲労が心地よかった。それはまた甘い憂愁を喚起させた。憂愁はまた死の想念を浮かばせる。孔雀は幻覚のように滞在し一瞬に去っていった。私の心の奥底の柔らかな傷口に冷たい息を吹きかけて消えた。私は彼の透明な死体を思い浮かべる。死んでも匂いと温かみは残っている。哀しみが膨らんでくるのはそれが生きている時と同じに美しいからだ。私にはなぜ死んでいく姿しか残っていないのか。確かに美しさは残っているが、次第にそれが冷たくなっていくにつれ私も力を失っていく。別れの儀式だろうか、彼は下僕に対するように私に手を差し伸べて口をつけさせていた。

その後は孔雀と連絡が取れなかった。


秋は去った。私は少し疲れ気味だった。闘争心がだんだん失せてきていた。戦う相手は誰もいなかった。私の歳のせいだったかもしれない。日々の意味のない雑事に流されていくだけだったが、それも人に任せればよくなった。大学を留守にすることも多かった。

清人は女学生たちに人気があり授業の出席者たちは増えた。すれ違う時はにこやかに私に挨拶した。私はそれでもその眼の奥に私に対する何かこだわりがあるのではないかと探した。私への侮蔑や握っている秘密が潜んでいるはずだった。私は素知らぬ顔でそれに応えた。彼への私の告白はやっと持ちこたえた最後の砦だったが、次第に力を失っていくようだった。すべて私の歳のせいだったのだろうか。清人の裸体を盗み見し、それに手を触れたいなど思った記憶が蘇る時もあったが、遠い懐かしさが残っているだけだった。

私を打ち倒さんばかりに荒れ狂ったかつての欲情はいつの間にか消えていた。あれは私を破滅へ向かわせる衝動だったのだ。生きて戦う肉体が躍動する時、同じように破滅へ向かう力も増すのだろう。崖の縁を歩く緊張と谷底からの甘い誘惑がそうさせるのだ。私は闇の世界に潜んで恥を捨てて静かに狂ったのだった。その時はそれが私の生きる証だった。醜い行為と愚劣の塊になって私は息をすることができたのだった。

時折私は劣情を奮い起こして欲情を甦らせようとしてみる。それは一寸燃え上がろうとするがすぐに消える。欲情が不要になったかのようだった。もう衝動はなくても私は静かに落ちていく。南の異国の海に落ちる夕陽が浮かんでくる。島人たちは毎日それを見るために海岸へ集まってくる。半裸で裸足のまま。そして毎日誰かが死んでいく。だらだらと死んでいくのだ。醜い死、静かな死を島人たちは当たり前に受け入れる。海に落ちる終末の夕陽。

私はやっとの思いで家に戻る。静まり返った庭。夏の名残、冬薔薇がまばらに咲いている。

一つの出来事が起こった。昔であればそれは大きな衝撃だったろうが今の私にはなぜか当たり前に思われた。怒りも屈辱もなかった。不思議な気がしただけだ。

ある日の理事会の前に、従弟の哲夫が部屋に来た。そして遠慮がちに告げた。気の優しい男だったから話を簡単に終わらせたかったのだ。そして私が了承するに違いないと確信していた。

彼は私に大学からの引退を勧めた。一瞬だけ怒りが湧き上がろうとしたが、私はすぐに力尽きた。体から空気が抜けるようだった。胸に異物が差し込まれた感じもしたがそれもすぐに溶けた。

強引な教授の解雇や学生の退学命令などは理事会では容認できない。また私の他国や他所での秘密の痴行は暗黙の裡に理事たちの知るところとなっている。理事である元警察署長のもとに様々な密告が寄せられていて、週刊誌が動き始めたという情報もある。もし自ら引退しなければ多数決での票は固まっている。今後の費用は心配ない。叔父の理事長も引退する。従弟は同情を込めて言葉を続けた。その同情に私の気持ちは一度に萎えた。

二年に一度の地方短期大学学長協議会が大阪で開かれた。私は従弟を伴って参加した。議事の終わりに私は引退を表明し後継に従弟を紹介した。私の引退は一つの大きな時代の変わり目だった。誰もが惜しんでくれた。私には感傷などあるはずがなかった。

私はその日従弟と別れると一人神戸に残った。ここまでくると孔雀に会わねばならなかった。私は心躍らせる青年ではなく、病弱な少年のように何かを求めていた。彼に何を求めているのか私にもわからない。かつての私なら彼を残酷に扱い弄び体を求めたかもしれない。今の私は力を失ったのか。違う位相の世界に体を滑り込ませてしまったのか。私に残っているのはあの秋の午後の三時間の静謐だけだった。あの何もない時間が私の活力を奪った。ただの午後。そこに何かの意味を持たせようとしても何もない。意味を解き明かす必要はない。ただの平凡な時間が流れているだけだ。確実なことはそのあと庭に座る度に私の力が失われ渇いていったことだ。

　中華街の近くに彼の住所はあった。そこまで私はタクシーを使う。歓迎南京町と書かれた華やかな看板がいま照明に浮かび上がる。途端に人の群れが盛り上がり、レストランから音楽が響く。三十年代中国だ。ねばりつく女の声と大蒜の匂いがあたりを制す。様々な原色に彩られた小さな異国が私には新鮮だ。ここを抜けたその裏に彼のアパートがあるはずだったが、短い通りで私は道に迷う。どの道も同じに見える。どの店も中国服の女が大きな口を開けて笑っている。銅鑼の響き。私は時間も失う。

　裸電球の街灯が揺れる通りに出た。人影はない。小さな小屋のような家が密集している。その外れに二階建ての木造のアパートがある。私は錆びた鉄の階段を上る。車が疾走する国道の先に倉庫街が見える。さらにその先の海と港の灯がのぞく。この光景をなぜか忘れまいと思う。この一つが孔雀の部屋に違いない。私は呼び鈴を押し、薄い板のドアをノックする。むっとする暖かい空気とともに出てきたのはずるがしこそうな痩せた小柄な青年だった。半袖シャツと短パン姿だ。彼はアっと小さな声を上げて私を外へ押し出し、下で待っているように言う。風があるのだろう、裸電球の街灯が風に揺れる。私は寒くない。部屋から二人の影が出てくる。一人は二階の手すりからこちらを見下ろしている。下駄を履いて褞袍を着たもう一人が近寄ってくる。彫りの深い好男子だ。お互いに街灯の光に目を合わせる。いきなり下駄が私の脛を蹴る。私は激痛にしゃがみ込む。二階から見ているのは孔雀だ。二発目の下駄が顔面を襲う。眼を切ったかもしれない。街灯の光に闇が赤く映える。

虚空山病院

一

私はその病院の玄関に立った時、昔読んだ小説を思い出した。

埴谷雄高の小説の出だし「……ある夏も終わりのある曇った、蒸し暑い日の午前、××瘋癲病院の正門を、一人の痩せぎすな長身の青年が通り過ぎた。……青年は広い柱廊風の敷石を昇りかけて、ふと立ち止まった。人影もなく静謐な寂寂たる構内へ澄んだ響きを立てて、高い塔の頂上にある古風な大時計が時を打ちはじめた。……」

その大時計の文字盤には数字はなく、代わりに十二支の獣の形が描かれている。「青年はその異風な大時計を眺めたのち、玄関から廊下へすり抜けていった」

そのように私も玄関へ入っていった。そこに受付はなく、古い板張りの廊下を急ぎ足で抜ける看護師に私は受付の場所を聞いた。初老の、彼女はそれでも親切にいま彼女が出てきた廊下の先を差して教えてくれた。あとは殺風景な板壁と廊下の椅子に杖をもった老婆がこちらを向いて座っている。天井には不釣り合いな明るい蛍光灯がぶら下がっている。何か居心地がいい。

ここは戦前からの精神病院で、市内のはずれの山中にあった。そばには周囲、一キロメートル以上もあろうと思われる大きな池があって農業用水の役目も果たしていた。池の中心部はそうとうに深いらしく、何が沈んでいるか不気味でもあった。自然のままだったので、四季折々の野鳥が飛んできた。裏山はさらに深い森へ続いているので、時折猿や鹿が迷って出てきたりした。

戦後も二十年経つと市内の人口は増え、市は病院の傍の山を切り拓き整備して住宅の分譲地として開発した。市の安い分譲住宅だったので評判がよく、地域の人口も増え年ごとに交通網も整備された。雨の日は泥に絡まれながら下まで歩いて行かねばならなかった坂道にもバスが通るようになった。

病院は世間の要望を受けて、内科や小児科を開設した。やがて外科や整形外科の手術も大学と連携し、救急科も開設された。長期入院用の慢性型病棟も併設され、少し離れたところに老人施設ができ、精神科病棟が山を切り拓いたさらに奥へ移設された時は、戦後ももう七十年経っていた。

創立時からは様々なことが語り続けられていた。病院建設時に山を切り崩す際、崖の岩の祠に安置された菩薩像が見つけられたということだった。市役所に連絡すると市内のある寺に引き取られていた。後の鑑定ではそれは平安末期に作られた国宝級の虚空菩薩ということだった。それでそのあたりの山が虚空山と呼ばれるようになり、病院名も虚空山病院と名付けされた。おかげで神聖な空気があたりを支配しているようにも噂された。

虚空山とは変な名前だったが、病院案内には必ず、その由来が書かれていた。虚空菩薩の里であると言うことと、虚空菩薩の意味も説明されていることもあった。無限の空間に溢れる知恵と富と愛、それから違和感のない病院の名前になった。

しかし戦前の精神病院であるから、怖しい生臭い話もあり、戦後のどさくさにもキナ臭い怪しげな話もあったが、それも何十年も過ぎてしまい、市内でも住みやすいという評判の平穏な住宅地の大事な病院であるから、変な話はいつの間にか消えてしまっていた。

最近にいたっては、介護老人保健施設、特別養護施設、老人ホーム、日帰りデイサービス施設、看護学校などが周りに点在して作られ、それでも足りないという勢いで大きな医療施設グループが出来上がった。


今の理事長兼院長は二代目で、私の大学時代の友人、久能阿明だった。そろそろ三代目の予定が必要だろうが、彼は結婚していないので三代目はわからない。

彼に会うのはほぼ五十年ぶりである。彼とは同じ大学の文芸部のクラブ活動で、雑誌を出したりしていた。二年足らずのそう長い付き合いではなかったが、その趣向はよく覚えている。そして若者特有の議論を交わすいい仲間だった。その短い時間はあとの人生の長さに匹敵する、いやそれ以上に記憶の中に心地よい甘いしこりのようなものになって残っている。

例えば大学の前の喫茶店で暇を持て余して座っていると、よくそこで出会う。するとテーマがなくても、お互いに何か言葉を吐きだしたくなりそれが議論になりいつまでも続く。それが何年も経ったある日、ふと蘇ったりする。若い甘ったるい時間でも、それは単なる郷愁ではなく、その後の日々の生活にさえ影響を与えていたのに気付く。

彼はドイツ文学を愛好していたが、私は仏文学科の学生だった。卒業しても仕事はなく、私はやむなく英語教師として四十五年を過ごした。仕事とは言え、嫌な事ばかりが思い出される長い時間だった。その後は予備校の講師として、あとは臨時講師として仕事をしたが、それも終わりに近づいた。年も七十歳をかなり過ぎた。

妻を十年前に亡くし、子供はいなかった。私たちはごく普通の夫婦で、私は妻を愛していたし亡くなる前の悲し気な眼がいつも思い出されてその都度私は気力を失っていった。しばらくは不便であったがそれに慣れると気ままな日々だった。読書は長い間の趣味で、下手な素人小説を書き同人雑誌に発表することで、時間を過ごすことがただ一つの楽しみで救いだった。三流雑誌に駄文を依頼されることもあった。だが三年前に大腸がんの手術をしてから体力も落ちた。しばらくは命にかかわる再発はないということだが、最近は前立腺癌の検査を勧められている。

はっきり言って私は自分の生の意味を全く感じない。存在の意味はないと断言できる。希望とか過去の思い出を楽しむことに意味を覚えない。生を絶たれる死を恐れてはいない。それに至る過程が厭なだけである。どうやって安心して最期を迎えるかを考えるだけである。最初は軽い気持ちであったが、最近はだんだん真剣に考えるようになってきた。

何年生きるかわからないし、長く生きたいという気持ちもない。そう思うといつの間にか自堕落な生活が身についていた。他人が家に来ることはなかったが、もしその時は誰でもその汚さに驚いただろう。ものを書きたいという思いはあっても気力が伴わなくなったが、それでもそう思いつめていた若い頃の情熱を思い出すと寂しさと懐かしさが蘇る。

ものを書くことは、自分の考えや感性を原稿用紙に書き込む事だが、それは未知の世界、憧れの世界に自分を情熱をもって投げ込んでいく事である。それでも、もうものが書けなくなってもその情熱の欠片が日々の生活の中でふと姿を見せる時がある。胸の中を微かな風が吹き抜ける。そんな時は胸腔の内面が掻きむしられる思いがする。

私は老年を迎えてもまだ欲情の波に捉われることが多かった。ものを書きたい、書けない、そんな葛藤は欲情に救いを求めて流されるようになっていた。何かを求めても叶えられないと思う時、そしてその諦めに安住しようとする時は、欲情の赴くままに陥ることが自然になる。私は恥を忍んで市中の淫靡な場所をしばしば訪れて自分を慰めた。虚脱と哀しみと、書けない空虚感と自堕落が悪循環になってその中で私は生きているのだった。私は恥という言葉を忘れた。

ある時新聞の広告で、虚空山病院の新しい介護老人保健施設と特別養護老人ホームの開設の知らせを見た。そこに小さな写真であったが、理事長兼院長の友人の顔を見つけた時はそれでも嬉しかった。長い髪はちぢれ毛で、色も浅黒い。もともと彫りの深い顔立ちだったが、眼はさらに落ちくぼんでいる。かすかに面影は残っている。その表情に内部に秘めた苦しみを感じたのは、甘い青春の欠片を私が抱いているせいかもしれない。ちょうどいい、会いに行こうと私は即座に決めた。いままで仕事上で付き合う人間はあったが友人と呼べるものはもう長い間持たなかった。そのせいもある。思い出を楽しむことに意味はないと言いながらも、やはり二十歳の頃の友人は懐かしい。いろいろ議論を戦わせたのを思い出すと嬉しい。

私は早速面会要望の葉書を書いた。昔話をするつもりではない。どれかの施設に入ることができるだろうかと、希望を持っている。今すぐでなくともやがて近い将来には間違いなく世話にならねばならない。そこまでは書かなかったが、それは会ってからでいい。だがしばらく連絡はなかった。

久能阿明はドイツ人の母と日本人の父を持つ混血児だった。父の威一郎が大学を卒業して精神医学の勉強にドイツに渡ったのは、一九三〇年代の中頃で、世間はインフレと共産主義の恐怖の時代で、その不安を払拭するようにナチスが台頭し政権を取ったばかりで勢いの良かったころだ。

威一郎は恩師の教授の娘と恋に落ちて、帰国する時に連れ帰りすぐに結婚した。アデレという名前で、古風な、という意味のある通り、しとやかで控えめな女性だった。小柄で金髪だった。

しかしおとなしい割にはその父をひどく嫌っていた。父はナチスの熱狂的な支持者で、弟もナチスに入隊しようとしていた。そして彼女をナチスの将校と結婚させようとしていた。アデレはその環境から抜け出したかったのだ。駆け落ちのような形で彼らはドイツを脱出した。

太平洋戦争が始まった年に息子が生まれ、阿明《アメイ》と名付けられた。アメイとは鷲というドイツ語らしい。

学生時代では彼はあまり生い立ちについて多くは語らなかったが、親しい付き合いの時間で、私はある程度は知ることができた。しかし深く聞こうとすると拒否される気がして控えめに聞いていた。興味はあったが、聞いたこと以外は詳しくは知らない。

阿明はそう背は高くなく髪も眼も黒かった。白い肌と顎の張った彫りの深い顔立ちだけが異国人の血を思わせた。私は彼と街を歩く時は誇らしく嬉しかった。

三週間ほど経った時にやっと連絡が来て出かけた。蒸し暑い夏の午後だった。

院長室は精神科病棟の最上階で、大きな窓から周りを樹々が取り囲んでいる池が見下ろせた。二十畳ほどの広さだ。窓に面した机には書類が山積みのままである。大きな蛍光灯スタンドは古い。反対側の壁には訳のわからない暗い大きな抽象画がかかっている。観賞用でもなくただ患者が描いたから掛けているというようにも見えた。その下に彼の休息用の古い皮のソファが置いてある。それに向かって両側の壁にはスピーカーが設置されている。手元にはステレオセットのアンプ。相変わらず音楽が好きなようだ。棚には無造作に塑像や置物が置かれており、どれもただ倉庫替わりにされているようでもある。レコードやCDも雑然と並んでいる。部屋全体がもうかなり古いが、埃や湿っぽさや黴の匂いはしない。院長らしい風格のある部屋ではなくどこかちぐはぐである。ただ甘い煙草の香りが部屋の古さを品よくしている。中央のソファーの丸テーブルの生け花だけが生気がある。さっきまでの蒸し暑さと違って開けた窓からの風が気持ちいい。

隣の部屋が書庫で、その先が彼の居住の部屋らしい。誰も立ち入らせない居住空間のようだ。多分それも古ぼけているだろう。身の回りは家政婦に任せ、食事は患者と一緒に三食とも病院食を摂るということだった。

彼が全く別人のように変わっているのも、五十年経過の年月では当たり前の事だったろう。しかし新聞の写真で一度見ていたので、それほどの驚きはなかった。というより写真で見た時の驚きが大きかったということだ。私は少し救われた。

背は私より低かったはずだが、今は高い。動作はゆっくりしていて、視界でとらえなければ傍にいるのがわからないくらいだった。歩く時も浮かんでいるようだ。もともと彫りの深い顔立ちが、やや病的な痩せ方に見える。それでも最初に合わせた眼は懐かしそうに眼鏡の奥で光った。しかし握手の手は細く弱く冷たかった。

挨拶の後、近況をいくつか報告するともう話はなかった。私の書いた小説の評を新聞で何度か見て思い出していた、という言葉は嬉しかった。ただそれ以上の何かの議論のきっかけを探そうとする昔のような言葉を、お互いに探しているようだが会話は進まなかった。

煙草の缶入りのピースを吸っているのは昔のままだった。いつも一服してから読んだ小説の感想を言い合うのが始まりだった。老人施設への入居などの話は場違いに思われた。

思い出すと彼が最初に感動した文学作品は「若きウエルテルの悩み」だった。それについての感想は何日間も続いたものだった。それを話のきっかけにしようとしたが、彼が発した言葉は、病院内でも案内しようか、だった。私に断る理由はない。

院内は思ったより広く、いくつもの建物を継ぎ足して迷路のようになって彼についていくのにも一苦労するほどだった。すれ違う職員や看護師たちの誰もが院長に挨拶をするのに尊敬の念が感じられた。

まず案内されたのは彼の専門の精神科だった。精神病棟の入口の大きな扉は逃亡を防ぐために鍵がかかっている。やはり患者用のためには仕方がないのかと思うが、病室はどこも落ちついた薄明るさで清潔だった。窓は閉まっている代わりに空調が心地よい。私が入院していた大学病院でもこんなに清潔感はなかった。六人部屋などのカーテンがないからかもしれない。寝ているもの、ベッドに座ってただうなだれているもの、院長の顔を見て何か言いたそうに嬉しさに顔をほころばせるもの、様々だった。

続く広い部屋は天井も高く、広々とした小学校の講堂のようなものだった。ここも空気は心地よい。広い床には畳があり敷物があり、壁には本棚が整理されている。患者は思い思いの格好で寝転んだり、ソファ、立派なソファに座ってのんびりしている。床に腹ばいになって本を熱心に読んでいるのもいる。ひそひそ話の二人もいる。すれ違った患者の一人が私を指して院長に話しかけてくる。

先生、新しい患者さんですか、彼は答える、そうだよ。

次の扉を開けるとそこは薄暗かった。細い廊下に並んでいるのは、船の客室のような二部屋だった。廊下の小さな窓から部屋をのぞき込むことができる。院長はその一つを開けた。四畳ほどの広さはほのかな明るさに心が落ち着くようだ。ただ壁から床から全部護謨で覆われてどこにも鋭い角がない。丸い穴倉という感じだ。天井の上の方に明かり窓があるだけだ。こういうところで時間を過ごしてもらわねばならない人もいる、彼は静かに言った。

その先は大きな白いドアで仕切られている。ここから先はもういいだろう、脳性麻痺や重度の障がいの子供たちの部屋だ、国から委託を受けている。助からない短い命を必死で生きているのに国の予算は限度がある。それでうちで引き受けている、彼は淡々と言った。

あと手術室とか放射線室とか老人施設もあるが、と彼が言いかけた時、私はもういいよと断った。自分の死に場所を確認しに行くような気がしたからだった。

部屋に戻ってもすぐに言葉は出なかった。私の全身の力は抜けてしまっていた。このままで帰るわけにはいかなかった。その力もなかった。彼は黙って煙草をくゆらしている。

白衣の女性がコーヒーを運んできた。すこし暗さも感じるがそれは初対面の緊張のせいだろうが、落ち着いた身のこなしには何か魅力がある。五十年ぶりの大切な友人と前もって話していてくれていたのだろうか。

うちの総看護師長だ、と彼が紹介してくれる。返してくれる頬笑みは品があり美しい。独身の院長の恋人かも知れないなどと思う。最近の私はこんな風に女性と向き合うこともない。それでくせになったのだろうか、目の前に男女が現れるとその結びつきをすぐに想像するようになった。妻が死んで一人になってからだ。

珈琲の苦みが気持ちを少し落ち着かせてくれた。

私はやっと昔の思い出話に戻るきっかけを掴んだ気がした。

「君が、若きウェルテルの悩み、を読んで感動したと言っていた頃を思い出すよ。立て続けに二回も読んで、ずっと涙が止まらなかったと言ってた、憶えているかな」

「そうだ、今でも読むと泣くかもしれないが、この年になっての涙は滑稽だし、もう読まないよ、でもその頃の感動は忘れられない」

年に二回ほど出す同人誌に私と彼は作品をいつも発表していた。大学内の新聞や市中の新聞、たまには中央の雑誌などが取り上げて批評してくれたものだった。

だが次第に彼の作品が取り上げられることは少なくなった。彼の趣向がドイツ世紀末のロマン派から退廃文学や怪奇小説に代わっていき、作品も意味の良くわからないフレーズで埋め尽くされるようになっていったからだった。君の暗黒小説は人に理解されなくてもいいのだろう、と私は彼に言って、そしてまた議論を始めるのだった。

狂王ルードヴィッヒのノイシュバシュタイン城に興味を持ち、行きたいと言ってからはワーグナーに凝りだした。そしてバイロイトのワーグナー祭には必ず行かねばならないと言った。田舎の小都市バイロイトには「梟」という古いキャフェがあって、音楽祭を訪れてそのキャフェで一杯飲んだ貴人たちは、歴史のある台帳に名前を記帳して帰る。当時のナチスの将校も必ずそこを訪れたらしい。彼もその一人になりたいらしかった。

同時に、第一次大戦後のドイツのワイマール共和国に興味が移っていった。当時の庶民の生活は困窮し、社会情勢には不吉な未来しかない。一方では淫らな風潮が蔓延した時代に、ナチスが台頭してくる。賛同する哲学者もいれば、トーマス・マンなど多数の芸術家が亡命する。

トーマス・マンの小説は好きだ。一見硬そうでも、底に退廃と猥雑な匂いがする。ナチスにも同じ匂いがする、などと訳のわからない言葉を残して、彼はある出来事のあと突然姿を消したのだった。

「ところで君は、それでドイツ、バイロイトには行ったのか」

私は今は何でも聞ける気になっていた。

「いや国を一歩も出ていない、出かけたいとは思わなくなった。同じことだよ、見ても見なくても」

苦しそうに咳込みながらも、はっきりした口調で彼は答えた。

「お前の方こそ、どうなんだ。地中海から昇る朝日を、カミュのように眺めたいと言ってたな、それから彼の墓参りもしたいと」

私は十年前の妻の死や三年前の癌の手術がなければ、いつか日を見てアルジェリアかモロッコのツアーに参加しようと思っていたのだった。それがだめになって時間が過ぎるとその気持ちもいつの間にか失せていた。どうでもよくなっていた。

これからはやむなく病に侵されることが多くなってくる。しかし一つ一つの病気と闘う気持ちはない。その嫌な過程を避けることができるのなら、苦労して生き永らえる必要はない。生き永らえて輝くような喜びの日々が確実につかめるということであれば、別だが。気休めの旅行など、一人で行っても何も面白くないし意味もない。

学生時代の私の愛読書はアルベール・カミュだった。最初に読んだのは一般的には失敗作ともいわれている「幸福な死」で偶然手に取ったものだった。しかも死後に発刊されたものだ。

主人公は金持ちの不具者を殺害して金を得る。彼はその金持ちから自分を殺害して金を奪ってもよいと示唆されたと認識する。しばらくは苦しい陰鬱な時間を過ごすが、明るいふるさとアルジェリアに戻り、若い女性たちと気ままな生活を送る。海、太陽、風が自由と官能的な歓びを教えてくれる。彼は結婚し、牧歌的な生活を味わうが、熱病にかかりうっとりとなって死んでいく。

反社会的な作品だが、嫌悪感はない。むしろその後も続けて「異邦人」や「ペスト」を読んで私はますますカミュの世界に入り込んだ。思想や哲学的なテーマはまだ良くわからなかったが、主人公たちの人間が何故か身近に感じられて私を魅了した。

私の卒論はカミュ論であったが、そのころカミュの深い哲学的な意味をよく理解できていたとは思われない。いくつかのフレーズが鮮明に記憶に残っているだけで、文章にはできなくても身をもって感じることができたと思ったのは、その後の五十年の人生を通り抜けてきたあとだと思う。いい加減な人生であっても、いやそれだからこそ感じることができたのかもしれない。しかし今の私にはどんな思想も感動も必要ではない。もちろん人生の指針などではない。ああそうか、と思うだけである。

ただこうやって、数十年も前の青春の友と語り合うのはいい気持ちではある。「シジフォスの神話」や「反抗的人間」や「形而上的反抗」などの本を手に、一行一行を噛みしめて、よくわからなくても議論したものだった。

「反抗とは人間がその条件に対して立ち上がる行動である」

「反抗者は生を求めるのではなくて、生の理由を求めている。死のもたらす結果を拒否するのだ。何物も持続せず正当化されないとすれば死ぬものは無意味になる。死と戦うことは、生の意味を要求し、法則と統一のために戦うことである」

人間の条件や現実生活の中にある不条理を認識し、これに絶望せず絶えずこれと戦いながら、しかし失敗を繰り返しながら、生の意味を味わう、この日々が人生であるということまではわかったが、カミュが説くニーチェのニヒリズムの段になるとわからなくなったものだった。

「欲望と権力の法則以外の全ての法則を拒否したものは、自殺か狂気に走り、そして黙示録を歌った」

この自殺か狂気、の言葉に私と彼が訳のわからないまま何度も繰り返し喋り合ったのを思い出す。我々もいつかはそんな状況で人生と戦う時が来るのだろうか。それは具体的にはどんな場面なのか。それは絶対に耐えねばならないだろう。だがどうしようもない苦しみと恐怖であるには間違いないだろう。

それは避けたい、自分たちの未来にはそんなことは起こらないだろうと思い込もうとしながら、青年たちはなぜ絶望とか発狂とか不条理とか黙示録とかいう言葉が好きなのだろう。

その思い出が浮かんできた時、偶然だろうか、私の考えが伝わったのだろうか、不思議なことに院長もその言葉を発した。

「自殺か発狂か、昔は、こんなことを語り合ったこともあったな。この前、夏目漱石を読んでいたら、そんな言葉に出会ったよ。それでお前の事を思い出したりしていたのだ。

昔、左翼のテロリストが空港で銃を乱射して無差別殺人をやったことがある。彼は捕まって死刑判決を受けたが減刑された。そしてもっと酷い仕打ちを受けた。外部と完全に断ち切られた独房に長い間閉じ込められた。ときどきは外に出たが、それはリンチを受ける時だった。殺さず生かさず隔離されて長い時間が経ち、彼にとってはもう長いか短いかは感覚などなくなった時、彼は全くの痴呆状態になったのだ。自殺する暇はなかった。

ある考えを突き詰めたら、我々もあるいは理由もなくその独房に入れられている状態と同じではないか。それに気づかないままなのではなかろうか。長く生きながらえるということはそんなことかもしれない。自分の生だけを見つめていたら、そうなるのではないか。

この話の流れとは違うが、漱石はその後に、然らずんば宗教か、と一文を入れている」

阿明との再会の五十年ぶりの午後は終わった。彼は総看護師長を呼んで、私をタクシーで市内まで送るように言いつけた。私は喜んで甘んじた。私と彼の別れはあっさりしていた。私が、じゃあまたな、と言っても彼はうんと頷いて部屋の前で別れて背を向けた。疲れているようだった。

彼女は老年に近いとはいえ、私服はまだ女性の魅力を十分に漂わせていた。白いブラウスはタクシーの中の汚れた空気にも爽やかさを失わなかった。そして私の矢継ぎ早の質問にはゆっくりと答えてくれた。貴女はいつからここに勤めているのか、院長の結婚は、父親の前院長は、病院の経営は、何か特筆すべきことは、などなど。しかし彼女の返事は簡単で五十年の空白を埋めるには不十分だった。

市内の繁華街で私は降りた。別れ際に私は彼女と握手をして、彼女は嫌がらずになされるままだった。冗談とも本気ともとれるそんな仕草を私はいつもしている。

街の喧騒が私をいきなり包んだ。淫らな原色のネオンが渦のように取り巻いてきた。私はしばし佇んだ。意味のない愚劣な日常へ戻ってきたという安心感、懐かしさが気持ちよかった。ゆっくり酒を飲みたかった。

それから私は院長、久能阿明と二度と会うことはなかった。

二

久能阿明の父、威一郎が留学先にドイツを選んだのは、その頃の社会情勢による。ナチス政権前のワイマール共和国では、世界大恐慌のあとのインフレで人々の暮らしは苦しかった。おかげで日本の少ない円で十分な生活が保証された。またドイツも日本と同じく国際連盟を離脱し、数年後の日独防共協定を目指す友好国だった。

彼は学問的には、ダーウィンの種の起源を読み、それから遺伝学へ興味を持ったのが始まりだった。留学先の大学では優生学の研究が進んでいた。しかしその分野ではドイツはアメリカとイギリスに後れを取っていた。遺伝によって病気や障がいが始まる、それをいかに防ぐかが重要だった。民族全体の健康を守るためにはその研究が必要とされた。国家政策としてその分野での後進国のドイツは焦っていた。ナチスが政権を取ると一気にその政策は具体化された。肉体的にも精神的にも不健康で無価値な人間は、子孫にその苦悩を引き継がせてはならない、という主張で断種法が成立された。さらに本人の同意なしに国が強制的に不妊手術を行うことが可能になった。

しかし威一郎はその流れに疑問を抱き、飲み込まれることはなかった。彼のテーマは、その頃日本では死の病気と言われた結核の遺伝についてだった。結核に罹る人間とそうでない人間の違いは遺伝子にあるのではないかというテーマだった。また不妊手術を国家の権力で行うことは日本の国民意識には合わないという主張も持っていた。

それでも彼の帰国後、日本でも国民優生保護法が成立し、断種手術、不妊手術が行われることになった。常習性犯罪者、狂暴性者、アルコール依存症などだったがその数は少なかった。

帰国後、威一郎は先祖から受け継いだ山を切り開いて精神病院をつくった。虚空山病院の始まりである。患者で一番多かったのは、梅毒末期の麻痺性痴呆と虚言空笑やアルコール依存症の早発性痴呆だった。並行して結核病棟も作ったが、回復するものは少なかった。戦時中は捕虜のアメリカ兵の結核患者が何人か入院していた。

威一郎は妻のために病院の近くに、池を見下ろすベランダのある瀟洒な家を作った。大きくはなかったが妻は満足していた。天気のいい日には彼女が池の周りを散歩している姿がよく見られた。

冬の朝の太陽は水面を柔らかな光でさざめかせた。越冬の野鴨が棲みついて終日水面を滑った。暖かい日は白鷺が優雅な飛行を水面に映した。夏の夕方は遠い薔薇色の空が水面を覆った。秋には周りの木々が織物のように色づき、春には山桜が水面に浮かんだ。季節に関係なく天気のいい日は青空がそのまま水面になった。そして夜は濃いワイン色の静謐に沈むのだった。

そこで阿明は生まれた。五歳まで彼は母の乳房を求め、その匂いの中で育った。

やがて戦争が長引き食料不足栄養不足も加わって苦しい病院経営になったが、国としても必要な施設になっていたので生き延びることができた。戦火の恐怖にまみれた軍人や、獄中の拷問で異常をきたした若者も運ばれてきた。精神を病んだ捕虜のアメリカ兵もそこで保護された。

また 体力のある患者と共に畑を耕し野菜を育てたりした。目の前の池の魚、鯉などは結構な栄養分だったが、捕りすぎたためある時は禁漁の時期を決めねばならないほどだった。

やがて戦争は「無条件降伏」で結着。敗戦の大混乱の後、地元では一つの陰惨な事件が明るみに出た。九州大学における米兵捕虜の生体解剖事件である。八名の米兵捕虜が生身のまま実験台の上で殺された。片肺切除での生存可能性の実験、海水がどこまで血液の代わりになるか、他に肝臓や脳を切り取る実験も行われた。中心の教授は拘置所で自殺、参加者は看護婦も含め三十名ほどが逮捕された。

取り調べの途中に、虚空山病院での捕虜の死も注目された。戦時中に結核患者の捕虜の米兵が亡くなっていた。結核病菌の研究のために米兵捕虜が実験に使われたのではないかという疑いだった。

院長、威一郎の妻がドイツ人であり、その父親がナチスの優生保護法と人種主義推奨の教授の一人だったからだった。障がい者たちへの安楽死計画を打ち出したのも彼らのグループだった。また別のグループは双子の兄弟の片方に結核菌を感染させその経過を観察するという実験も行っていた。多くの非人道的な殺人が行われていた。

取り調べで威一郎は嫌疑を否定した。何日も拘束されて、密室での拷問ともとれる取り調べで心身ともかなり衰弱したが、彼は最後まで意志を貫いた。ドイツから届いたレポートを読んで、威一郎がその誘惑に惹かれただろうことは推測できる。あるいはその罪を犯さなかったとは、断言できる証拠はない。その真似事が全くなかったとも言い切れない。なぜなら九大の事件が明るみに出てからすぐに、虚空山病院の実験室からは主要な標本や実験器具や手術器材がすべて消え去ったからだった。証拠を消すためなのか、ただ疑われることを避けたかっただけかもしれない。一説によると燃えるもの以外は病院の前の池に沈められたという。

心身衰弱の米軍捕虜の一人が解放され退院するにあたって、病院の待遇に感謝したことも院長の取り調べでは助けになった。彼は鍵のかかる保護室に入れられていたが個室を与えられたと報告した。また好意をもった看護婦と別れを惜しんだことからも、院長の嫌疑は解けた。

ただそれまでは長い陰鬱な日々だった。威一郎の妻アデレの心は打ちひしがれていた。故国の父の教授は逮捕された。ナチス隊員の弟は戦場で傷つき、半身不随で帰郷していた。残されたアデレの母は頼る人もなく苦しんでいた。彼女も帰国ができないままだった。それに加えて何日も帰らない夫の身を心配するアデレに、院長の隠し事を暴こうと取り調べは特に厳しく屈辱的でさえあった。

ある夜、アデレは姿を消した。翌朝、彼女の死体が池に浮かんでいるのが見つかった。散歩の途中で足を滑らせたのか、自ら身を投げたのかはわからないままだった。五歳になったばかりの息子の阿明を残して自殺することはないだろうと、誰もが思っていた。

三

久能阿明ともう一人の多田幸作が私の親しい友人、文学仲間だった。

彼は日本古典文学が専門だった。万葉集に関しては特に魅入られていた。相聞歌八百六六首を二年間で全部暗記すると私たちに宣言した。

そして初めて万葉集を説明する時には

朝寝髪われは梳くまじうるわしき君が手枕触れてしものを

を揚げるのが癖だった。昨晩忍んできた男に愛されて、男が帰った後その名残を味わい、乱れた髪をそのままにして、また来てくれるのを待つ気持ちのけだるい朝の女心だ。

続けて彼は説明する。これを初めて読んだ人は誰でも、近代の与謝野晶子の和歌だと思うだろうが、万葉の恋歌なのだ。奈良時代、千三百年前から続く日本人の恋の心だ。人を愛し自然を愛する日本独特の感性は美しい。この時代にこれほどのロマンを歌にした民族はほかにはない。しかもこの歌集は百三十年にわたって編纂されたのだ。そして次々に彼の口から迸るように出てくる和歌で聴く人は圧倒されるのだった。
久能と私も会う度に覚えたての和歌を何回も聞かされた。その解釈はまた面白かった。私もおかげで何首かは記憶した。

稲つけばかかるあが手を今宵もか殿の若子がとりて嘆かん

荘園の息子の悪ガキが夜な夜な下女のところに来て悪戯する。かじかんで荒れた私の手を取って、冷たかろう、可哀そうだな、と言ってくれる。多分だれか教養のあるものが作ったのだろうが、その時代が偲ばれる。

多摩川に晒すたづくりさらさらになんぞこのこのここだかなしき

音の響きだけでも美しいしいしたのしめる。

多田はその感性の細やかさに反して、体は頑丈で体力にも自信を持っていた。高校時代は柔道に明け暮れていたのに大学ではすっぱりやめて文学に凝っていた。酒もよく飲んだ。そしていくつか歌を暗唱すると感極まって泣いたりする泣き上戸の気もあった。逆に機嫌がいい時は道化師のようにふざけたりして人気者だった。ある時は腫れあがった顔面を見せたこともある。喧嘩して殴られた、そして負けたので謝った、と屈託なく笑ったりした。

私たちは自分の主張を述べるだけで、相手が理解してくれると信じてただ喋り合うのだった。相手の内容を聞いて理解し、自分の考えの参考にしようなどとは思ってはいなかった。それでもそんな自由な会話でお互いの気持ちが通じて心に残るものは多かった。ただ私たちは将来のことなどあまり語らなかったように思う。この楽しさがこれからも続くのは当たり前だとでもいうように日々を送っていた。

また彼は一週間も二週間も姿をくらますこともあった。突然消えて突然現れては旅行してきたというのだった。それもあまり知られていない、何の変哲もない知らない街だったりした。

彼は老いた祖母と二人の貧しい暮らしだったので、年寄りとか子供には優しかった。祖母は若い時は女学校の国語の教師だったらしい。

その彼が旅行から帰ってきても、大学の前の喫茶店に三日ほど姿を出さなかった時、私は不吉な予感を覚えた。

四日目に私は大学から呼ばれて事件の事を知らされた。それはあまりに衝撃的だった。私は一人で耐えきれずに久能を捜した。彼もまた連絡がつかなかった。出来事の詳細を知ったのはそれでもずいぶん後だった。それもどこまでが本当の出来事だったかはわからない。

初めて入ったバーで酔った多田は客の二人と喧嘩になった。店の中で大立ち回りになったので店主は警察を呼んだ。客の一人が怪我をしたので救急車も呼んだ。酔いも相当に回っていたので多田は怪我人と一緒に救急車に乗せられ病院へ運ばれた。照れ隠しに彼はそこでふざけたり、また万葉の歌を声をあげて詠んだりしたらしい。怪我はたいしたことはなく客は帰ったが、多田はそのまま隣接する精神病院へ入れられた。強制措置入院だった。

はじめ面白がっていた彼は次第に真剣になってきたが、そこまでくるともう自由のままではいられなくなっていた。看護人は彼を拘束しようとした。彼はそれをはねのけたが、はずみで看護人は倒れて血を流した。数人の看護人が寄ってきて、彼を押さえつけ暴行を加えた。狂暴な病人を抑えるという大義名分をもらった彼らは、日ごろの鬱憤を晴らすかのように激しく暴行した。凄惨なその現場は誰も知らない。保護室に閉じ込められた多田は翌朝、死体で見つかった。

それは久能の父が経営する虚空山病院だった。

しばらくして会った久能阿明は私とまともに目を合わせようとしなかった。謝罪しようにもできなかったのだろう。そして避けるように私の前から去ったのだった。

新聞社などの追及が始まった。記者会見で院長は一応の陳謝を口にしたが誰も納得しなかった。被害者は二人に怪我をさせた乱暴者であり、看護人たちは正当防衛を主張していた。確かに過剰防衛であったが相手が虚空山病院でもあり、警察も深くは追及しなかった。哀れな祖母は寝込んでいた。

左翼系の新聞はまだ書きたて、学生たちが真の謝罪と賠償を求めて病院の前でシュプレヒコールを挙げた。戦時中の虚空山病院での人体実験の噂もぶりかえされた。朝鮮戦争中はばらばらになった米兵の体をつなぎ合わせて修復する仕事で一儲けしたともいわれた。ついには日本におけるロボトミーの推進者であることまで暴露された。あの乱暴者はロボトミー手術でよくなるはずだった、と院長が院内で喋ったとかの噂は誰かが勝手に言い出したのかもしれない。真偽はわからない。

このロボトミーの手術は、大脳の一部を切り取る前頭葉白質切截《せつ》術と言われた。精神疾患を外科手術で治療しようとするものだった。世界でも日本でも合法的なものだった。成功例が多いというデータは今では信じられていない。実際には、虚空山病院には何の効果もなかったというより失敗した患者が一人入院していた。感情も思考力も全く失った生ける屍ともいうべき人間だった。もう何年もそこで毎日同じ生活をしていた。彼らの治癒は死ぬことでしかありえなかった。

久能阿明は友を失った悲しみと看護人への怒りと父の病院であるという恥辱でしばらく部屋に閉じこもって動けなかった。そしてついに意を決して父に会いに出かけた。

威一郎は妻のアデレを深く愛していた。孤独な留学生時代に味わった甘いアデレとの口づけは年を経るごとに深い思い出になって彼の心をさらに安らかにさせた。また年毎に可愛らしくなる阿明がひと時も母のもとを離れようとしないことにも、その二人に対する愛情が深まるばかりだった。暗い戦時下の憂鬱な日々も彼は乗り越えた。戦争が終わったら阿明を連れて帰国するアデレについていく事が、目の前の確実な目標だった。ここまでくればアデレの両親も歓迎してくれるに違いない。そして青年になった阿明が病院の跡継ぎになる前に、彼もドイツに留学させねばならないだろう、と思うことがまた一段と威一郎の心を晴れやかにさせた。

だが敗戦とアデレの不幸な死は図り知れない苦しみだった。彼女のその時の不安や苦しみをなぜ自分が十分に感知し守ってやれなかったのか、彼は自分を責めた。足を滑らせて池に落ちたとしても、彼女は不安に怯えながら歩き、自分の助けを待っていたはずだ。冷たい水を飲み込み呼吸が苦しくなっていくとき、自分の名前を呼んで助けを求めていた時、自分は何をしていたのか。最後に彼女が見たものはただの汚れた黒い水だったのだろうか。

母親を捜して泣きわめく阿明にも彼は自分の姿を見た。

葬儀は自宅で執り行い関係するもの以外は誰も寄せ付けなかった。棺桶の蓋は閉じたまま死に顔を誰にも見せなかった。火葬する前の夜、彼は何度もその死に顔に口づけをした。それは温かく昔のままの匂いがした。それから人前で平静を保っていても夜中はベッドの中で涙を抑えきれない日々が何日も続いた。

仕事に熱中するしか生きる道はなかった。友人の勧めでアメリカにロボトミー手術の勉強に行ったのもその頃だった。対象は狂暴性性依存者やアルコール依存症、一日中大声を出して叫び続ける者、不可思議な患者が多かった。手術の後感謝する家族もあったが、多くはそのあと人格を失くした人生を送ったようだ。ロボトミーは大学でも行われるようになっていった。忙しい仕事は威一郎を立ち直らせた。病院の経営は順調だった。

阿明が十歳の時威一郎は若い冴子と再婚した。

十八歳になった阿明はその頃父を嫌い家を出ていた。そして病院の跡継ぎを断り医学部に進学せずに文学部へ入った。威一郎は落胆した。跡継ぎの事は別に考えるにしろ、阿明を見るとやはりアデレの面影が蘇って心を揺さぶられるのはどうしようもなかった。

阿明が父の家を訪ねたのは、初夏の夕暮れ時だった。父は所用で出かけ二、三日帰らないということだった。義母の冴子が応対した。彼女に会うのは三年ぶりだった。懐かしさ以上のものが阿明の心を突き上げた。父に会いに来たのにその不在にふと嬉しさを覚えた。

居間は彼が家を出た時と何も変わっていなかった。敷物もソファーも壁紙も同じだった。マントルピースには父の気に入りのアフロディテーの木彫りの彫刻のついた置時計や、ガレ風の花瓶が昔のまま置いてある。薄絹を腰に巻いた裸体の女神の左手は時計の上部の丸みを抱き、反対側を立ったライオンが支えている。アフロディテーは墨で塗られて黒い。反抗期だった阿明がいたずらに塗ったものだった。父は怒らずそのままにしていた。阿明も知らぬ顔をしていた。昔と変わらぬ壁の絵はノイシュバシュタイン城の遠景だ。

日が落ちる前の夕闇が近づきつつあった。シンプルなシャンデリアはまだ灯っていない。池に向かって開け放されたガラス戸はそのままベランダへ続いている。それはかつては白く輝いていたのに今は塗料が剝げて古ぼけている。池の水面はほんのりと明るい。

もう火を消して二か月ほどになる暖炉は、まだその暖かみの気配を残しているが、殺伐としている。まだ五歳にもなっていなかった幼い阿明はその温かい暖炉の前で玩具を転がしながら遊んだものだった。そこにはまた、それよりも暖かな母の膝や胸や腰があった。母は何もせず阿明はその視線だけを浴びていた。

阿明の母の思い出はそれしかない。ぼんやりと安らぎの空間に包まれている感触は残っているが、詳しい母の仕草や息吹の記憶はその後の喪失感のうちに危うく消えていってしまいそうだった。

今その暖炉の前のソファーに義母の冴子が紅茶を注いで座っている。

阿明は煙草に火をつけるとマッチの燃えカスを紅茶の受皿に無造作に置いた。きれいな皿だった。冴子はそのままにしていた。無作法になんでも我儘にしていいわよ、灰もどうぞいいわよ、というように無言のままだった。

　柔らかなスリッパから伸びる素足は白磁のように白く滑らかであるにもかかわらず、その中に流れる血の色は彼の視線を吸い込もうとしていた。彼は薄いベージュのワンピースを通してその腰から胸を感じ、顔へ視線を移した。それは彼の視線を軽く受け流しながら素知らぬ顔をしていた。彼はその表情が美しいと思い凝視できなかった。それは悲しみになって彼の胸に鋭く突き刺さった。それは怒りとなり憎しみにもなろうとしたが、弱い力でしかなかった。

　阿明が十歳の時に家に来た新しい母に違和感を覚えるのは当たり前だったが、その優しさにすぐに馴染んだのも仕方がなかった。冴子は柔和で決して怒らず、五年も大人の女性に触れていない彼が逆らう意味も力もなかった。抱きしめられるときの柔らかな体と包み込む匂いは彼が逆らう気力を失わせた。だが最初の頃はまだ思い切って甘えることはどうしてもできなかった。また彼自身も美しい母に女性を感じ始めていたころでもあった。

　あれは新しい母が家に来て一年も経っていただろうか。ある夏の夕べ、風呂上がりの浴衣の母の後姿に思わず抱きついてしまったことがある。まだ背も低かった。優しい母への子供の甘えの表現だった。そのふりをしていいのかもしれない。母は阿明が心を開いて自分に甘えてくれたのだと思ってあやすように微笑んでくれた。子供として抱かれるのと自ら抱きつくというのはその感触は違う。その夜彼は初めての夢精をした。

　それからの彼は罪悪感に苛まれた。それは亡き母に対する後ろめたさだった。母を裏切ったのだ。冷たい水に沈んでいきながら、苦しみの中アメイ、アメイと自分を呼んだに違いない母。夫はなぜ助けに来てくれないのか。美しかった金髪は腐った水草のように水に流されて行く。その悲しみを忘れるため、亡き母の苦しみを安らかにすること、それは断罪として新しい母を憎む事でしか叶えられなかった。

歳と共に自分の顔の彫りが深くなり肌色も白くなり髭が生えてくるようになると、ますます彼は自分の意志を確かめることができた。母の一つ一つは覚えていない。だが明るい光が良い匂いをさせて彼を包んでいた記憶は決して消えることはないはずだった。赤子の自分は素裸で、玩具を手に取り母に呼びかける、暖炉の前のほんのりとした暖かさ。

かといって義母の冴子の温かさはまた別にあった。それは春の嵐に吹き荒れる花弁のように色鮮やかで、暖かかった。阿明は禁断の甘い匂いに捉えられそうだった。彼はそれを拒否する努力を覚えた。そうしなければ母アデレの冬の静かな暖かさは無情にも押し流されそうだった。

彼がまだ十五歳ころだったろうか。暖炉を囲んで三人が座っていた記憶がある。退屈なそれでいて平穏な夕食の後のくつろぎの時間だった。冴子が暖炉の火をかき混ぜ、そのまま立って、木彫りの置時計を撫でながら言った。

「この時計は美しいわ、この彫刻の素敵な事、アデレさんが好きだったことがよくわかるわ」

前妻のアデレを褒めるつもりで無理にお世辞を言ったのだろうか。

その夜、阿明はアフロディテの像を墨で黒く荒々しく塗った。それは誰も何も言わずそのままで置かれていた。

義母を嫌い、生母を裏切った父を軽蔑するしか彼の道は残っていなかった。そうやって彼は煩悶の数年間を過ごした。父とも疎遠になって家を出た。当然医者になる気はなかった。

「昨日、お父さんと一緒に多田さんのところへお詫びとお見舞いに行ったわ、そして相手の弁護士さんと相談して、出来る限りの保証をすると、約束してきたの」

阿明は気勢をそがれた。そして秘かに思っていたことをつい言葉にしてしまった。もう一度大学に入りなおす、医学部を受ける。医者になる。父の後を継ぐかどうかはまだ決めていないが、たぶんそうなるしかないだろう。

冴子の気持ちを和らげようとする自分を、阿明は口に出してから恥じた。冴子の微笑が彼の緊張を解こうとしたので彼は慌てて眼をそらした。

帰る前に阿明はベランダへ出た。夕日の残滓が水面に落ちていた。しばらく佇んでいた。池からは何か聞こえそうだったが、何も聞こえなかった。それから池はすぐに闇に包まれ黒い光を放った。

阿明は姿を消した。

四

十五年後に阿明は帰ってきた。医者になった後、二つの病院に勤務して研修を重ねた。父は喜んで、彼を迎えた。しかし彼には故郷へ帰ってきたというただの懐かしみの笑顔しかなかった。仕事への情熱や志すものはたいしてなかった。ただ気になることがいくつかあるだけだった。

学生時代はよく勉強した。友人との付き合いも普通通りにこなした。文学を語る友人は避けた。ドイツ文学には母の香りが漂い、その都度それを覆って誘惑しようとする雨雲のようなものは義母の影だった。遊興の友人たちが気楽だった。

彼の容姿は女性たちに歓迎された。彼は淫靡な界隈に入り込んだ。それにしばしば没頭した。雑念を払うにはそれしかなかった。いや雑念というにはあまりに深い悲しみを内包していた。

初めての病院で事件に直面した。親しくしていた先輩医師の起こしたことだった。生まれつきの重度脳性麻痺の青年の安楽死事件だった。彼は末期癌の痛みで苦しんでいた。母親に懇願されて先輩医師は考え抜いた末、点滴に禁止の薬を注入した。母親は感謝した。しかし看護師の一人が密告した。院長は隠ぺいをしようとしたが外部に出るのは早かった。医師は逮捕され裁判になった。阿明は裁判を見届けることなく病院を辞めた。あまりに考えることが多く深すぎて彼には耐えられなかった。重度障がい者だから問題になったのか、そうでない人間の場合はさらにどうなるのか、許されるのか、許されないのか。必ず答えを出さねばならないのか、それすら考えつかなかった。

だが二つ目の病院では他人事ではいられなかった。古い学会誌を繰っていると、父の虚空山病院の記事に出会った。六年ほど前の学会で問題が大きくなったロボトミーの事だった。それ以来ロボトミーは行われていない。父は糾弾されていた。

二十歳の大学生だった女性は、幼い頃から父親に厳しく育てられた。物心つく前から、女性は人前で決して肌を見せてはいけないという変質狂的な父親の言いつけを守らされた。母親も逆らえずに同調し、彼女は鬱積した心のままで育った。ある仲間たちとの飲み会で、酔った彼女は突然丸裸になり踊りだした。みんなは囃し立てた。彼女は人気者になり解放された気になった。それを知った父親は激しく娘を叱責した。ある夜中、目覚めた彼女は丸裸になり、近所を叫びながら走り回っているところを保護された。

両親は手術を承諾した。この手術は成功したのか。それ以来彼女は大人しくなった。ただし大学はやめた。知能が幼児に戻り進歩もなく体だけが老いていった。家族は費用だけを出して彼女を入院させ見捨てた。病院を追及することはしなかった。他に数件の手術が行われたが治療効果はあったのか、どうかは記されていない。

阿明は父が哀れに思えてきた。順調な仕事ばかりではないだろう。幼児のようになって、感情も思考力もなくして老いていく女性。病院には隠された安楽死もあるのではないか。沢山の失敗や揉め事を抱えて父は一人孤軍奮闘しているだろう。

そして何年も帰らない故郷。悲しみの母の面影。

彼は決して自分を弱者の味方の人道主義者などと決めたりしなかった。ただそこへ帰っていって、そこに立ち、周りを見つめてやらねばならないと自然に感じたのだった。

院長の父は歓迎した。

阿明は慢性期病棟の長期入院患者に多田の祖母の名前を見つけた。寝たきりの彼女は八十九歳で言葉も出ない。意識も薄かった。寝顔は安らかに見えたが、その中に殺された孫の事や孤独で二十年も過ごして来た悲しみを内包していると思うと、阿明は悲しかった。

これまで何人もの患者の死を見届けてきた。物体である肉体の機能、命の灯が消える。それに伴って精神も消えるのは明白である。だが肉体が残り、精神を全く喪ってしまったら人間はどう生きるのか。長い間を精神科病棟で過ごす患者は多いが、彼らとて精神がどこかでくい違っただけで、普通の軌道に戻ることはある。そのずれた軌道に反抗して患者が感情を露にすることは普通であろう。

ロボトミーの後の女学生は精神科病棟にもう十年以上入院していた。彼女が何時か俗界に復帰して生活することはできるのか。あるいは風邪一つひかず、肉体健康のままここで生きていくのか。

阿明は元女学生を診た時、その反問に結論を出しえなかった。医学的にはそれが人間だ、と断定するだろう。彼女の生きている意味は何か。その意義、価値はなにか。

肉体的には三十歳を過ぎた立派な女性だった。身についたものだろうか、仕草も動きも入院着の乱れもなくちゃんとしている。ただ質問にはただ、ウン、と答えるだけだ。真っすぐ阿明を見ているが瞳には映っていない。ちょっとおどけてあやそうとすると、わずかに頰が緩む。整った顔は美しい。言葉を発することはない。

勉強が足りない。結論は先だ、と思うしかなかった。

院長は年寄りの精神科科長を交代させ阿明を科長にした。一年後にはもう一人の外科系の副病院院長と共に、副院長に抜擢した。初めは不満を言うものはいなかった。

しかし次第に阿明は我儘になってきた。父はその我儘を拒否しようとしなかった。できなかったのかもしれない。経営上は精神科は収益もよく、公の機関からも信頼され、市中の評判も良かった。八十歳に近い院長には大切な後継者だった。

理事会では度々その副院長とぶつかった。彼は虚空山病院のこれまでの発展に十分に貢献してきた。院長に自分の意見を通すことになんの躊躇も持っていなかった。院長の信頼も深かった。父の院長は阿明の意見を尊重したが、実際の病院運営に関しては副院長の意見に加担することが多かった。

ある年の理事会で、新しい手術場の増設と最新式のCTを導入する提案がなされた。手術の依頼は年々増え、その成功例はさらに次の先端医療の成功を要望されていた。病院経営上も大学の協力もそれは必然に思われた。近くの住民も期待していた。

阿明は反対した。深い意味はない。ただその予算を古くなった精神病棟の建て替えに使いたかった。厳しい世情のせいもあり患者の増加に比して病棟は不足していた。また衛生設備は特に古く、空調は効かず空気は常に澱んでいた。先端医療と言っても国立や官公立の施設は十分にある。そこに任せればいい。その下支えで民間の施設は役目を果たす。

何か月も理事会では決定されず、討論の中で、阿明は自分の考えにさらに固執していった。最初は副院長の儲け至上主義的な提案に、父も賛成していたのに納得できずに反対したに過ぎなかったのだが、時間と共に考えが固まっていった。精神科病棟の新築に加えて、長期療養病棟の改築、ホスピス病棟の充実、養護施設、など彼の提案は広がっていった。安っぽい博愛主義者だ、と言う副院長の陰口も聞こえてきたが、それがさらに阿明の意見を強固にさせた。

院長は理事会ではあえて阿明の意見に同調しようとしなかった。院長の一番の理解者であり一番の信頼を得ている副院長の実績は誰もが納得していたし、病院への貢献度が高いのも実績が示していた。次の院長兼理事長に相応しい立派な医者だと誰もが思っていた。

父は阿明を説得しようとしなかった。表立って副院長の意見に賛同もしなかった。心労から体調も思わしくなくなり気力も少なくなっていた。阿明は自宅に父を見舞うことはなかった。そして一日の多くの時間を病院で過ごした。


その冬、父威一郎が急逝した。風邪をこじらせていて用心していたが、突然肺炎を起こしたのだった。入院してからは短かった。外科の副院長はつきっきりで威一郎を診ていた。阿明よりもその時間は多かった。風邪が長引いたにも関わらず、ある夕べ、彼は長い時間ベランダで車椅子のまま池を見ていたらしい。その夜高熱に見舞われ緊急入院した。

葬儀は病院の講堂で執り行われ、事務長が取り仕切った。その後しばらくして副院長は病院を去った。


葬儀が終わって二か月ほど経った蒸し暑い春の夕暮れ時だった。阿明は自宅を訪れた。葬儀ではほとんど声を交わさなかった冴子に会うためだった。喪の着物の彼女は彼の胸を衝いた。二十年ぶりになるはずだ。すこし乱れた髪に薄化粧はかえって新鮮だった。彼は慌てて眼をそらしたが、その腰に眼が行った。正確に彼女の歳を計算している。六十五歳になるはずだったが、長い間想像し彼を苦しめたその腰の美しい線はそのままだった。

玄関の石垣に蛇が長々と横たわっている。石の冷たさが心地よいのだろうか。何の迷いもなく彼はそばのブロックを持ち上げて、蛇の頭に打ち付けた。それは体を渦のように丸くくねらせて溝へ落ちた。彼はもう一度気を引き締めた。

部屋の空調はあまり効いていなかった。薄手の普段着の冴子は気にならないようだ。こうやって向かい合って座ったのはまさに二十年前の事だ。壁の絵も壁紙も、棚の置物も何も変わっていない。廃墟のようになった暖炉が痛々しい。マントルピースの置時計はそのままにおかれている。女神を黒く塗った墨は長い時間を経て剝げてかすれている。

二十年前の光景が蘇る。彼女の薄いワンピースと白い脚。あの時は開け放したガラス戸から池の黒い水が見えていた。その時と同じ紅茶茶碗。部屋は古くなっていない。二十年間、蘇っては彼を苦しめた部屋の最後の時間のままだ。

しかし今は、冴子は老いているが、それまでの期間を阿明は自分と共有していたような気にもなった。胸元の白さと首筋のほつれ毛はそのままだったような気もする。それもまた深夜目覚めると、水に浮かぶ藻のようになって彼に纏いつき苦しめたものだった。

池の対岸は家が建ったのだろう。水面に光が流れてきて揺れている。

阿明は昔のようにわざとマッチの燃えかすを紅茶の皿に置いた。彼女はあの時の無作法を覚えているだろうか。

彼女が立ち上がって明かりをつけた。途端にガラス戸は黒い水を背景に鏡のようになった。そこに映った自分の顔を見た彼は一瞬唖然とした。情念を抑えきれずに燃え上がる炎のような表情だった。昔猥雑な界隈でたまたま鏡を見た自分の表情が思い起こされた。ただ今はそれが硬直している。

カーテンを閉めてくださ い、と彼は思わず言った。

彼は思考力を失って混乱した。そのカーテンは遠い地方暮らしの部屋と同じ濃いベージュ色をしていた。長い間同じ色を見慣れていて忘れていたのだ。この部屋と同じ色だった。その部屋で彼は何人もの女性と暮らしては別れた。中には冴子に似ている女性もいた。その体を貪ったことが思い出される。しかし少しも愛情を感じたことはなかった。

ウイスキーでも出しましょうか、と冴子が言った時、彼はかろうじてそれを断った。

「今日はこれからの相談に来ました」

彼女の表情がふと緩んだように見えて、彼は慌てて次の言葉を急いだ。

「できればこの家を引き払ってもらいたい」

彼の喉は乾ききっていたが躊躇せず淡々と言った。いつか後悔することがあってもそれに耐えるという決心は変わらない。耐えられない悲しみは残るだろう。

「そうね、いつかはそうなるとは思っていたわ。貴方とこの家で暮らす事も考えないではなかったけれど。この家は、アデレさんの……」

「貴方にその言葉は出してほしくない」彼は遮った。名前と言わず、あえて言葉、と言った。

それから沈黙が長く続いた。

冴子の眼は少し涙で濡れた。それを拭く仕草の美しさが阿明の胸を張り割けるように打った。一言、決して出してはいけない言葉を吐きだしそうになった。だがそれには耐えた。これはもう自分の最後の覚悟だ。そう思うことが彼の決心の強さをさらに強固にした。

「父さんの遺産、貯金はすべて持っていってください。結婚して僕はこの家に住みます」

その嘘がやっとだった。

その夏の初めに阿明は家を取り壊した。ただの空き地になった跡はすぐに雑草に覆われた。彼はアデレと父のお気に入りの黒いアフロディテーの置時計とガレの花瓶を池に沈めた。

五

私は三年前の大腸癌の治療の苦しみを思い出したくなかったが、それは折に触れて蘇ってきた。二度にわたる手術と抗がん剤の嫌な味とその間の倦怠感。おまけに途中で転んで足首を骨折し、治療が中断したため治療の苦しい期間が延びたのだった。それから酒も断った。

今は前立腺癌の検査をしているが、どこのクリニックへ行っても値が正常と異常の間ということなので結論は出なかった。医者は大病院へ行って精密検査を受けるようにと勧めるだけだった。

私は躊躇していた。思い出す入院、検査、治療の面倒さと苦しさ。私にはそれを報告する相手も、苦しみをわかち合う者も、治療が終わって喜んでくれる親族も友人も誰もいなかった。その煩雑さと死への不安を一人で耐えねばならなかった。また再び三年前の苦しみと不安に苛まれたくない。そして死への不安に怯えるよりはその煩雑さを思い切って捨てて、死んでいく事だと、思ったりしていた。

久能阿明に五十年ぶりに再会してから、また彼を訪ねようにも特別な用事はなかったし、私も日々の煩悶のため連絡しないまま一年が過ぎていた。一度電話をしたこともあったが、出張で不在ということを冷たく告げられ、再び掛ける気も失った。

その二か月後私はまた電話をした。やはり同じ応答だった。私はすぐに総婦長を思い出しそちらに回してくれるように頼んだ。返事は、院内には居るのだが忙しくてつかまらない、ということでまた終わった。

私は不愉快になるよりは、何か普通でないことがあると思った。

その後、二か月ほど経って私は病院を訪問した。受付を通さずに五階の院長室へ向かった。不在であればそれから受付に行く。しかしエレベーターで五階に上がり院長室へ向かおうとしたが、その廊下が防火扉で閉ざされているのを見て愕然とした。

私は総看護師長に会うことにしたが、受付でまた忙しいと言って断られるかもしれない。私は勝手に院内を歩き回り総看護師長室を探した。そしてその入口の見える廊下の隅の椅子に隠れるようにして座って、彼女が現れるのを待った。仕事が終わるまで何時間でも待つつもりだった。

夕方も七時くらいだった。彼女が部屋に入り私服に着替えて出てきた時に私は声をかけた。彼女は一瞬驚いて私を見たが、その顔は急に悲し気に歪んだ。私はとぼけて、お食事でもどうですか、と言った。彼女は拒否しなかった。

六

阿明先生は一か月前にお亡くなりになりました。貴方にお知らせしようにも、連絡先をお伺いしていなかったものですから。威一郎先生は私の恩人であり、阿明先生は尊敬する心のよりどころでした。

遺言通りお葬式は簡単にして、言いつけ通り骨壺を池の真ん中ちょうどに沈めました。月が水面に映って綺麗な夜でした。真っ黒な水に純白の骨壺が沈んでいく様は、月の光が水底まで差し込んでいくようでした。


戦時中私の母は病院の営繕部で働いていまいした。婚約者だった父は志願して大陸へ行ったまま音沙汰はありません。一歳の私を抱えて苦労する母が何かの折に威一郎先生の目に留まり、同情して仕事を与えてくださいました。おかげで看護婦さんたちの宿舎に住むこともできました。

私の記憶ではありません。母の話の通りです。

看護婦さんたちにもあやされてしばらくは平穏な時間でした。父の戦死の通知が来て、母はかなり悲しみましたが日ごとに悪くなっていく世情や日々の忙しさで母は気丈に生きていました。

ある時、母は威一郎先生に呼ばれ、ご自宅の家政婦になるように言われました。物置を改装して、部屋も作ってもらいました。お風呂は病院へ行きました。それでも母娘には十分すぎるほど広い立派な部屋に思われました。

奥様のアデレ様が時々ホームシックになる、友人もいないし家事を手伝いながら話し相手にもなってくれ、昔少しは日本語も勉強したこともある、勉強にもなる、とのことでした。

アデレ様は奥様でもありながら、まだお嬢さんのように綺麗でした。金髪で眼は黒く小柄だったのでさらに可愛らしく見えました。煩わしい家事は母がこなし、お料理とかお菓子つくりとかを二人でやっているうちに、アデレはもとのままのとおりに明るくなった、と威一郎先生から感謝されたそうです。先生がお仕事から帰られた時のアデレ様の喜びようは、まるで何日も親に会わなかった幼児が喜んで甘えるようでした。先生も嬉しそうでした。

アデレ様はこの家がたいそう好きでした。毎朝、ベランダから池の鯉に餌をやっておられました。自然の鯉なので黒く大きく、餌を食べる時の勢いは激しく折り重なって寄ってきました。そして大きく口を開けて餌が投げられるのを持っている。アデレ様はその中の何尾かに名前を付けたり、それを贔屓にしたりして楽しんでおられました。

池の周りの散歩も好きでした。山桜が何本もあったので、ちょっと上って枝を折って持って帰ってきて、ご主人から危ないよと、たしなめられたりしていました。初夏の池の周りの新緑は燃え上がるようで、秋は櫨や楓などが色づいて綺麗でした。冬は赤い実をつける餅木など、国にない樹々を楽しんでおられました。

また斜面の雑草の中に混じって咲いている初夏の姫百合や、秋の薄や名を知らない草花もお好きで、散歩から帰るといつも何かの花を手にしておられました。

変わった思い出とすれば、アデレ様は蛇がきらいでした。池の周りに蛇がいるのは仕方ありません。ある時、じっと石壁を見つめられているのを見つけ、何をしているのか聞いたことがあります。そんなに大きくはないけれど、蛇が一匹壁に張り付いていました。そして、慣れて怖くならないようになるまで見つめている、と答えられた時は私も大笑いしました。その通りにそれからはそんなに気にならないようになられたのは、お茶目で気の強いところもおありになったのです。

戦争が始まって阿明様が生まれました。世間の緊張とは別に、あれほどの悲惨な戦争になるなど感じないほど、ここは平穏でした。赤ん坊を真ん中にしてお二人は暖炉の前がお好きでした。阿明さんはひと時もお母さんの傍を離れず、ご両親も阿明さんが火傷をしないように傍にいる。威一郎先生も時にはソファを降りて、絨毯の上に長々と寝そべったりされていました。よほどリラックスされていたのでしょう。

敗戦でそれらの幸せな時間は一度に壊されました。威一郎先生にも苦難の不幸が襲いかかりました。突然アメリカの憲兵のような人が来て威一郎先生を連れて行きました。何かの罪があったのでしょうか。先生は何日も帰られませんでした。アメリカ兵の取り調べは激しいものだったのでしょう。怖くても体調を壊しても逃げることはできません。病人のように憔悴して帰られてもあまり口は開かれません。

その鬼のような手はアデレ様にも襲ってきました。ひどい取り調べと屈辱的な追及でした。アデレ様の国のご家族の不幸も伝えられてきました。身体も衰弱し悲しみと不安で表情が暗くなっていくアデレ様のそばで私が一晩中過ごすことも度々でした。それは数か月も続きました。

そしてついに恐ろしいことが起こりました。威一郎先生は帰ってこられず、私も戦争未亡人の会合に呼ばれ、昼から出かけていました。夕方戻りますとアデレ様の姿が見えません。だんだん暗くなってくる。

私は心配で病院の夜警の人に頼んで一緒に池の回りを捜しました。遠くに行かれるはずはありません。一晩中捜しました。明け方、朝日に照らされて池に浮かんでいる金色のものを見つけました。アデレ様の頭髪でした。

つらいからと言って決して自ら身を投げることはありません。帰ってくる威一郎先生のために、花を摘みに行って足をすべらせたのでしょう。そして愛する息子の阿明さんをおいて自死することはありません。

威一郎先生のお嘆きはあまりに深くもう説明できません。阿明さんは泣きじゃくりながらお母さんを探して部屋中を回っていました。五歳になったばかりでした。ほとんど四歳になるまでお母さんの乳房にすがりついておられたのですから。

阿明さんが少し乳離れをし始めたのは、娘と遊ぶようになったこの一年でした。私たちの離れの部屋に来て時間を過ごすのが楽しくなってからです。娘は阿明さんより二歳くらい年上でしたから、二人は相性が良かったのでしょう。それに眼がくりくりして可愛らしかった。玩具を家から持って来て、こちらで遊ぶことも多くなりました。アデレ様が亡くなってから私はいつもそうするようにしました。食事もこちらでとるようにして、次第になれるようにしました。夜はこちらで寝ていました。威一郎先生はそれに安心されていました。私には姉と弟の子供ができたようでした。

お父様に呼ばれても緊張して出て行き、私の部屋に安堵して帰ってくるようになりました。思い出の部屋が懐かしく、それが苦しいのだと私にはわかりました。ただ阿明さんは意識しておられなかったと思います。

それでも威一郎先生は落胆から抜け出し、仕事に熱中されるようになられました。アメリカに行って新しい医学を取り入れたり、病院を広げられたりされていたので不在が多く、阿明さんは私の子供になったようでした。

阿明さんが十歳の時威一郎先生は再婚なされました。まだ四十歳前の綺麗な優しい人でした。冴子さんと言われました。阿明さんも次第に新しいお母さんに慣れていかれました。なるべく家にいるように言いつけられ、それを守ったのも冴子さんが優しい人だったからです。娘にも優しく、阿明さんとお菓子を平等に分けてくださったりしました。二人は一緒に嬉しそうに食べていました。

ただ阿明さんは時を見ては私たちの部屋に来ていました。そしてまるで主人のように威張っていました。私たちがそうさせてしまったのですが、それはまたどちらにも嬉しい事でした。だんだん我儘になり、ときには癇癪を起したりなさいました。小さい時は玩具を壊したり、目の前のものを投げつけたりでしたが、私たちはむしろそれを面白く見ていました。

大学に入ると家を出られました。それは普通の事でした。二歳年上だった娘はその時は看護学校を出て、他県の病院に就職していました。しばらくよそで経験して、いずれ虚空山病院へ帰るつもりでした。娘もいないし阿明さんもいない。家事は冴子さんがいるので私は部屋を出ることにしました。まだ働けるので寮の部屋を借りて、また営繕部へ戻りました。

私の話をします。私と母が離れに住んでからしばらくして阿明さんが生まれました。私は二歳だったので覚えてはいません。覚えているのは私が五歳くらい、阿明さんが三歳か四歳の頃です。弟のように遊んであげていました。一緒に母屋に行くこともありましたが、阿明さんは私の前でお母さんに甘えて、私に気づくとちょっと恥ずかしそうになったりしました。アデレ様は綺麗で優しく、阿明さんの甘える姿を見ると、私も部屋に帰って母に甘えたりしたものです。

アデレ様が亡くなった時のことは忘れられません。お母さまが亡くなったのを知らず、泣けばすぐに現れて来るとばかりに泣きわめいておられました。それがだめで家中を表から裏まで、全部の部屋を泣きながら捜していました。亡骸は見せてもらえず、皆にあやされてついには疲れ果てて私たちの部屋で眠りました。それから続けて私たちの部屋で過ごされました。母と私はアデレ様の死を悲しむ余裕もありませんでした。阿明さんにいかに不幸を忘れさせ、落ち着かせるかということを考えるだけで頭は一杯でした。母と二人で必死でした。

ある時阿明さんの表情がふと変わりました。今もその表情を思い起こすと私は涙がでてきます。どうあがいてもどうにもならない、希望は決して叶えられない、そんな絶望の表情のように見えました。悲しみと諦めの眼、そしてその奥に何か強い光、決心のようなものさえも感じました。もちろん本人はそんなことは意識していないでしょう。しかし今思うとその時の眼の奥の光はずっと阿明さんに残っていたのだと思います。

五年ほど私達の姉弟のような関係は続きました。幼い頃はままごと、お医者さんごっこなどは私の言うままでした。お父様は不在でも阿明さんが私たちの部屋にいれば、安心なさいました。それも小学高学年になるとなんとなく恥ずかしくなり、少し疎遠になりかけました。新しいお母さんが見えてからは部屋に来るのも少なくなりましたが、来られるたびに大きくなられるようでした。

高校生の頃は、会うのも本当の姉弟のようにはいかず、恋人と言うにはちょっと違う、お互いの気持ちはわかっていても必要以上に近づけませんでした。私は看護学校にはいり、勉強や友人たちと楽しい時間を過ごしました。そして卒業して他県の病院に勤めました。

母が時々連絡をくれました。阿明さんが大学を辞めて、どこかの地方大学へ入りなおした。それ以来音沙汰はないとのことでした。

私はある男性と恋をして何年か一緒に住みましたが別れて、何年後かにまた別の男性と住みました。そしてまた一人になりました。

阿明さんが立派な医者になって病院に帰ってこられたと聞いた時、私はもう四十歳近くなっていました。阿明さんから帰ってくるようにと連絡があったのは、それからしばらくしてからです。私は虚空山病院の仕事に就きました。

威一郎先生は七十歳半ばだったのでしょうか。随分老けておられましたが柔和な老人という風でした。ご両親もとても喜んでおられました。阿明さんはそれでも滅多にご自宅には行かれなかったようです。


これからは阿明先生と言います。十五年ぶりでした。帰ってこられた時は少し憔悴されていたのでしょうか、お会いした時は背が伸びた感じはしましたが、少なくともかっこいい若い医者という風ではありません。けれど顔は痩せて彫が深くなられても体の芯には何かあるということが私はわかって安心しました。半分人生に自信を無くしかけた私でしたが、やはり先生と仕事ができるのは嬉しい事でした。

ある時、寝たきりの患者さん、相当のお歳のおばあさんのベッドに連れていかれました。そしてこの人が、先生の学生時代の親友のお祖母さんということを知りました。親友が亡くなったその事件の事は母から聞いていましたのですぐにわかりました。身寄りもなく、こんな孤独のまま死んでいくのは自分のせいだとも言われました。もう何十年も苦しみだけを抱えて、ただの肉体として生きている、悲しみと思い出のほかに生きがいを持って生きておられたのだろうか、自分に出来ることは安らかに死んでいかせることだけだ、と言われたのです。いくらその先の時間がないからと言って、医者が患者さんに、死んでいかせる、そんなことを思っていいのでしょうか。けれども先生のその言葉に私はなぜか違和感を覚えませんでした。私は先生の希望通りにそのお祖母さんを毎日診に行きました。

しばらくしてお祖母さんは亡くなりました。先生は延命措置はせず、手を握ってお祖母さんを診ていました。最期の時お祖母さんが薄目を開けて先生に微笑んだように見えました。

もう一人は、精神科病棟のまだ若い綺麗な女性でした。身なりも仕草もきちんとしていました。節子さんという名前です。それでも先生の前に座ると、赤子のような笑いを見せるだけで言葉は出ません。身体は中年でしょうか。節子さん、と先生が話しかけるとただ嬉しそうな表情を見せるだけです。あとで先生がロボトミーという言葉を教えてくださいました。学生時代にその言葉は習ったかもしれませんが、よく覚えていません。先生は言葉を教えただけで他の話はされませんでした。私はこの患者さんへの先生の気持ちというか、考えを聞きたかったのですができませんでした。私も何を考えて良いかわかりませんでした。

その頃、病院は大きく発展していたようです。腕のいい評判の外科の副院長が随分貢献されていました。威一郎先生も次の院長兼理事長にと考えておられたようです。大学からも優秀な医者を連れて来られていました。

副院長が次に連れて来られる予定は脳外科の先生でした。それで脳外科の手術場を作り、新しいCTを入れる計画も持っておられました。これで実績を作り、数年後はスウェーデンで研究されているガンマー線治療器を入れる。これは開頭せずに脳内の病巣を消滅させることができる。多分これは高価なので九州では北と南に一台ずつ設置されるだろうし、そうなればここは大学に並ぶ病院になる。少なくとも脳外科に関してはトップになるだろう。

威一郎先生もまんざらではなかったようです。そうなれば自分は安心して引退できると思っておられたようです。

日々の仕事で少しずつ生気を取り戻されていた阿明先生がそれに反対されました。誰もが驚きました。威一郎先生は悩んでおられました。阿明先生は精神病棟の改装、いや新築移転を主張されました。病院の主体は精神科でしたし、当時は収益も多かったのです。然し病棟は古く設備もよく機能していません。例えばいくつかの空調は古く故障ばかりで夏は扇風機、トイレの下水はまだです。それに大部屋ばかりで、患者さんはただ詰め込まれていました。理事会ではなかなか結論が出ませんでした。その頃は阿明先生の仕事ぶりから病院内での存在が大きくなっていたからです。

理事長の一言で決めることはできるのですが、そうはできません。そのためだけではないでしょうが、威一郎先生が急逝肺炎を起こして亡くなられました。

副院長は病院を去られ阿明先生が理事長になられました。精神科病棟は新築され次に長期入院の慢性期病棟も改築されました。最先端の設備を目指した病院は目標を捨て、大きく方向を変えました。

それからの阿明先生のお仕事は凄まじいとしか言いようはありません。介護付老人保健施設、特別養護老人ホーム、デイケア、老人ホーム、その中間のケアハウス、いくつもの老人の施設を続けて創られました。入所希望者が多くて受け入れる施設が他になかったからです。これまでは貧しいご家庭では寝たきりの老人を介護するのに苦労ばかりでした。少しはお役に立てたはずです。この頃は介護保険制度ができてまた忙しくなりました。

古い他の病院を買収して、長期慢性期病院にして入院可能のベッドを増やしました。そうすると他の病院から長期入院の患者さんが回されてきました。長期入院の慢性期の患者さんからの収入は病院の経営には貢献が少なかったからです。それを承知でここは受け入れました

途中で休むことはできなくなりました。収益を上げるのが目的でないことを世間は理解していたので、評判はますます上がりました。国公立を退官した先生方が集まってこられるようにもなりました。

立派なホスピス病棟もできました。これは新聞に取り上げられてまた評判になりました。若い真面目な先生方が入ってこられるようになりました。生まれつき不幸な幼児たちの居場所も作りました。次に子供ホスピス施設の開設の話も来ましたが、まだ実行は先になりました。

市内にも小さなクリニックを作られました。青春科外来で、これは先生の後輩から頼まれたものでした。子供たちの診察のほかに、週に一度だけ先生の診療もありました。その日を楽しみに通ってきて、話を聞いてもらう患者さんの日でした。本院を退院した元患者さんたちでした。

変わった事といえば、徘徊老人のために考えられたことがあります。近所に住む親孝行の息子さんのことです。老々介護というのでしょうか、息子さんは六十歳過ぎ、お父さんは九十歳過ぎで徘徊の癖が

ありました。息子さんが疲れて眠っている時お父さんは外に出られ、徘徊の末、池に落ちて亡くなりました。

阿明先生は池の周りに金網の柵を作るように市に要求されました。市の答えは来年度の予算に計上するというものでした。阿明先生は怒って、病院の費用で柵を作られました。池の周りを全部柵で囲むのは大きな作業でしたが危険な箇所だけで済みました。今までも子供が溺れたり身を投げる人もいて危険視されていました。一か所だけ開閉するところを決められ、ボートを一艘常備されました。これからも何があるかわからないからです。

それでも先生は不満でした。先生はそんな老人を受け入れる施設を作り、病院全体の病棟を囲む大きな空間を作られました。それは相当に広いものです。敷地全体を柵で囲って、運動場でも駐車場でも道路でも、夜の何時でも誰でもこの中ならどこでも自由に徘徊できるようにしたのです。夜警の人が時間ごとまわりますから、危険は少ない。

こんな話をいくつしても終わりません。

言いたいのは、それでも先生の気持ちはよくわからないということです。人間の命の尊厳を守る、そして弱者への手助け、世の中への奉仕、という医者としての理念を先生がどんな気持ちで持っておられるのかがわからないのです。病気や弱者へのいたわりの心を、あまり表に出さないというか、それを標榜する事は敢えてなさいません。標榜は偽善だとでもいう風でした。

自立して自分の生を謳歌し、生の意味を見つける、それができなくなった意識の薄い老人を、只日々ゆとりをもって生活させてあげている、ということは、むしろ健常者の自惚れではないか。死に行くまでの短い時間だ。ただそれを知らさずに安らかに死んでいかせることが、真実なのだが、それしかない。安らかに死んでいく、その手伝いをしているだけだ。老人たちをそうやってしか見ていない、ということがいかにも傲慢ではないかと思うことがありますが、先生はその考えに固まっています。

虚空山の見晴らしのいい中腹に立って、先生が眼下の病棟群を見下ろしている。そこには次々に死へ向かって流れていく老人たちの列が見える。優しい微笑でそれを見送る阿明先生。そんな不気味な光景も浮かびます。

まるでどこかよその国の権力者が、大勢の人間を群集にして死へ導いていく、彼等は充実して生きていく行進をしているつもりでいるのに、破滅に向かって行く、そんな映像さえ浮かびます。怖くてそれ以上考えないようにしました。

それでも私もだんだん先生の考えが理解できたような気になりました。怖いというより麻痺してしまったようです。私の母もいずれここのどれかにお世話になるはずです。長く生きて、いつまでも笑顔を見せて欲しい。けれどその道にはいったら、ただ見守るしかありません。

私の記憶違いかもしれません。ある時、先生がふと、安楽死、という言葉を発されたことがあるような気もします。それは恐ろしい言葉でした。私はすぐ忘れようとしました。しかし出来ませんでした。私の聞き間違いかもしれません。私が診て回っている患者さんたちの顔が一度に嵐のように頭の中を渦まきました。


ちょっとだけ私の個人的な話をします。

私が高校生の頃、先生はまだ中学生でしたが、将来先生と結婚するかもしれない、などと考えたこともありました。しかしその考えは、かえってこれ以上親しくなり過ぎてはいけないという、気持ちも起こさせました。先生のお宅にお嫁さんとして入ることなどは、想像できなくなりました。

看護学校に入ると、旅行に行ったりお酒を飲んだり沢山遊びました。卒業すると知らない世界を見たくてよその県に就職しました。少女時代の先生との付き合いは楽しい思い出として残っているだけでした。そしてそこで結婚しましたが、二度も失敗しました。将来への希望をあまり持てない日々を送っていました。

先生から虚空山病院へ来るように言われた時は嬉しかったです。十五年ぶりでした。先生の容貌は変わっていました。背は伸びて痩せて後姿は別人でした。髪は縮れて長くあの可愛らしかった眼は彫りの深い眼窩に沈んでいました。

それでも医者としては立派になられたはずです。診察など仕事は人一倍こなされ、お金儲けには興味はなく贅沢も嫌いでした。精神科病棟の五階に自分の空間をつくられました。他の人は滅多に院長室へも入れません。まして個室へは私だけが許されました。それも掃除と洗濯くらいで簡単でした。食事は患者さんたちと同じものを三食摂られました。

しばらくすると昔の気心が知れた気持ちが蘇ってきて、ちょっとした無駄口も交わすようになりました。それでも身分の差というか立場の高さの違いというか、昔とは全く違います。

ある時、先生の気分がいい時でしたか、ゆっくり話が出来そうな時でした。私はつい至らぬことを言ってしまいました。たまには、ご自宅へでも帰られたらどうです、という一言です。先生は途端に顔を曇らせて下を向かれ、数秒何か考えられてから言われました。

「お前は、アフロディテーというのを知っているか」

あとは独り言のようでした。

「それは愛と美の女神だ。母が好きだった木彫りの彫刻のついた置時計があった。その女神が抱えていた時計だ。マントルピースの上に置いてあった。それは部屋の光と温かさの中心だった。聖なる守り神だった。誰もがそれを一目見ることで、そこにいる証明をもらえた。ある時それが、何の意味もなく汚された。おれはその瞬間を消すために、わざと汚ならしくそれに墨を塗りつけた。今俺はそれを見たくない、そこには入れない」

喋ってからさらに力のない静かな表情に戻られました。それは深い喪失感の静かさでした。暗い淵に落としてしまった大切なものへの未練と、もともとそうなるのは仕方がないのだという無意識の考えが、先生の身体を引き裂くようでした。その葛藤にどう立ち向かうかがわからないまま立ち尽くす静かさでした。もはや焦燥もなく、諦めの虚無感が先生を占めていました。

しかし、またそれが汚されたと思う悲しみの瞬間、逆方向からの温かい得体のしれない風が彼の身体を包み込もうとしているのに身構えなければなりませんでした。そのためには、その時は怒りでもって応えるしかすべはなかったのでしょう。

私も幼い頃その黒いアフロディテーをお部屋で見た事があります。私は先生から話を聞く前から、その印象はずっと持っていましたのですぐに理解することができました。

先生はそれからもう喋らず黙って出て行かれました。

先生のお仕事はだんだん忙しくなっていきました。そして副院長先生との意見の相違は決着がつかないまま長引いていました。

その頃副院長先生が看護師や他の先生の前で、薄っぺらな博愛主義、などの言葉で暗に阿明先生を非難しているのを聞くことがありました。私はそれを阿明先生にお伝えしました。先生はさらに意固地になられました。


威一郎先生は心労で大分お疲れでした。そのためだけではないでしょうが、とうとう威一郎先生はお亡くなりになりました。葬儀が終わって二か月ほど経ってからでしょうか、阿明先生が私に告げられた時は驚きました。冴子さんには家を出て行ってもらう、ということでした。誰の意見も必要としない先生でしたから誰も、といっても私しかいませんが、逆らうことはできません。先生は誰かと結婚してそこに住みたいのかな、とも思いました。すこし嫉妬もありました。

冴子さんが家を出られる日、私は見送りに行きました。髪も整えられて、さっぱりした身なりで六十代とも思えないほど美しく、名残も悲しみの表情もありません。いろんな思い出が浮かんできて私の方が悲しいくらいでした。

「貴女にはお世話になったわね、ありがとう、阿明さんをよろしくね。可愛い阿明さんは大好きだった、よろしく伝えてね」

それがお別れの言葉でした。

私は先生にその通りを伝えました。その晩私は先生の部屋に呼ばれました。そして有無を言わさずに、私を求められました。私はそれに応え精一杯応じました。先生は激しく、まるで心身全てに押し込められて沈殿した長い間の苦しみが情欲になって一気に迸るようでした。

私は先生が時々下町の卑猥な場所に足を踏み入れられているのを知っていました。私は先生の苦しみをすべてわが身に受けようと思っていました。冴子さんをずっと長い間求めておられたことも知っていました。

それからすぐに先生は家を取り壊されました。どうしてだかわかりません、それでも先生の悲しみはわかるような気がしました。

時の過ぎていくのが、わからないような日々が続きました。私は日々の業務を正確にこなし、陰ながら先生のお仕事に尽くしてきました。二十年も過ぎたでしょうか。虚空山病院グループはさらに大きくなり、市内県内はもとより国内でも評価の高い医療グループの一つになりました。厚生省のお役人も地方の視察ということで度々お見えになりました。

確かに借金は増えましたが、経営は立派な事務長が経理面では間違いなく取り仕切り、先生の生活ぶりや人柄で銀行は信頼をおいていました。

また退官された教授が副院長として来られました。先生の信頼は厚く、副院長のおかげで、大学とのつながりもますます深くなり、難しい手術や治療は大学との共同作業で成果を上げました。若い先生方の研修の場としても、研究論文のためにも、ここは重宝がられました。

それでも精神科と長期入院の慢性化病棟、老人施設はここの中心であることに変わりはありません。安心して死んで行かせる、それが大儀だと言われたような昔の言葉が私からは消えません。私はそれを信じてついていきます。しかしそのことだけで、長い年月を楽しみもなくコツコツと身を費やし、日々二十四時間の繰り返しに埋没している先生のお気持ちがわかりません。もちろん先生が、老いた人々に明るい生活を、価値ある老後を、命の輝きの日々を、と謳われたら私は否定はしないけれどそのために先生が身を粉にして働かれる姿は浮かびません。

先生は相変わらず五階の部屋に住み、食事は患者さんと同じ、糖質制限の食事、高脂質制限、癌患者さんの食事、精神科の食事、など順番に味わっておられました。ただお酒は一人でよく呑まれ、煙草が多いのが気掛かりでした

先生のお部屋に呼ばれるのは嬉しい事でした。私は精一杯尽しました。私はもう六十歳を過ぎていました。ここで老いていく事に悔いはありません。

一つだけ大きな出来事がありました。でも知らない人には少しも大きくはありません。

ある時、かなりお歳の女性が他施設から転院されてきました。二十年ほど前に乳癌の手術をされて最近になって転移が見つかったけれどそれが肺と脳に飛び余命は長くない患者さんでした。希望されてここへ来られたとのことです。先生の指示でホスピスの特別室に入られました。衰弱されたお婆さんという感じでした。お歳は八十八歳、私は名前を見た時、声をあげそうになりました。久能冴子と書いてありました。昔の面影はまったくありません。痩せて小さくなっておられました。意識は朦朧として、喋ることもままならないようでした。それでも先生の顔を見ると、かすかに微笑まれました。

私は先生の顔を見ることができませんでした。先生の心の荒れた気持ちを感じたくありませんでした。昔の恋しさと後悔と、それ故に拒否しようとした悲しみ苦しみ、人を容赦なく迷わせる荒れ野の吹雪が先生の胸を吹きすさんでいたはずです。

私は若い看護師を呼び、冴子さんの担当にして、一緒に先生の指示を受けました。鎮痛剤投与が主な仕事でした。私は知らぬ顔をしていました。私がいつもそばについていることはできませんでした。先生と冴子さんがどんな話をされたか想像したくありませんでした。胸が張り裂けそうでできませんでした。

冴子さんはそれからしばらくしてお亡くなりになりました。私は一人になって声をあげて泣きました。母は調理場の隅にしゃがんで泣いていたそうです。葬儀は先生が一人でなさいました。

私は先生が私を部屋に呼ばれるのがわかっていました。冴子さんの事は一言も口になさいませんでした。私は今までになく激しく抱かれました。しかし肉体の激しさと反対に、溢れてくるものは悲しい静かな奔流でした。

冴子さんは他に身寄りがなくお骨は長い間先生のお部屋に置いてありました。私は何もお尋ねしませんでした。お墓の中で、お父様とお母さまのアデレさんとの間にお骨を置くことを躊躇われたのだろうと思いました。かといってほかの考えがあったとも思われません。

貴方が来られる前、三、四か月前だったでしょうか、先生は体調を急に壊されました。ずっと前から悪かったのを黙って我慢されていたようです。病気だということはわかっておられたはずです。お仕事が忙しいのはわかるのですが、病気を忘れるために仕事に夢中になるというふうでした。

私は先生に大学へ行って精密検査と治療をするように勧めました。最後は泣いて頼みました。でも先生はそれをわざとのように、軽く受け流し相手にしてくれませんでした。わかっている、が口癖でした。先生は病気とその進行具合はわかっておられたのです。

その頃はもう病院経営は、副院長と事務長にほとんど任されていました。先生は診察だけ、それも患者さんと話をするだけ、話を聞いておられるだけでした。医者としての大義や誇りとは程遠いものでした。淡々と仕事をこなし、日々を義務で送る、いや義務というより、例えば呼吸する事といえるほどの自然の日々でした。生きているのを嫌い、死をも厭わない厭世感に捉われておられるのとも違います。

何か心に決するものがあったのでしょうか。哲学的な深い考えが先生をそうやって生きさせる源になっていたのでしょうか。私にはわかりませんでした。

咳がひどかったです。胸から噴き出すような咳でした。それでもピースをちょっと吸ったり匂いを嗅いだりされていました。だんだん体調も悪くなっていくようでした。

ある日、節子さんを診察された時、私は傍にいました。それは最後の診察のつもりだったのでしょう。節子さんはもう六十五歳になっていました。身体が随分小さくなられて、白髪がとても綺麗でした。節子さん、と先生が言葉をかけると、小さな顔からいつもの微笑でした。節子さんは、風邪一つ引くことなくほとんど病気もありませんでした。ただ先生のことは多分これからは何も覚えていないでしょう。

先生は亡くなられる一か月ほど前から五階の部屋にこもりっきりになられました。決して誰とも、副院長とも事務長とも、会われませんでした。仕事の事はすべて打合せ済だったのです。この状況は固く口留めされました。私だけが出入りしました。

先生は死を覚悟されていたのだと思います。私はただその時まで、できる限り尽そうと思っていました。先生の言われることをすべて叶えること、それ以外に私にできることはありません。

お部屋の整理を急がれました。私は指示通りに従いました。ほとんど捨てる物ばかりでした。

ある時ふと見ると、冴子さんの骨壺が見当たりません。私は気が付かないふりをしていました。けれども私の頭の中には一つの映像が浮かんでいました。真夜中、先生がこっそり骨壺をもって池の真ん中にボートを漕いでいかれる姿です。骨壺は音もたてずに静かに真っ黒な水に沈んでいきます。自分もいずれそこに沈んでいくという安心感のためか、お顔は安らかです。とても怖い、美しい映像です。

身体は急速に衰弱していかれました。それに伴ってお顔がだんだん優しくなっていかれました。私が食事は運び、身の回りもすべてしました。夜は一人でぐっすり眠られたようです。私は沈痛剤とモルヒネも使い大量に用意しておりました。

意識はいつもはっきりされたままでした。ある夜、私の携帯電話に明日早く来てくれ、と連絡がありました。いつもよりしっかりした声でした。翌朝行くと、ベッドで冷たくなっておられました。

これで私の話は終わりです。

病院は副院長が新しい理事長になられ、ますます発展していくでしょう。私も結構な歳になりましたので、新しい院長から言われれば、引退も近いでしょう。母はまだ営繕部の雑用のお手伝いをさせてもらっています。二人とも虚空山病院にはお世話になりました。よく言われるように、長いようで短い日々でしたが、思い出してみると沢山の事がありすぎました。それも過去の事でだれも知らなくなっていくでしょう。

これは言いたくなかったのですが、ここまできたのでお話しします。貴方にお会いすることはもうないでしょうから。

あれは冴子さんが亡くなられる二日ほど前の事です。私が身の周りのお世話をしていました。冴子さんのお部屋は特別室でしたから、浴室もついていました。冴子さんはもう意識がほとんどなく静かに眠っておられるようです。浴室のタオルを片付けていたら、誰かが部屋に入ってきました。阿明先生でした。何故か私はカーテンの陰に隠れました。

阿明先生は五分ほどジッと冴子さんの寝顔を見つめておられました。そしてしゃがんで両手でその顔を挟み、長い間接吻をされていました。私には先生の表情は見えませんでした。出て行かれる後姿を少ししか見ることができませんでした。あんな悲しそうな人間の後姿は見た事はありません。これからもないでしょう。

贖贄庭園

前　Sの現実

一

七十歳代も後半になると、友人や知り合いの訃報に触れることが多くなる。著名人の死亡記事も特に目に付き、自分の死ぬ時のことを誰でも考える。そして振り返ってみて自分の人生はこんなものだったのか、これで消えて行くのか、とがっかりする。仮に満足した人生を送ったと思っていても、死が間近に迫ると、ただ消えて行くという、そのあっけなさに愕然とする。

少年時代は、戦争を知らない者たちにも、死は恐怖であり絶望であったが、まだ直接に皮膚にふれる物ではなかった。身近な年寄りの死を知ってもああそうか、と思うだけだった。

私の場合は、お前の父親はお前が一歳の時に亡くなったのだ、と言われてもそれは一つの物語に過ぎなかった。なにも考えることもなく、毎日が食欲と目覚めてくる性欲にうなされた泥と汗との日々だった。柔道に明け暮れ、夜は薄暗い電灯の下で詩や小説を読んだ。見たものや、口に入れた食物はすべてが体に吸収されてそのまま身になった。将来は確実に来るし不安などもなかった。今思うとそれらは人生の幕開けに相応しい新鮮な日々だった。

一九六〇年頃、青春といわれる時代、机を並べていた学友が海水浴で溺死したのが身近な死だった。隣の机が虚しく空いていた。安保条約改定反対のデモで女子学生が警官隊との衝突で死んだのもショックだった。

それからは、この歳になるまで、多くの知人や仕事人や親戚たちの死に触れた。それらは特に愛するものの死ではなかっただけに、日常のことということでもあり記憶の中で薄れていった。ただその時、深く愛している人を失っていたら、考えも感受性も少しは変わっていたかもしれない。

しかしこの度あるきっかけで、友人たちを思い出すことになった。すると学生時代に同じく文学や絵画、芸術を志した友人たち、あれから六十年経った今、数えてみると親しい仲間たち十五名のうち他界しているのが十二名いるのに改めて気付いた。

私の学生時代は太平洋戦争の敗戦からまだ二十年足らずで、それでも日本は将来へ向けて高度経済成長で変貌を遂げようとしている時代だった。そして大きな課題も前途に広がっていた。その象徴は福岡県大牟田市の三井三池炭鉱の炭塵爆発による一大事故だった。四五八人が死に、救出された人たちも多くが後遺症に悩まされていた。

青年たちは華やかな前途に身を投じて飛躍しようとするもの、体制を正義のために正そうと革命を目指すもの、そして不安に怯えて自分の中へ閉じこもるもの、平凡な明るい人生を目指すもの、様々だった。

それらとは別に、芸術の美はすべてを包括すると、嘯いていた文学仲間の中に私はいた。大学の校庭の隅に長屋のような小屋があり小さな部屋が五、六室あった。文芸部、演劇部、美術部や音楽鑑賞会など、クラブが違ってもお互いは友人だった。

演劇部は市内のホールを借りて古典劇を発表し、文芸部は同人雑誌発行のほか競争して創作劇を発表した。美術部はその頃から全国の注目を浴び始めた九州派という前衛美術集団の集会に押しかけて議論を吹っ掛けたりした。私はそれについていった。

大勢で海のキャンプにでかけ、一晩中酒を飲んで騒いだことも思い出す。田舎から出てきたMは親の作った密造の葡萄酒を浴びるほど飲んで暗い海へ向かってゲロを吐きながら、アフロデティ、と繰り返し叫んで呼びかけては自作の詩を朗読した。しかし彼は夏休みが終わっても学校へ戻ってこなかった。故郷の海に身を投げて死んだということだった。

Tの父親は市役所の役人だったが、長い間結核で入院していた。Tは麻雀屋のアルバイトで生活費と学費を稼いでいたが、ある朝、仕事場でガス管をくわえて死んでいた。疲れたと言っていた。家に母親と妹が待っていた。

演劇部のKは、彼のネクタイで脚を縛って海へ身を投げた女性の後を追って自分も身を投げた。悔悟に耐えられなかったのだ。

Hは私に明日にでも会おうというような遺書を書いて自宅で死んでいた。睡眠薬で安らかだった。パりにでも行きたいな、退屈だ、と言っていた。

それから、三十代から六十代でほとんどの友人を失った。

長身で好男子の演劇部のWは学生時代は派手な演技で注目を集めていたが上京してからは力を失っていた。噂では覚醒剤中毒で亡くなったということだった。

文才の豊かなYはしばらく東京で過ごしたあと帰郷したダンディだったがアルコール過多で心臓麻痺を起こして死んだ。

難解な詩を書くRは酷い交通事故でも復活したが、その後は思考力が止まったままだった。

三十歳代以降は自殺者は少なかったが、様々な癌を患った友人たちは苦しんで死んだ。

誰もが自分の才能に不安を抱えたまま、それを信じようと自信に満ちた生き方をしなければならなかった。美しく力強い表現を求めて焦燥した。異性への憧憬と性欲の噴出が味方だった。しかし誰もが奇怪な泥の激流の世界に一人で立ち向かわねばならなかった。そして決して勝てないことを内心は知っていた。

親しい懐かしい友人たちだった。その死を悼んだが涙は流れなかった。私はそれを自分の青春の美しい紋章として心に残していた。

長い年月で十五名の友人のうちに私を入れて三人だけが生き残っている。一人は小役人を引退して田舎に引きこもり、最後の一人は、文才のある競争相手の革命家詩人だったが、私が誤解を与えてしまって疎遠になりもう五年ほど経つ。今は私には文学仲間ともいうべき友人は一人もいない。

私がこの手記を書こうと思い立ったのは、Sという先輩の事を思い出したからである。いやあることで、いきなり思い出さされたというべきだ。そしてこの手記を書こうと思った時、最後の人、という題が浮かんできた。何故か私にはわからない。

S先輩にはもう四十年以上も会っていなかった。生きているかどうかさえわからなかった。最後の人というだけだ。

S先輩は私の学生時代はもう卒業していたが、かつては私が所属している文芸部の中心人物だった。仏文学が専門で、勉学以外では演劇部とは別に創作劇を発表したりして注目を浴びていた。私は十六、七歳の頃から二十年も、後輩というより弟子のように彼のあとを追い、教えを受けることが多かった。五歳ほど年上なので先生とも言えず、友人とも言えなかった。

社会人になっても私は彼の後を追っていた。人生の先輩としても文学の先輩としても尊敬していた。私は弟分として彼に纏わりついていたともいえる。私を迎える先輩の優しい微笑はいつも私に安心感を与えてくれた。それまで年上の人間に優しく迎えられる経験があまりなかった。

S先輩の風貌は眼を閉じなくてもすぐに浮かんでくる。信頼できる年上の男の傍にいる安心感も蘇る。長い髪を無造作に伸ばした黒縁の眼鏡で痩せて長身だった。ちょっと右肩を落としたような歩き方だった。背中に薄暗い哀しみの影を背負いながら、それを振り払おうとするのではなく宿命として抱き続ける、私はそれを彼の内に秘めたロマンと感じていたのだ。

ある時眼鏡をはずした目を見た事がある。絵で見る公家のような優しい細い眼だった。いつも感じる威厳はなかった。それを言おうかとも思ったが、気分を害して怒るだろうと思って言えなかった。

片時も両切りのピースを口から離さなかった。私は安い煙草の吐き気を我慢しながら吸っていて、後に喫煙をやめたが彼のピースの甘い香りは今でも心地よく匂ってくる。

しかしS先輩とはある時連絡が突然取れなくなったのだ。不可解なことだった。いまから四十年ほど前だろうか、私が三十五、六歳の頃だった。突然のことだったので、私は何か嫌われることをしたか、軽蔑されているのか、と思い悩んだのだった。

そういえば付き合っていた二十年を振り返ってみると、時折見せる空虚な笑いや、苦悩を通り越した静かな空白とでも言おうか、若干の痴呆状態、力を失くした悲しみ、そんな瞬間を目にしたものだった。そして短いが怒りが瞬間に爆発して消える。私は彼を恐れながらそれがまた尊敬の念に通じるのを自覚していた。そんな不思議な人だった。

彼を捜そうと思えば、手立てはいくつもあるのだが、なぜか私はそうしなかった。深い理由があるのだろうと私は尊敬の念も持って無理な動きをせずそのままにしていた。自然に眼前が開けることがありそうでもあった。

その記憶も時間と共に薄れていっていつの間にか四十年経った。ずいぶん長い時間が経ってからも、多分もう亡くなっているだろうと思いながらその時間を過ごしてきた。そして私の生活、中年から老年への移り変わりの中で次第に忘れていた。

S先輩を思い出し、過去の友人を思い出し、今の自分の老人生活を感じたのは次のことが発端だった。

「以後、この手記ではS先輩ではなくSとして記す」

二

会計士事務所が差出人である小包を受け取ったのは、晩春の生暖かい風が窓から吹き込んでくる夕方の事だった。懐かしい少年の頃の生臭い汗の匂いが喚起される風である。年寄りにとっては憂鬱な甘酸っぱい哀しみの一瞬でもある。もう私はどこにも行かない。こうやってしみじみと風の匂いを嗅ぐ。毎朝の一時間ほどの散歩以外はほとんど外へは出ない。一日中部屋に籠って読書や書き物で時間を潰す。地方雑誌に寄稿するだけだがそれが生きるよりどころになってしまったようだ。それでも仕事を辞めたばかりの頃は朝の目覚めが楽しかった。したい事やするべきことが沢山あるが、責任のない仕事だからこそまた楽しかった。だが次第にそれも少なくなり、郵便物も減ってきて新聞と電気水道の使用量の案内だけになることも多い。それだけに小包は珍しく、嬉しかった。

小包の差出人会計士は、自分はS家の財産管理人で、S氏の依頼で送ると書いている。私は驚きと懐かしさと喜びと悲しみの混じった奇妙な感じを同時に受けた。多分今は存命ではないだろうから、いやしかしつい最近まで生きていたのだろうと思うと、何か不吉なことも考えたが、それはすぐに楽しみに変わった。今の私にはちょうどいい刺激になるだろう。

小包を開ける前に、一度に多くの思い出が、一つ一つが鮮明なまま眼前に蘇った。かつての友人たちの死に方や順番まで正確に思い出してしばらくそれに酔った。そしてSの小包の中身が、なるべく奇妙な怖しいものであるのを期待する自分を私は他人事のように見ていた。

小包には古い型のフロッピーディスク、CD、USBが数個と古くなって黄ばんだノートが数冊詰め込まれ、簡単な弁護士の手紙が同封されていた。Sの遺産の整理中に、貴殿宛に送るようにと記された段ボール箱があったので送る、というものだった。彼の死が自死であったのかと一瞬思ったが、病気などで死期を悟った状況で書かれたものかもしれない。私にはどちらでも同じだという気がした。

会計士事務所は隣のO県で、確かにSの故郷には間違いない。私的なことはなぜか話したがらなかったSだったが、そこが故郷だということだけは私も知っていた。

四十年前に連絡を絶ってから、彼は私の隣県に住んでいたのだ。また最近までそこで生きて生活していたと思い、ずっと私の事を気にかけていたのかと思うと嬉しく懐かしい不思議な気もしたが悔やむ気持ちはもう失せていた。

連絡を絶ってからすぐに書き始め、おそらく四十年間書き続けたものだろう。姿を突然消したことの不可解さは、その理由を知るのは楽しみだが、当時の驚きと悲しみと不安を思い出しても、今はその時の自分を思い出して懐かしいだけだ。しかし尊敬する先輩の生きてきた印を辿るとしても拾い読みするしかない。メモリーに至っては相当の枚数になるだろう。仕事を辞めてすぐの頃、まだ私がものを必死に書いて、それに生きがいを求めていた頃だったら、何かのインスピレーションを得ようと真剣に読んだかもしれない。今はその意欲はない。それでもノートの最初とメモリーの一番古いもの、そして一番最近のノートをまず読むことにした。

高校の二年上の友人Yが大学に入って、文芸部の雑誌に作品を出すよ、と言ってきた。彼とはお互いに作品を見せあう、高校の文芸部に所属していた友人だった。私は物珍しさに、自分の三十枚ほどの短編を持ってその友人Yを大学に訪ねた。その時の出立を思うと懐かしい。丸坊主に学生帽を被り黒の制服、そして下駄履きだった。市内電車でほぼ一時間かかった。

文芸部室には三人が机を挟んで煙草を吸いながら座って何か話している。窓ガラスは埃まみれで外が見えない。板壁は詩や訳のわからない文句が墨で書かれて黒く汚れている。ませたガキが来たな、とでもいう風に珍しがられて私は迎えられた。私は嬉しく、覚えたての煙草を無理して吸おうと、一本ください、僕の小説を読んでくださいさい、とやっとのことで言った。

それから時々訪ねるのが楽しみになった。君はこの大学に入りたいのかね、と聞かれても私はいいえと答えて、僕の小説はどうですかと聞き返し不遜な態度を見せてはまた面白がられた。うまく書けてるな、君には才能があるよという一言をもらったりすると有頂天になった。辺りを気にせずに煙草を吸えるのも嬉しかった。正門前の喫茶店へ連れて行ってもらうのも楽しみだった。電車賃と初めて飲んだ珈琲代はその頃の私には高いものだった。

離れた場所にある本学の文芸部との交流もあり、そこへも私は連れられて厚かましく足を踏み入れた。Sに会ったのはそれがはじめてだった。机と椅子を隅に片付けた教室で、五人ほどが芝居の稽古をやっていた。Sは監督だった。真剣な表情と台詞の内容はわからなかったが、その場にいる自分が嬉しかった。稽古が終わり椅子や机を並べるのを私は手伝った。終わるとSが私に声をかけた。君の作品を読んだよ、なかなかいいね、という一言が最初だった。私は練習の後の彼らの珈琲タイムにもついていった。Sは私の珈琲代を出してくれた。

そのサルトル作の『墓場なき死者』という芝居はそれから何度かの稽古を経て市内の公民館で上演された。私は舞台の設営を手伝ったり雑用を引き受けたりした。内容は良くわからなかったが、死や裏切りや闘争や悲しみや絶望の表現が印象に残った。私はSに使われることで今までにない世界に触れることができた。

実存主義とは何ですか、と聞いたこともある。その時は少年向きにと優しく教えてくれたのだろうが内容は今は覚えていない。「どうしようもないことは、どうしようもないのだよ」そんな一言もあった気がする。

「人生に絶望することなくして、生を愛することはできない」というカミュの一文があると言われた時は、さらにわからなくなった。

公演は成功で新聞にも取り上げられ、Sは「創作座」という文芸部とも演劇部とも別のグループを作った。次はSの自作の芝居の上演だった。医学部の講堂を借りての公演だったように思う。私はまた手伝ったが、その芝居のタイトルはもう覚えていない。主人公が望んではいないのにピストルで自殺しなければならない状況に追いつめられる、そんな芝居だった。どうして彼は死ぬんですか、とSに聞くと、それがこの主題だよという答えをもらっただけだった。その後はもう聞けなかった。

それから私は大学受験で勉強が忙しくなり大学には遊びに行けなくなったが、結局その大学を受験した。試験が終わった日にSの下宿へさっそく報告へ行った。そこは文芸部仲間が集まった学生街で、酒を飲み議論を交わし作品を発表し合う、活気ある界隈だった。ある時Sが言ったことがある。パリにはカルチェ・ラタンという界隈があってな、いろんな若者の物書きたちが集まって、書いたり議論したり、遊んだりしている、ここは九州のカルチェ・ラタンだと俺は、名づけた、似ているのだよ。

受験の成績の手応えはあったので、私の気持ちは踊っていた。試験はどうだった、今日は英語でした、何点だったかな、八十五点くらいでしょうか、え、そんなに悪いのか、短い会話だった。私は次の言葉がなかった。


私の入学の春にSは東京の紀伊國屋書店に就職して上京した。

私は理科系の学部に入学したが、クラブでは文芸部に所属し小説を書き雑誌に発表した。学内での良い評判も受け、また大手の商業文芸誌に評価されたりして意欲に燃える日々を送った。ひょっとして本物の作家になるか、と少しの自信と不安を抱えながらも書き続けた。作品をSに送ることは忘れなかった。送ってくる小さな字でぎっしりと書かれた感想や批評を私は何度も読み返した。

大学の四年間は前述のように何人もの友人を失い、他人との接触で屈辱も侮蔑も怒りも悲しみも経験し、そしていくつかの恋も失った。私は卒業と上京が待ち遠しかった。

一度上京してSを訪ねたことがある。初めての夜汽車で初めての東京だった。就職試験のためで時間の余裕はなかったが、新宿の紀伊國屋の事務所を訪問した。詳しい地図と目印を送ってもらい、何度も繰り返し確認して、群衆に揉まれながら迷子にならないように、都電を乗りかえ地下道を歩き目印を探して紀伊國屋の二階の受付にたどり着くまでは夢中だった。檸檬という喫茶店だったろうか、そこで待たされてSが現れた時は何も変わらないその姿が懐かしく、目の前の世界が急に開けていく気がして私は興奮していた。

洋書の輸入と紹介と、新しい文学の情報を日本へ発信することが仕事だということだった。私もその頃は国内外の現代文学を読み知識もある程度は持っていたので、彼の話について行けることが嬉しかった。Sの口から出る西洋の文学者の名前に戸惑うことなく私も反応した。

それまで喫茶店で洒落た紅茶など飲んだこともない田舎者だった。Sは砂糖を入れてゆっくり紅茶をかき混ぜながら、表面にミルクを浮かせるように静かに注いだ。紅茶はこうやって飲むのもいいものだよ、そんな言葉にさえ私は感動していた。その後のご馳走になった昼飯のスパゲッティナポリタンの味も忘れられない。

必ず東京で就職して仕事をしながら、また物書きとして生きがいのある人生に取り組もうと決心したのは自然だった。新しい光が前途に輝いていた。

三

その後上京してからの四年間は私にとっては、本当の人生の始まりだった。青春時代の甘い酒や苦い涙は忘れ去られた。眼前の岩盤を切り崩しながら僅かでも先へ進まねばならない日々だった。

勤め先の出来たばかりの丸の内の九階建てのビルは輝いていた。都庁や三菱銀行の煉瓦の本社が傍に建っていた。科学分析器械の製造会社で国内外に販路を広げているまだ創立二十年の新進の注目された会社だった。私は営業部に所属した。客先は大学や大手企業や官公庁の科学研究者たちで、機器の説明や売り込みだけでなく合間の会話も意味深く面白いものだった。

また積極的に海外での展開を目指していた。会社が新しいだけ新人にも目の前のいろんな仕事が開け、上司も先輩も仕事に誇りを持ち後輩に優しく付き合ってくれた。私は原宿に小さな部屋を借りた。朝は眠たく満員電車は辛かったが、会社へ行くのは楽しみだった。先輩たちとの仕事も遊びも楽しいばかりだった。

学生時代に、商業文芸誌「新潮」の編集者から、同人雑誌の作品を褒められ一度会いたいという手紙をもらったことがあった。東京生活に慣れると私は早速会いに行った。書いたら持って来なさい、いいのがあれば売れるよ、という言葉に私は有頂天になった。

一度食事でもしようと誘われて、私はSも連れて行った。それから彼は、海外文学の動向などの情報を時々「新潮」に書いたりしていた。

私は自分の才能に不安を覚えながらも、いくつか書いては編集者に見せた。批評は厳しかったが、その後は食事や酒に誘ってくれた。連れて行ってもらった文壇バーで著名な作家と知り合って勇気をもらったりした。

そんな一、二年が経つと、仕事にも責任が出てくる。小説ももっと必死に取り組まねばならないと、両方に真剣みが増してくる日々になっていく。楽しいばかりの時間は過ぎていた。週日は忙しい仕事に没頭して、金曜日の夜は町に出て酒を浴びる。土曜日と日曜日は部屋に閉じ籠って執筆を続ける。誰とも一言も交わさない。自信と不安が交差する日々だった。苦しかったが充実していた。

編集者の評価で没になった作品を私はSには見せなかった。彼も催促はしなかった。私が苦しんでいるのを知っていたのだろう。

時々、喫茶店で二人で時間を過ごすことが私の楽しみだった。酒は仕事で飲むのは好きだったが、Sとの酒は必要なかった。変わった店があったよ、と電話をかけてくれると私はすぐに飛んでいった。大抵がクラシックやジャズの店だった。私が洒落たシャンソニエなど見つけるとついてきてくれた。

話すことは国内外の著名な作家の近況や噂話などで難しい文学論ではなかった。Sの専門の仏文学の、私も親しんでいた十九世紀の詩人たち、世紀末から二十世紀初頭の文学者、大戦を経て台頭してきた新しい文学者たち、名前を聞くだけでも私の胸は躍った。ランボーとヴェルレーヌやマラルメ、ボードレールやユーゴー、ジッドやヴァレリー、ピカソやアポリネール、サルトルやカミュ、彼等のお互いに影響し合う関係や、歴史の流れをわかりやすい言葉で聞くと胸がむずむずして私も一端の物書きになった気がした。喜びは心に染みて溢れるばかりだった。

詩人のポール・ヴァレリー研究がSの卒論だということだった。彼は地中海に面した小さな港町に生まれた。背中に地中海の太陽を感じ続け、眼前の海の青に生と死の葛藤を見ている。長い哲学思考と精神の危機の末に実存を説く難解な詩を書いている。彼に影響を与えたのがマラルメだ。私には理解し難かった。

マラルメの「あらゆる花束の中に存在しない花　観念そのものである花　それは非在の花」という言葉が仏文学の根源だという彼の言葉も良くわからなかった。

彼は私に自分の憧れなどを口に出しては言わなかった。年下の私に打ち明けるものではなかった。何時かマラルメとヴァレリーの全作品を翻訳してみたいとも言っていた。私には追いつけない話だった。

Sは学生の頃一年ほどパリ大学に留学していた。その頃のことを少しずつ話す様子を見て、私も行った気がして懐かしんだ。自分の著書を持って地下鉄に乗る自分や、キャフェに座って新聞を読んでいる姿が容易に想像できた。初夏の光を浴びたマロニエや、枯葉が私の周りに降っていた。

私はその時に彼の口に上った、読んだことのない作品はすぐに買い求め、次の機会に感想を述べた。それが私の次の作品のエキスになったりした。

Sの棲家には行ったことはなかった。私は自分の生い立ちや家族の事を話したがSは自分のことは話さなかった。私は私的なSを知りたかったが、無言のうちに拒否されていた。


Sはそれから紀伊國屋を辞め、ある出版社に勤めたあと独立した。

「ラ・メゾン・ウエヌス」という彼の会社は本郷のアパートの一室にあった。男子社員が二人、女子社員が一人、本の溢れる棚に囲まれて仕事をしている。私が訪ねていくと、社長の友人の物書きということで丁寧に応対された。それから私は外回りの仕事の合間にしばしば顔を出すようになった。昼食時にご馳走になるのも嬉しかった。

Sの仕事は順調だった。数年の間に中堅の名の通った出版社になった。自費出版も引き受けていた。また秘かに隠されていた市場を開拓した先駆けだった。幻想文学、暗黒文学という風な、眠っていた市場を発掘していった。キリスト教の神秘、呪詛と変容、占星術、悪魔学入門から浪漫主義の世界観、ボードレールと世紀末、それらの本が事務所には積み上げられ町の本屋に出荷された。ウダツの上がらない大学の先生は趣味を思い切り上梓出来る嬉しさで安い稿料で仕事を引き受けた。

国内文学ではあまり日の当たることのなかった過去の文学者を取り上げては出版しその隠れた才能に

光を当てた。Sのおかげで埋もれた美しい感覚が蘇った。

Ｓ自身も何冊も出版した。私は彼の本はむさぼり読んだ。評論の『本の透視』『近代の狭間に生きた文学者』や三十年代のあまり知られていない、『近親相姦の家』や『Ｏ嬢の物語』『イマージュ』『娘たちの学校』などの翻訳本は文庫本にもなった。

隠れた女性たちの才能の息吹を先取りしようとしていたのだろうか、女性専用の文芸誌「パンドラの函」を発行したり、「文学季刊」という雑誌は新人の登用を進めていた。私も「新潮」を没になった作品を掲載してもらった。Ｓは褒めてくれなかった。私は詳しく聞く勇気がなかった。

そのうちに社員は十名ほどになり、事務所も広くなっていた。


やっと私の作品が「新潮新人賞」の佳作をもらって掲載された時はもう三年経っていた。著名な評論家の選者が褒めてくれた。私は嬉しかったがそれ以上に不安に陥っている自分を知っていた。自信のない自分を励まそうと、受賞の通知を壁に貼りつけて毎日見ることにした。Ｓは喜んでくれたが、作品についての称賛はなかった。

ちょうどその時、勤めている会社の海外事業部から転属の打診があった。数年後はどこかへ派遣される。私が希望していたことでもあった。ただその頃の事業部は昼夜が逆転してかなり忙しそうだった。私はまた次の機会があるだろうと思ってそれを断った。ものを書く出発のせっかくのチャンスを捨てるわけにはいかなかった。

だがその後の作品の評価は芳しくなかった。いくつも没になった。もう物書きになるのは諦めるか、と気分が沈んでいく日々だった。Sさんが出版している本を全部読んだら、小説がうまく書けますか、など冗談交じりに彼に聞いたこともある。彼は真面目な顔で、それは無理だ、と答えた。自分で切り開け、と言っていたのかもしれないが私はよりどころを失っていた。

S著の「近代の狭間に生きた文学者たち」は私の好きな本だった。薄命の詩人、革命家、作家、彼等の生きていた時間や場所を辿り、その生活や感情や死に様等を取材と想像で書いたものだった。誰にでもSの優しい眼が向けられている。無名や夭折という彼らの生涯はまだ究められていない謎をいくつも残している。その謎を解くために彼は様々な土地に足を運び、様々な人にあった、とあとがきに書いている。エッセイ風文学論と言える四百ページを越える大著である。

明治末から大正初期に生きた詩人三富朽葉は、海外の詩人を紹介した上田敏と同じ頃の日本の象徴詩人の先駆者だったが、二十七歳で銚子の海岸で溺死した。日本独自の透明な美しい詩を残している。別れた妻への哀惜を抱いたままだった。日本文学史でもあまり注目されていない詩人だったが、Sが発掘し全集も編んだ。

山川登美子は与謝野晶子と鉄幹の愛を争い悲恋の女として影の存在から抜け出せないまま三十歳を前にして死んだ。不幸な生涯だったが、歌への情念は美しい死への諦観になって非在の花と言われる。三人で散策した永観堂の紅葉狩りの思い出は、彼女の死の床に散り始めた桜になって昏い闇に浮かんだ遺歌となった。彼女が最期を迎えた丹後半島の小さな町をSは訪れ哀惜を述べている。

病魔と孤独を纏う梶井基次郎の心理はデカダンと悪へ傾斜していきながら俗悪なものを厭い、美しい作品をなぜか残すことができた。伊豆の湯ヶ島で友人たちと遊びながら、ふざけた調子で笑いを誘いながら、彼は宇野千代への叶えられぬ恋心を抑えていた。「闇の絵巻」では闇の絶望への情熱を語り、そこに仄かな明かりを見る。その頃の東京都内の、武蔵野の面影が残る丘陵や丘を光と影の鳥瞰図としてみて大きな闇を時代に映している。

また、大逆事件で死刑になった管野須賀子の健気な生き方に好感を持って描き、荒畑寒村との恋の愛憎や、幸徳秋水との出会いや椿や木槿の花が散る墓を紹介している。彼女の燃え尽きた情熱と受難にSは「蒼穹の風」と題をつけた。

この本には他に私の知らない詩人も数人いたが、特に私の興味を引いたのは詩人ではなく、一人の若い運転手の物語であった。

彼は栃木県の貧農の出で東京へ出ると車の免許をとりK子爵家の運転手の職を得た。朴訥で気真面目な男で運転手の制服は彼の自慢だった。

当主Kは中央官庁の役人だったが日露戦争に出て戦績を上げ子爵の名誉を得た。出身地には多くの山林田畑や鉱山を所有していた。妻を亡くし子はなかった。後添いは没落伯爵家の娘の晶子だった。その家は他人に騙され身代を失っていた。

美人で気位も高い彼女はその頃の流れで旧来の封建的な考えから自らを解き放とうとしていた女性たちの一人だった。意見を雑誌に投稿したりしていた。ただ生来の気の強さと移り気と他人へ手加減のない追及のため、次第に仲間から疎んじられたと気付いた時はもう婚期は過ぎていた。伯爵とはいえ逼迫した家庭の事情もあり、位は下でも一応子爵である富裕な家に嫁ぐしかなかった。

すぐに娘が生まれたが、晶子はKの女性関係や傍若無人の振舞に侮辱を受け次第に我慢ができなくなっていた。ついに彼女は若い運転手を誘惑し娘をおいて出奔した。そして都から離れたKの出身地で情死して復讐を遂げた。運転手の遺書は抹殺された。

著者Sは運転手の故郷を訪ねた。六十年も前の出来事を知っているものはわずかだったが、運転手の親戚などを訪ねて短い彼の命の証を辿った。また偽りでも短い愛をかけてくれた夫人を想う情念は切ないものだったに違いない。著者Sはその遺書を一篇の詩であると書きたかったのだろう。

私の頭の中には、会社の業績の数字と作動する器械の動きが、夜ごとの酒に浮かんでは明け方まで消えなかった。胸を打つ美しい映像を想像する力は失せていた。酒に溺れて浮かぶ妄想の方が心地よかった。それでも何とかしなければ、気持ちのこもった一行でも書かねばならない、というすがりたい気持ちはまだ少しは残っていた。

自信を失ったと思われたくなかった。ある時私はSに言った。

「あの運転手の事を、僕なりの小説にして書いていいですか」

いつもの喫茶店だったろうか。チェロの低い音色が響いていた。Sはピースに火をつけながら黙っていた。一口吸うと何か言い出すと思って私は待っていた。彼は眼を閉じて煙を吐きながら何も言葉を発しなかった。怒っていたのだろうか。私は次が言えなかった。しばらくしてから私たちは何もなかったようにいつものように別れた。そして次に会った時も彼は覚えていないかのようにしていた。

中小企業を経営している父が時折上京してきた。社員は五十名足らずだが、中小企業といっても三支店をもつ地元では着実な会社だった。医療機関に医科器械や消耗器材を売る仕事で、客先は確実で安定した市場だった。父の話では薄利多売で同業者との競争は激しい。父と二人で話をするなどめったにないことだった。東京での私を一人前と認めた話しぶりだった。

父と言っても養父だった。一歳で実父を亡くした私は五歳の時にまた母ともわかれ今の家の養子になった。養母は優しく二人の姉妹がいて平穏な家庭だった。ただ私は父があまり好きではなかった。吝嗇で社員や他人には厳しかった。

父は私に帰郷して会社を手伝ってくれと言った。人手が足りない、社員は長く続かない、自分も歳だ、後を任せたい、養子にしたのはこの時のためだった、と言葉に含んでいた。今すぐでなくてもよい、考えておいてくれと父は続けた。

いつかは覚悟しなければと思っていたが、悩みが始まった。なにもかもが中途半端で未練を断ち切ることはできないが、いつまでもこの状況に安住できないこともわかっていた。私は酒に溺れ、週末は深夜映画館で朝を迎えることが多くなった。

Sに相談しても答えはわかっていた。帰ったがいいよ、そこで力を蓄えてまた挑戦すればいい、と言われるのが怖かった。

以前に父の会社を覗いたこともある。民家を改築した事務所と広く薄暗い倉庫に積まれた見慣れない器材の間を、気力の失せたような若い社員が行き来していた。その時私はすでに予感していたのだ。

気落ちしている私を慰めようとSが居酒屋に誘ってくれたこともある。滅多にないことだが、女性事務員も連れてきて、Sは酒も飲んだ。興味を惹かれる女性ではなかったが、私はビールの早飲みをしたりして二人を笑わせた。酔うほどに胸には空疎な風が吹き抜けた。Sがいい加減な励ましをしないのが良かった。少しは安心できた。私は帰りに女性を送っていってそのままその部屋に泊まった。どうにでもなれという気持ちで惨めだった。

それからしばらくはSに会いに行かなかったが、久しぶりに会社に行くと、扉は閉まったままだった。表札はなく電話も通じない。女子事務員の部屋にもう行くことはないと思っていたのに、そこしかよりどころがなかった。彼女は私を待っていたようで、その話をしてくれた。

ある日の朝礼時に、社員全部が社長のSの前に集まった。一人が、労働組合を作ったので社長と今後の事を協議したい、まず賃金交渉をお願いしたいと言った。Sはわかった、と言ってそのまま部屋を出て行った。それから彼は何日も姿を現さなかった。週末が明け、社員が事務所に入るとそこは空っぽだった。書籍や事務備品がすべて片付けられていた。取引先の支払いは済んでいた。社員宛にはわずかだったが一律で渡す金銭が事務員に預けられていた。

Sの性格から見てその行動には納得がいった。

私も自分のこれからのことを決めるだけだった。

そのすぐ後にSから連絡があった時、私は湧き上がってくる力を感じた。彼はいろいろ細かなことは言わずに、いきなり言った。急にフランスへ行きたくなった、ついてくるか、二週間ほどだが。私はすぐに決心してその日のうちに辞表を書いた。驚く者、心配する女子事務員、冷ややかな目で見る同僚、私は何も気にしなかった。金はあるだけもってこい、足りなければ用意する、の言葉がまた心強かった。

上京して初めて世間に足を踏み入れた時以上の興奮だった。

その夢のような、また興奮した二週間をこの手記に書くことはない。書くとすれば私にとってはまた別の大切な手記になる。ノートルダム、エッフェル塔、ルーブル、モンマルトル、セーヌ川、下町のキャフェなどを歩き回る喜び、その観光気分だけでも書きつくせない。

ただ、二、三の感じた小さな新鮮な驚きを書き残しておきたい。多くの人が街中に住んでいる事、密集した洒落たアパルトマンの下は本屋であったりキャフェであったり何かの会社もある。都会の街が普通の生活の場でもあるのが珍しかった。また地下鉄は東京に比べて汚く貧弱だが、本や新聞を読んでいる顔が、誰もがサルトルやカミュなど文学者に見えたりするのがおかしかった。その中に溶け込んで行きたかった。私は車内の写真を撮ろうとして、失笑を買った。

今日一日、君が好きなようにして過ごしてくれ、と他に用事があると言ってSが出かけた時、私はリュクサンブール公園で午後いっぱいを過ごした。サンドイッチと缶ビールをフランス人と並んで買い、それを手に文庫本「罪と罰」を読んだ。三度目だった。椅子は心地よかった。親子連れや老人や秋の花々に囲まれて最後まで読んでも、まだ空は夕暮れの光にはならず澄み切っていた。パリの陽は落ちるのが遅い。私は満足して部屋に戻った。

地下鉄と公園、その空気を吸う、それだけで私はいくらでも小説が書けそうな気がした。

Sが好きだと言っていた、マラルメとヴァレリーの墓参りにもついていった。彼も初めてだった。Sに言われて私も二人の詩を何度か読んだが難しくてよく理解できなかった。

気持ちのよい印象だけ残った。マルセイユから乗り継いだ小さな港町の丘の上にヴァレリーの墓があった。背後の遠くに地中海が紺碧の光を放っていた。若い女性が案内してくれてSは何か話していた。

マラルメの家は今はどうやって行ったか記憶にない。フォンテンブローの森に近くのセーヌ川の支流だったようだ。瀟洒な小さな家は川に面して、裏庭には林檎の木が沢山立っていて地面一杯に小さな林檎が落ちていた。隣に古いホテルがあった。いつかそのホテルに泊まって書き物をしている自分を夢見たが、現実味が感じられて気分は良かった。

墓は近くの墓地にあった。黒い大理石が緑色に装飾された小さな気品のあるものだった。Sは真剣に見ていた。


サンジェルマン教会の横の小さな公園のわきに本屋があった。Sは何冊か買って店員に何か尋ねた。そして私に小道を挟んだ向かいのアパルトマンを指して、その二階がサルトルの棲家だよ、と言った。

教会の前の何度もSから聞かされたキャフェ・ドゥ・マゴで飲んだ珈琲は格別美味しくはなかったが、Sにも私にも意味のあるものだった。

教会では葬式があっていた。一般人だろうか参列者は少なかった。

私たちは座ってそれを見ていた。教会はもう何度も見てきたが、流れていたフォーレのレクイエムの美しさに私は眼を閉じた。美しいことは、またなぜ哀しいのか、という誰かの文の一行に感動したことがあったのを思い出す。

　この曲は好きですと言ってSを見ようとしたときの驚きは言葉で言い表せない。辺りは薄暗く眼鏡の奥なので彼が目を開けているのか閉じているのかはわからなかったが、人間の顔がこんなに変形するものだとは思えないほど、それは歪んでいた。彼は深い苦悩の淵に落ち込んでいたのだ。私は息をのんで眼をそらした。


　サンドラという美しい女性は金髪の長身でSと並んでも釣り合いがとれていた。長い髪を無造作に肩まで垂らしていた。その親しそうな様は恋人かもしれなかった。Sの大学時代の教授の奥さんはフランス人でその妹がサンドラだった。Sが学生の頃一年ほど日本に来ていて教室にも出入りしていたそうだ。Sの留学中も付き合いはあったのだろう。今はパリで外国人相手の語学学校の先生をしている。明るい笑い顔は私より年下のように思われた。日本語も少しは話せた。

　私をおいて出かけるSは彼女と会っていたに違いない。私は嬉しくもあったが羨ましかった。食事に誘われた時は私は思い切り朗らかに振舞い、彼女を笑わせた。日本人は料理を食べるのが早すぎる、という意見に中華料理屋では麺の早食いを見せた。得意のビールの早飲みを見せると、彼女はSの肩に顔を埋めて笑った。Sも弟を見るように優しい眼で私を見て笑っていた。一度などは変わった洒落たショールのような上着を纏っているので、それは破れた布を着ているのか、ファッションかと聞くと彼女は破れているのよ、と言って屈託なく笑った。

　次には女友達を紹介すると言っていたが、それは叶わぬまま、私たちは帰国した。

四

私の四年間は終わった。周りに挨拶もしないまま、私は逃げるように帰郷した。しかし修行を終え自信に満ちた確たる人間として郷里に降り立たねばならなかった。

ベトナム戦争反対の運動が少し落ち着いた頃だったが、カンボジアで内戦がおこった。極左の若者たちが日航機をハイジャックして北朝鮮へ渡った。夏には大阪万国博覧会で月の石を見るために大勢が列に並んだ。十一月には三島由紀夫が割腹した。時代は不安と混乱の兆しを内包しながら、大きく変貌しようとしていた。

地方の中小企業の父の会社は、私の勤めていた東京の企業とは惨めなほど落差があった。華やかな都会の会社と違って、薄暗い事務所と安い給与に気力のない社員がいた。上昇志向があるものは転職して出ていった。

古い商店主のような経営者の父との葛藤が私の最初の仕事だった。社長の身内の私を嫌がって退社する者もいた。新しい経営に変わる過程で会社はしばらく混乱するものだ。それでも企業が成り立っているのは医療業界という安定した市場と上昇する日本経済のおかげだった。

そこから私の四十年以上にわたる苦しい仕事の日々が始まった。人材を集め教育し、事務所を新築した。組織を作り機能させた。目標を設定しその達成感を味合わさせた。できる限り社員の待遇を改善し、会社の体力もつけた。

やるべきことが眼前に山積みにあり、また次々に押し寄せてきた。一挙一動、言葉の一つ一つ、すべてに責任を負わねばならなかった。

成功の喜びもあったが、失敗の方が多かった。激しい競争と裏切りと怒りに耐える日々が多かった。気楽な熟睡の夜はなかった。酒は強くなった。後悔と諦めに耐え私は時には逃げた。

若く優秀な社員が退職するのが辛かった。大きな企業に転職したり上京したり、よりよい環境を求めて彼らは去った。説得して引き留めようとしても、内心では私は彼等の気持ちに納得がいった。生涯この中小企業としての我が社に勤めろ、と言えなかった。

それでも結局、私は仕事を愛し、苦難に立ち向かった。毎朝私は七時前には会社について机に座っていた。挨拶を交わし入ってくる社員の一人一人の顔を確かめた。社員を叱咤激励し、ともに喜びをわかち合った。率先して前線で働いた。成功を喜ぶために、沢山の傷や屈辱を闇に捨てた。客先にも取引先にも金融関係にも次第に信用も増していった。平凡な結婚もした。

そして企業を苦しいなりに拡大させ、社会的に責任のある地位も築いた。他の企業を買収したり提携したりして全国展開の企業にした。気が付くと四十年以上経っていた。私は表舞台から降りた。

ただこの四十年はもう何も書けなかった。頭の中は仕事のことが一杯で、文学という文字を考えると、胸には冷たい異物が刺しこまれ、ペンを持つ手は硬直した。読書と音楽と酒だけが救いだった。文学で再び上京することはなかった。

医療器材製造会社は、全国の販売店を集めて東京やその工場で会議を開くことが通常だった。会社が落ち着くと私は度々会議に出席できるようになった。会議と言っても儀式の一つで、販売会社には責任もなかった。その年に二、三回の上京は私にとっては嬉しい休暇のようなものだった。

会議が終わってSを訪ねるのが私の決まった日程になった。

Sは一人で出版社をしていた。相変わらず好みの本を出したり、自費出版を受けたり、会社のパンフレットを引き受けたり、小さな企業の経営相談もしていた。事務所は目黒の狭いアパートだった。もうコンピューターの時代になっていた。彼はそれを使いこなしていた。会社名は「ラ・メゾン・ウエヌス」から日本語の「美神館」となっていた。

アパートのドアを開け覗き込むと、積み上がった本の間から顔を出して、おお来たか、と見せる笑顔が私の上京の一番の楽しみだった。

その仕事場の一室の床は、私の宿泊所にもなった。

相変わらず喫茶店などで過ごす時間が多かった。時には目黒の名所の旧朝香宮邸の「庭園美術館」を散歩した。歴史のある行人坂や目黒川沿いの散歩も好きなコースだった。私が時に仕事の愚痴をこぼしても、黙って聞いてくれて時には鋭い質問を返し、それがまた私の参考になった。

彼はその時書いている評論や小説家の話をしてくれた。その話は会う度に次の私の新しい知識に広がっていた。海外文学だけではなくその頃は能など日本古典文化に詳しくなり、話は尽きなかった。

かなり長い時間をかけて書いているというのは、泉鏡花論だった。各作品に現れる種々の花をよく知ることが、その作品を深く読むには必要だ、作品の深みが増す、と言われ私はまだ読んだことはなかったのを恥じた。題は「泉鏡花と花」というかなり長いものになると彼は付け加えた。Sは述べる。

何故、人間はわずかな花の断片をもとに幻を求め、花が実在するのを期待しながら幻へ遡上するのか……。

また藤原定家の「花も紅葉もなかりけり……」というのは花の不在を凝視することによって、この世に並列して存在する死や花や虚無の世界を読者に暗示している。そのうえで死の風景の背後からくっきりと幻の花が浮かぶことである。言葉によって虚しい世界を潜り抜け歌の構造、作者の意図が花の不在の歌の中に虚の花を咲き誇らせている。

もっとも鏡花に近い近代詩人ステファン・マラルメは……と続き

「私は花という時、私の声ははっきりした輪郭を後に残さず、すぐに忘れられてしまう。が同時に我々の知っている花とは違った、現実のどんな花束にもない、匂やかな、花の観念そのものが、言葉の持つ音楽の働きによってたちのぼる」(南条彰弘訳)

花の不在を凝視することは知と感覚とによって空洞の世界を作者が巡礼する行為と重なっている。

……虚しい現実は言葉や絵や音によってあらゆる花、花束の中に存在しない花を浮かび上がらせることができる。マラルメは「虚像」「わが観念の花」「純粋観念」と呼ぶ。
表象としての花々は、自らを解き放って、新たな形象や価値を獲得し、整然と幾千の美として花開きながら、生の虚しい深淵に橋渡しをする。純粋な思考の中で転移が行われその秘儀のさなか、虚に等しい形象が目覚め、最後に「非在の花」が出現する。

Sの前書きである。

「鏡花が最も愛したのはあぢさいであった。その花は終焉の住居となった番町の家の一坪足らずの小庭の埋め込みにも咲いており、これを愛することが日課であった」没後出された全集の一文である。
「紫陽花は早世した母親像ではなく、もっと複雑な屈折を持った別のものである。母不在の空洞、滲みだす悲しみや虚脱感が、与えられ満たされることのないまま、七色の光で照射し、幻影を映し出す母の美化であった……」

Sは語り続ける。

「時に幻の青い花を想い起させ、人の心の翳に吸い込んでしまい、いつまでも咲き続けて、潔く散華しない紫陽花の花。自ら造花を目指した花とさえ思わせる……」
そして、その花は、「高野聖」の淫靡な物語へ誘っていく。

また薄紫の紫陽花と共に愛したのは藤だった。「女仙前記」は傑作とは言われていないが、Sの好きな作品の一つだった。

藤は万葉集にも多く詠まれ、また平安は藤の文化とも言われた。藤壺が、紫式部が、また冠位の最高は紫の藤色である。しかし実際には自由奔放な恋愛、肉感的な意味合いを連想させる。すがりつき、まといつく蔦、しなだれ、揺れ、舌状花の不思議な形、甘美にむせ返る香り、どれもセンシュアルな連想を誘う。

しかし鏡花の藤は、叶わぬ恋を思って、焦がれ死んだ娘が紫色の幻想になって、仙境に蘇る。「撫で肩の背後に黒髪を颯と流したが、紫の襟を深く合わせ、黄昏に見る藤の花を、さながら単の衣、同一色のやや薄い無地の扱き帯を無造作に纏うた……」と鏡花は書いている。

今は車夫に落ちぶれた若者との叶わぬ恋に陥ったある令夫人が仙境へ憧れ出て幻想の娘と重なる。黄昏時に咲く夢のような幻、消えなんばかりに浮き出た幻だった。

そのほかは、躑躅、朝顔、橘、桜、黒百合、白菊、罌粟、菜の花、桔梗、杜若、椿などが各作品と共に語られ、二枚置かれた鏡の間の花々が永久の迷路へ続くように読者を夢幻の虚無へ導いていく。

また嬉しかったのは、かつて出版していた本が古本屋で相当高く評価されているということだった。とくに三富朽葉全集はかなり高かった。

仕事にも余裕が出てきたそれからの五、六年は私にとっては有意義なSとの思い出深い日々になった。文学者のゆかりの地方に出かけて宿泊するようにもなった。費用はほとんど私が持った。数えるときりがない。小諸の島崎藤村の千曲川の定宿、川端康成の鎌倉の家、三島由紀夫の家、森鷗外の旧居記念館や舞姫を書いた部屋、遠藤周作の好きな目黒の蕎麦屋、梶井基次郎の湯ヶ島の宿、それらにまつわる話は、文学から遠ざけられている私の残された心の泉を潤してくれた。

海辺への旅も印象深い。千葉の銚子を訪ねたのは夏も終わりの頃だった。Sが好きだった、また発見したといってもいい、詩人三富朽葉の溺死したところだった。小高い砂丘の上から、海に浮き出た岩を指さして、あのあたりで溺れた、と彼は説明してくれた。彼の象徴詩はメランコリーを底に沈めた清冽な弱い光に似ている、そして二十七歳で燃焼した。

私は「夏果つる海満身の青放ち」という句を作ってSに見せた。Sに褒められたのは久しぶりだった。

翌日は汽車を乗り継いで布良についた。青木繁が名画「海の幸」を描いた海岸で静かな何の変哲もない海である。その絵は青春の真っただ中、友人たちと泳ぎ絵を描きはしゃいだ日々の時間の、夢とロマンに満ちている。Sは続けて言った。その翌年、青木はその後の絵の評判は落ち、貧乏のどん底で苦しみ、恋人タネの妊娠もあるのにまた二人で布良を訪れた。朽船の釘を焼いて寺の戸板に絵を描いた。どんな哀しい感情で布良の海を見つめたのだろう。

私は一度彼の遺作を見た事がある。病身の彼が描いた絵は佐賀県の唐津の海から昇る「朝日」という題だった。私は知っていた、唐津の海からは夕陽しか見えない。彼はほんの数年前の布良の海岸の楽しい時間を思い出して、その時昇った朝日を思い出して、唐津の海に沈む夕日を朝日と言い張って強がって描いたのだろう。

私たちは夕方まで海を見ていた。そして私は自分の勘違いに気付いた。その海にも夕日が沈んだ。ただ朝日のように輝いていた。

Sが九州に来たこともある。日本の西の最果ての五島の海を見たいということだった。

私は喜んでレンタカーを運転した。その五島の三井楽の海は静かな夕陽に色づいていた。雲は穏やかな桃色の絹のようにたなびき、大きな金色の太陽を抱いている。それが海に落ちると赤黒い不吉な空が広がるが、隙間にはっとするような水色の空が覗く。それもすぐに闇に沈む。

彼はまた私の知らない話をしてくれた。お彼岸の日に真西に沈む太陽に祈りを捧げると、亡き人の魂に会えるという伝説がある。昔、遣唐船に乗って何年も帰らない夫を捜しに都から妻がここに訪ねて来た。そしてお彼岸の太陽を拝む、すると夫の懐かしい声が聞こえてくる。妻はその声を追って海に向かって歩き沈んでいったそうだ。


Sとの思い出は尽きない。私はものが書けなくなっても、彼の話を聞いて質問したり感想を言ったりすることで、ものが書けない悲しみの穴埋めをしていたともいえる。そしていつかまた、ものを書きたくなったら、その時は今遊んでいることが思いだされ、激しい情熱になって噴き上げるのではないか、と微かな期待を持った。

ただ最後の思い出には、重たい海の闇しか浮かばない。

春と言ってもまだ寒い頃だった。三浦半島の岬を回りたいので運転してくれと言われた時、私は仕事の用件を作って上京した。その頃日本に滞在していたサンドラが一緒だったと知った時、私は嬉しかったが、Ｓの気持ちはわからなかった。

今は、何も思い出せない。三浦半島の南端で、水仙の岬というだけで車の行程も岬の名前も記憶にない。最近になってその辺りをネットで調べたが、見覚えのない近代的な公園の写真があるだけだ。もう四十年も経っているのだ。

濃い灰色の空の中を、両側を海に挟まれた小さな岬のなだらかな傾斜に沿って降りていく。石ころだらけの小坂、寒い。岬を覆った白い水仙の群生が、薄闇に浮かびあがったまま黒い海に落ちていく。そして波打ち際に白い波になって砕けている。足元にも密集した水仙を踏みながら小道を歩く。サンドラとＳは黙って先まで歩いていく。彼女が花を摘んで匂いを嗅いでいるのが遠くに見える。それを無造作に捨てる。髪が風にそよぐ。私の周りにも甘く哀しい香りが漂っている。

風が耳元を過ぎていく。囁きでもない哀しみでもないただの無音の虚しさだけの風だ。

サンドラが水仙が好きで、ここに来たいというものだから、君に頼んだ、とＳが言ったのも何かの言い訳にしか聞こえなかった。二人の間に何かあるようで、楽しそうではなかった。私もはしゃぐことはなかった。水仙の花に囲まれているという事実が残るだけだった。

私はこの散歩の時間にいくつ俳句ができるかやってみようとしたが、気に入ったものは一句もできなかった。可憐な水仙、灰色の空、黒い海、風の吹きすさぶ岬、薄闇になびいて光るサンドラの金髪。空咳と喉の痛みしか出てこなかった。

哀しみが胸の奥から溢れ出そうだった。

何処までも続く泥沼のような、また乾燥した仕事の日々、私はまだ愛する女を得ていなかった。酒の騒ぎの中の女しか知らなかった。耐え忍んで愛を捧げる女を知らなかった。今そのことが悲しかった。この時から私は俳句を作るのをやめた。

今になって思い出してみても、白い水仙の群生が闇の中に渦を巻いて漆黒の海に雪崩落ちて行き、ちぎれた花びらが蚊柱のように舞い灰色の空に吸われて消えていく映像しか残っていない。


家に帰ってしばらくして、S著の『泉鏡花と花』が届いた。これも五百ページを越える大著だった。いつかゆっくりと隔離された時間の中で読みたかった。あとがきだけは読まねばならなかった。ただ昔、話を聞いたり、読ませてもらった部分を読み返してその頃のことに浸っただけだった。

五か月ほどあとの次の上京で私はホテルを取らねばならなかった。Sと電話の連絡が取れないまま訪れると目黒の事務所は閉まっていた。私はそのあたりを歩き回った。出会えるかもしれない、深夜まで無駄と思いながら歩き回り、何か痕跡がないか探した。サンドラの連絡先も知らなかった。『泉鏡花と花』の本に挟まれた、サンドラをよろしく、というメモ書きが思い出された。その時は意味がわからなかった。私は涙が浮かんできてこぼれそうになってもそのまま歩いた。歩きなれた目黒の街並みだった。Sが度々語ってくれた、梶井基次郎が彷徨って求めた目黒の闇だった。行人坂や目黒川の散歩を思い出しても虚しかった。もうSが与えてくれていた私の有意義な心の糧の時間は終わった、心の潤った青春時代はもう消えていたのだと思うと悲しかった。

何かが起こったのだ。いつかもこんなことがあった。連絡が来るかどうかはもうわからない。多分もう来ないだろう。それが確信できるまでただ待つしかない。

しかしもう私と関係がないのだと思い込もうともした。今までの私はいつもこんな風に中途半端だった。これからは私も自分の世界、事業の冷たい世界にもっと入り込んで行かねばならない。

Sの行き先はアパートの管理人もオーナーも知らないといった。毎月の家賃だけはちゃんと払ってきている。追及すれば何かがわかったかもしれないが私はそうしなかった。私は彼の手元に届かないかもしれない手紙をその住所に送った。行く当てもなくどこかに捨てられるかもしれなかったが気持ちを込めて書いた。そのあと一年くらいたってから、ふと思い出して管理人に電話してみた。その時はすでに事務所は引き払われていた。

そうやって長い時間が経った。

五

人の生の時間は、何かに集中していると短い。そしてある事を成し遂げても、中断される事を認識するとあまりに短く虚しい。毎日悔悟の涙にくれる死刑囚が断罪されるまでの時間は短い。

ただ人生を享楽と共に過ごすと決めたら、長短に関係なく日々は流れ、虚しさを覚えるほどではない。虚しさは当然のことだからである。どちらの人生に身を任せるか、また選ぶかはその時の流れか、否応なしに強制させられるかだけだ。

結局私はSが送って来た物を読んで、最初に一番古いノートの書きなぐりの断片に目を通すと逃れられなくなった。私のために書きとめられたものに間違いはなかった。ただ先に古いフロッピーディスクとUSBの何個かを開いてみた。マラルメとヴァレリーの初期の詩の翻訳があり、いつか全訳を試みたいと言っていたSの言葉を思い出した。そして日付を見ると三十年以上も前から続けられているのには感服したが、読んで行ってもだんだん難しくなって理解できそうになかった。彼は私のためにではなく、己自身のために少しずつ続けたのだろう。私は途中でやめた。まだ全訳は終わっていない。

ノートの断片とメモリーに残された文章の書きなぐりに私は激しい衝撃を受けた。それは決して現実とは思われないような驚くことが述べられていた。彼の手慰みに書いた架空の物語だと思った。お伽噺だ。こんなことは私の知っている尊敬するSの出来事だと信じるわけにはいかなかった。あまりにその乖離は大きかった。これは彼の夢なのか、耄碌した私の妄想なのか。

しかし老いた私だから最後まで読み通すことができたのだ。彼がなぜそんな人生を選んだのか、長い悪夢に魅入られて逃れられなかったのか。そう考えながら、奇怪な闇が色鮮やかに描かれた深い夢の深淵に私も落ちていった。

それは一種の私の絶望でもあった。私のこれからの老後の続きはもはや何の意味もない。私の心は激しく揺れ動き、爆発しそうになったが、次の瞬間はすぐに果てた。それが結論だった。

ただ私はノートの断片の端々から想像して、Sの物語を書き残さねばならないと決心した。現実の裏側のような世界に引きずり込まれたSの時間だった。彼は己の現実を捨てて、悪夢の架空の美に身を投じたように見える。本当に煌びやかな虚構の世界がそこにあったのだろうか。

いや虚構であるがゆえに最早存在しない。そして私の力の及ぶ限りの想像を投入しなければ、この美に満ちたともいえる虚空を描けないだろう。そもそもそれは芸術、哲学としての美なのか。またそれは真実の美なのか偽りの美なのか。少々の間違いはどうでもいい、私の全身の力を入れて書く。長い間ものが書けなくて悶々とした鬱積した時間を過ごしてきた。あがいてもペンを握る力は湧いてこなかった。底なし沼から浮き上がることはできなかった。いまこそ書き残すことが私の使命だ。

後　散華遊行

一

Sはまず家族の歴史と自分の生い立ちから述べている。

S著の「近代の狭間に生きた文学者たち」に書かれた、農家出身の若い運転手を誘惑し、情死した華族出身の子爵Kの妻晶子はSの実の祖母にあたる。

Sは祖母の生きざまに深く共鳴していた。伝えられるその美貌と明晰な頭脳は彼の懐古趣味だけではなく懐かしく尊敬できるものだった。その血を引きついでいるのは彼の誇りだった。

晶子の冷たい光を放つその美しさは時に傲慢であったが、それに抗う勇気は誰も持たなかった。華道茶道舞踊よりも洋楽を好みピアノ演奏や声楽のすばらしさは他を抜きんでていた。人はいい意味でも悪い意味でも、彼女を夏目漱石の虞美人草の主人公の女性、藤尾に似ていると噂した。

彼女は旧来の封建社会へ立ち向かおうとする女性たちの先端を走っていた。「青鞜」や「婦人公論」「主婦の友」の創刊、柳原白蓮出奔、神近市子の日蔭茶屋事件などの時代だった。Sは「それまで、陰湿な熱のこもった室の中で、発酵して形を成すことのなかった女の感情が一気に噴き出した印象……」と述べている。

「青鞜」創刊号には和歌を数首出したが、鳳晶子（後の与謝野晶子）の評判の陰に隠れて惨めな思いをした。しかも同じ晶子という名前はさらに屈辱だった。彼女は和歌をやめ論文調のエッセイを書くようになった。喝采で迎えられたが、それも伊藤野枝という若い彼女の発表する記事に押され、焦りは時間を追って深くなった。

そんな知識階級の女性には晩い結婚しかなかった。それに加えてお人よし両親の没落華族の貧乏な家庭生活は他人には知られたくなかった。彼女の愛したピアノは借金の抵当に消えていった。両親の懇願があって晶子は格下の資産家の子爵に嫁いだ。

前述のS著「近代の狭間に生きた文学者」に書かれているように、Kの父は日露戦争で功績を上げて子爵を名乗る地位を得たものでにわか華族だった。

Kは朝香宮の嫡子が軍事大学中にフランスへ軍事研究のため留学した時に随行した。妻の晶子には一歳を過ぎたばかりの娘がいたので彼女を同行しなかった。代わりに妾の一人を連れていき、彼女が滞在中は妻のごとく振る舞った。度々のパーティでも評判がよく、多くが彼女を正妻だと思っていた。後に晶子の知るところとなりそれまでも屈辱を味わっていた夫の振舞に晶子の怒りが重なりその限界を越えてしまった。

しかしKから受けた無骨な屈辱に応えるには投げかける軽蔑だけでは足りなかった。夫の無教養を世に晒し、恥を全身に浴びさせねばならなかった。それは夫が低く見る低層階級の人間と情死することだった。晶子は朴訥な青年の運転手を選んで誘惑した。都ではさすがに彼女も自分の死顔を知ったものに見られるのは嫌だった。知名氏となった夫の出身地の所有する山林で運転手と情死を遂げて復讐するしかなかった。幼い娘を残す未練は断ち切った。

愛という思いなけれど抱き合う今日のわが身の切なかりけり
悲しみと怒りに耐えて木蓮は露こぼさじと上むきて咲く

死を目前にした錯乱の中でこの二首を残している。

帰国した朝香宮は西洋文化に染まって、アールデコ様式の屋敷を目黒に建てた。アンリ・ラパンというフランス人が設計した。現在の朝香邸庭園美術館である。

子爵Kも見晴らしのいい郷里の小山を切り開き洋館を建てた。妻の情死という不名誉な噂を打ち消すためだった。アンリ・ラパンの友人が設計した石造りの瀟洒な家だった。大理石のエントランスへ降りてくる階段の装飾は誰もが目を見張った。

遠くの山から昇る朝日はまず洋館とその裏庭を輝かせ、夕方には表のベランダから変化の少ない市内と水平線に夕陽が落ちる港が一望できた。

Kは晶子の両親と妹と自分の娘をそこに住まわせた。娘は長らく晶子の妹が世話をした。Kは懐の太い人間を演じ、行く当てのない晶子の両親は感謝しなければならなかった。日当たりのいい庭園は年毎に広くなった。費用は所有する鉱山の利益で十分だった。またついでではあるが、パリで知り合った華僑の一人の親友と組んでかなりの資産を得ていた。辛亥革命の直後でそれは秘密裏に長く保管された。第一次大戦でも裏の資金がKのために多く流された。

市内は近代化の波にのって次第に発展し、近くの山林の開発でKの資産はさらに増えた。

晶子の娘は里子と名付けられてなるべく外界と遮断されるように育てられた。幼い頃は屋敷内と絵本と庭園だけが世界だった。学校生活を適当に過ごしても、制限された生活に従順だった。ピアノと裁縫手芸の家庭教師が外の世界とのつながりだった。それに多くの時間が費やされたが、太陽の光を浴びるには庭園の園芸の時間で十分だった。そして四季折々のあらゆる花々を絶えることなく開かせた。知らない花でも翌年には花開いた。絵本とピアノと手芸と園芸、彼女はどれにも喜んで熱中し飽きなかった。

Kは里子を溺愛したかったが、それは彼女を閉じ込めておくことでしか表現できなかった。十八歳の時、彼女は父の連れて来たある大学の若い教師と結婚した。彼は養子となり相応の身分に満足する大人しい男だった。経理専門の教師で、休みは山間の渓流で川魚を釣るのが趣味なくらいだった。

やがて娘が生まれた。情死した母親と同じ名前が付けられた。Kは反対したが里子が珍しく言い張った。里子はいつの間にかその母の事を聞いて知っており、晶子という名前を付けて記憶にない母親への愛情を示したかったのだろう。

三年後に息子が生まれた。それがSだった。

時は日中戦争の真只中だった。中国各地の都市が日本軍に陥落し、満洲国は混乱の戦況にあっても多くの日本人が移住していた。満洲鉄道は基幹産業で多くの利権も絡んでいた。満洲鉄道はもともとロシアの所有であったが、日露戦争後に日本に託されたものだった。

六十歳を過ぎて軍籍を離れていたKは戦争商人となって蓄財に暗躍した。満洲国における先祖の顔とコネはまだ役に立った。度々渡る首都奉天と田舎の郷里を往復するたびに彼の隠し資産は増えた。

太平洋戦争に突入した時、邸宅は黒く塗られ古びた態をなし、裏庭は畑に変えられた。幸い地方都市に爆撃はなかった。か細い力しか持たないように見えた里子の夫は自宅のすべてを管理下に置いて見事に取り仕切り、苦難の時代を乗り越えた。

終戦直後にKは市民の恨みのため襲われ満洲で落命したが、その存在はもはや必要なかった。里子をはじめとして彼の死を悼む者はいなかった。満洲鉄道の株券やいくつかの権利書は紙くずになったが、将来性のある手元に残すものの里子の夫の見立ては正解だった。

戦後の米国駐留軍のKへの追及は死亡のために不問だった。

加えて戦後四年、蒋介石が中共軍に破れて台湾に逃れた時、そのシンパだった華僑の一人が日本へ来てK家を訪ねてきたことがあった。Kの親友だということを家族は知っていたので手厚く迎えた。彼は何枚かの紙切れの権利書をKの遺族に渡した。約束だということだった。それも後に思わぬ資産の一つになった。

また朝鮮戦争の景気とインフレーションはK家の資産の倍増を後押しした。所有する株券はどれも日本の基幹産業の成長とともに高騰した。

二

Sの曽祖父母、亡くなった晶子の両親はそこで相次いで亡くなった。静かな老後だった。晶子の妹は嫁いだ。Sには両親と姉の晶子と家政婦の変化の少ない日常が続いた。父は大学を定年まで勤めた。教え子が時折訪ねて来た時は、丁寧な対応と自宅の豪華さに感嘆して帰った。彼はただ読書と渓流釣りができれば満足だった。川魚の甘露煮や塩焼きは家政婦の得意料理になった。資産の管理は正確になされ、教え子の公認会計士がそれを着実に守っていた。

里子は趣味に明け暮れた。家庭教師の手を離れても一人で針を刺す時間は飽きることはなかった。最初の頃は二、三の友人が定期的に通ってきて楽しんでいた。四季折々の庭の花が図案の多くだった。白い糸だけの刺繍は表には出さなかった。記憶にはない美しい母のことを考える時間だった。

ある時刺繍仲間の一人が、本加賀友禅の本振袖を昔母から受け継いで娘にやりたいが、一か所大きな傷がある、と言ったことがある。里子はそれを借りて、そこに大きな白牡丹の花を刺繍して返した。緋色にそれは見事に映えた。それからまた刺繍仲間は増えた。教室を開いて人を集めようという話も出たが彼女は賛同しなかった。

刺繍は時には大きくなり、タペストリーになったりした。古今の名画が題材で、里子のお気に入りは、フランスの画家クールベの「森の中の仔鹿」だった。新芽の溢れる森のせせらぎを蹴って少女のような仔鹿がこちらへ向かって逃げてくる。広間の一隅に掛けて里子は満足したのか、タペストリーはそれが最後だった。

音楽の好きな友人も集まって来た。鑑賞会が次第に里子のピアノや歌曲の小さな演奏会になった。ピアノは、ショパン、シューベルトとシューマンが好きだった。歌曲はフォーレの作曲によるフランス詩が多かった。

人数が増えるとコーラスを楽しむようにもなった。大学を引退した音楽教授に指導に来てもらうことにした。彼の指揮は正確で広間は教会の中のような澄んだ清らかな音を響かせた。

友人たちをもてなす昼食も評判が良かった。参加したい希望者もいたが誰でもいいというわけにはいかなかった。仲間の送迎のために午後にはハイヤーが玄関に並んだ。

晶子とSはこの自由な家庭でなんの制限もなく過ごした。Sは乳離れすると晶子の後ばかり追いかけるようになった。晶子もSを可愛がりいつも一緒だった。夏には庭のプラスチックのプールでは素裸でじゃれ合った。風呂も一緒に入って遊んでいた。寒い冬は同じ布団で寝た。晶子が女児から少女になり少し大人びてくると次第に距離はできたが、Sはおそるおそる彼女の後を追っていた。

晶子は美しい少女になっていった。いつも紫色のリボンをつけるのが好きだった。里子はセピア色の黒ずんだ母の写真からも娘の美しさを確信していた。小学校に入ると取り巻きの友人が訪ねてくるようになり、両親も歓迎した。手芸の真似事やコーラスの邪魔をしたりして大人を喜ばせた。高価なおやつは十分に用意された。Sはいつもその片隅にいた。父はハイヤーを雇ってその小さい友人たちも送迎させた。

Sには特別に親しい友人はいなかった。部屋にこもって世界少年文学全集を読むのが好きだった。スチーブンソンの宝島や南総里見八犬伝など冒険ものも好きだったが、ジャンクリストフやアンデルセンの即興詩人などは繰り返し読んだ。目の前にある現実よりも本の中の世界の方が美しく真実味を帯びていた。そして詩や俳句を書いては少年雑誌に投稿したりしていた。庭から続く裏山を散策するのも好きだった。色づいた森の奥は神秘に満ちて薄闇に消えていた。いつかその奥へ進んでみたいとも思っていた。

ある秋の日、母が二階のテラスから海に沈む夕日に手を合わせているのを見た事がある。訳をたずねると、好きだった亡き人の声が聞こえると話してくれた。日本の西の果ての海の言い伝えということだった。母は涙を浮かべていた。その夕日の静かな美しさは何時までも印象に残った。それはまた一瞬激しい暗赤に燃え上がったが、いきなり漆黒の闇に包まれて消えた。

母の話に、日本の歴史や文学にも興味は深まった。

十六歳の頃だった、父が一度渓流釣りに連れていってくれたことを思い出す。秋も深い頃だった。山奥は紅葉で黄色や赤の原色で燃え上がり、その隙間から鋭い紺碧の空の光が射し込んでいた。だがSの気持ちを摑んだのは、薄暗い森の地面を敷き詰めた落ち葉の紅葉だった。湿って腐蝕しようとする一面の落ち葉の色は、光を浴びて空へ向かって照り返す葉群よりも美しく見えた。樹間も道も柔らかな悪臭を漂わせるような美しい原色に満ちていた。

そこでSは奇妙なものを見た。落ち葉の腐っていく堆積の間から二本の角が突き出ていたのだ。これは鹿の死骸だ、と父が教えてくれた、体は溶けてしまって落ち葉に埋まって、骨だけが残っている。哀しい異様な美しさだった。しかし孤独の中でじっと自分の死を凛として見つめて死んで行ったのだ。Sは目に熱いものを感じた。

それはたまたま数日前に読んだある詩に感動して涙がこぼれたのを思い出したからだった。全くの偶然だった。

鹿　　　　村野四郎

鹿は　森のはずれの
夕日の中に　じっと立っていた
彼は知っていた
小さい額が狙われているのを

けれども　彼に
どうすることができただろう
彼は　すんなり立って
村の方を見ていた
生きる時間が黄金のように光る
彼の棲家である
大きい森の夜を背景にして

少年Sはなぜ涙が流れたのかはわからなかった。生きること、死ぬこと、愛すること、黄金のように光る時間、それらが混じり合って意味もわからないまま胸に膨らんできて抑えきれなかったのだ。
Sは思春期の真っただ中にいた。身心ともに未知の世界が目の前にあるのを肌で感じ、そこへ無意識のうちに飛び込まねばならないと思い、またその欲求がはちきれそうになる時である。生と死と愛が何者であるかわからないまま、それに悩まされてその渦に巻き込まれて苦悩する。海底のマグマがいつ噴き上げて来るか予見されない不安の時でもある。ゆえに不運な者は不吉が予見するように噴き上げたものに巻き込まれ不幸に陥り、時として悲劇がおこる。

晶子は成長してますます美しくなった。大きくはないが澄んでくっきりした目元と艶のある黒髪は強い意志の持ち主を示していたが、笑う時の頬の柔らかさと、白い歯をのぞかせる唇はただ赤いだけでなく、ウエヌスの唇がそうであっただろうと思われるほど控えめで深い色を帯びていた。

幼い頃からの友人たちの訪問はもう何年も続いていたが、人数は増えなかった。時折男子生徒も来たが女性の華やかさと気位に押されて続いては来なかった。晶子のピアノは上達し、友人たちと一緒に母親たちのコーラスにも加わった。Sは女性たちの仲間には入らなかった。

Sはある時激しい胸の高まりを覚えそれから急に気分が沈み、晶子の友人の前に出なくなった。

彼女らのコーラスはフォーレ作曲のレクイエムが得意だった。暗闇の奥から淡い光が静かに周りを切り開いて空へ舞い上がっていく。清らかで内には激しさも込めた哀しみが天上に昇っていく。哀しみはなぜ美しいのか。

死者を弔う歌だが、Sには自分の魂が削られるような気がした。罪を犯し秘かに生きながらえる惨めさを拭いきれない人間のような気がした。前に立って歌っている晶子の唇の動きに吸い込まれ、喉の奥まで見えるような艶めかしい口と声に打たれると悲しみが吹き上げてきた。その魅力に目を凝らすのは耐えられない哀しみだった。

それが罪であることをSは知っていた。Sははっきりと自分は晶子が好きだと確信した。それが愛と呼べるものかどうかはわからない。そしてどうなるものでもないのはわかっている。自分の心の奥底に秘密を閉じ込めておくしかないが、それも罪だろうか。

翌年の春、父が庭にプールを作ってくれた。父は魚の池を造ろうと思っていたが、プールが欲しいといった晶子の言葉に従った。日当たりは良い。家族も訪ねて来る晶子の友人たちも喜ぶだろうと、魚用は断念した。

ポンプで吸い上げられた山水は清らかで冷たく、灼熱の太陽の熱も真夏の熱風もそよ風が肌を乾かせていく心地よいものにしか感じられなかった。紺碧の空はプールの水をさらに透明に光らせた。晶子の友人たちは色とりどりの水着ではしゃぎまわった。跳ね上がる水飛沫さえ色づいているほど華やかだった。笑い声は邸宅と山の間にこだまして、昼の空に舞い上がった。Sは男一人は恥ずかしいと言い訳して泳がなかった。

晶子は一人純白の水着を身に着けていた。水着に締め付けられ、整えられた身体から美しい四肢が伸びている。それを一瞬目にしたSはほとんど同時に眼をそらせた。その肢体は美しく眺めるものではなかった。そのどこでもいい、ほんの一部にでも唇をつけなければならないという自分の宿命を感じるものだった。衝撃に似た胸のうねりは高まったができるわけはなかった。プールの淵を歩く美しい姿は背後の林を真っ黒にして映え上がった。夢想と現実の狭間でSは身動きできなかった。焦燥と悲しみで体の力は失せた。暗い宿命に取り憑かれたようだった。彼は部屋に戻って蹲った。

彼は数日間寝込んだままだった。眠れなかったが眠ると何回も夢精した。清楚な晶子の立ち姿の周りを妖艶な女性たちが囲んで踊る。猥雑な色の絹布が舞い、誘惑しながら遠のいていく。彼はそれを追おうとするが体は動かない。諦めて哀しみに浸ろうとすると、気持ちに反してゆるやかな快感が襲ってくる。あとには惨めさだけが残る。

しかし彼の理性は残っていた。この苦悩は心の奥底に閉じ込めておかねばならない。いずれ忘れて流れ去るか、幼稚な夢としていつか思い出すことがあるかもしれない。将来愛する女性に出会っても晶子の面影を求めるかもしれないが、誰も知らないことなのだ。

まだ幼い頃、驚かせようと後ろからこっそり近寄って、背中を抱いたこともある。柔らかな毛糸のセーターと匂いのいい髪の間の白いうなじにほとんど唇がつきそうだった。その時晶子は振りほどいて最初は怒っていたが、後で優しくSの鼻を指ではじいて、ダメよと笑ったものだった。

そんな軽い感じでこれからも接することだ。これを自分の苦しみとして真剣に取り組むことはおかしい。苦悩などと大げさに意識することは滑稽だ。秘密は暗所に閉じ込めておけばそのうちに溶けて流れ去るだろう。彼は少し安心して起き上がった。


しかし悲劇は起こってしまった。

まだ夢の中のまま午睡から覚めて、心地よい余韻に浸っていた。秋の日は落ちかけている。窓から見える裏山の椽の黄葉が、海に去っていった夕日の名残に照らされて金色に輝いている。

長い夢を見ていた。フォーレのレクイエムが静かに流れる森の中を、すんなりした脚の仔鹿が逃げてくる。仔鹿は自分が撃たれるのを予感している。救からないのを知っている。血が吹き上がる身体を見つめながら、彼は自分が死んでゆくことを知っているのだ。その仔鹿が愛おしい。

ぼんやりした頭で部屋を出ると、隣の晶子の部屋のドアが少し開いているのが目に付いた。覗くと彼女の後姿が見えた。胸当だけの素肌に真白な毛糸のセーターを頭から被ろうとしていた。悪戯小僧になった気持ちで、傍によって両肩を摑んだ。微かに胸の柔らかさに手がふれた。その瞬間、首筋に一瞬でいいから口をつけたいという気持ちが当然のように沸き起こった。ほんの少しでもいいのだ、それは冗談で罪にはならない、許される、それが確信のように胸につき上がってきた。だが晶子は昔のように冗談として受け取らなかった。小さな叫びを上げて彼の手をすり抜け、部屋から出ようとした。Sは冗談だ、ごめん、と言おうとして肩を再び摑もうとした。頭は空白で身体と声が上ずっているのだけがわかった。彼女は部屋を逃げ出した。Sはその時自覚していなかったがその眼は抑えられない暗い炎に燃えていたのだろう。

部屋の前は階段だった。彼女は階段を転げ落ちていって大理石の床に横たわった。家政婦の驚いた声がした。Sは部屋に戻った。しばらくして救急車のサイレンが聞こえてきた。冷静にならねばならないと思い込もうとした。

それから数か月、何か月だったか何が起こっていたか記憶にない。頭の中は空白でSの思考力は停止していた。晶子の入院は長引いた。両親は病院に泊まり込んで帰ってこなかった。ほんの時たまSに会うと状況を伝えた。階段を落ちただけならまだよかったが、一段目の大理石の角に勢いよく首がぶつかりその衝撃が大きかった。晶子の意識は長い間戻らなかった。脊髄損傷で危険だったが、脱臼と骨を削り神経を通す手術が行われ一命はとりとめた。これからさきどうなるか、どうなってもと両親は覚悟していた。Sの見舞いは許可されなかった。

Sは冷静だった。もし晶子がこのまま死ぬことがあったら自分は間違いなく自殺する。もし死なずとも自分の悪行が晒されることになっても同じだ。そのいずれの場合でも、自分は晶子を愛していたと、はっきりと公言する。

彼は裏山の森の中を彷徨った。何処を見ても死に場所に相応しくなかった。その時が来たら一瞬にして死にたい。木々はすっかり落葉していた。美しい紅葉もなかった。森は何もないただの無音の空間だった。身体を撫でていく風のそよぎさえなかった。乾いた胸は錆びた釘で引っ掻かれ血を流しているようだった。

何も考えずに時間を潰すには、控えている大学受験勉強をすることだった。それにしばらく熱中することもできた。

晶子との面会を許されるまで、どのくらいの日々が過ぎ去ったのかわからなかった。もう意識もはっきりし、情緒も安定してきたといわれた時にはすでに長い時間が経っていた。Sは一人だけの面会にしてもらった。

まだ首に包帯をしたままでやはりやつれていた。しかしそれはさらに静かな美しい眼と形の良い薄い唇を際立たせていた。Sはベッドの横に膝をついて顔を伏せしばらくしてから晶子の顔を見あげた。なんと言っていいかわからなかった。ただ謝罪に言葉をかければいいというものではなかった。貴女が好きですとも言えなかった。

最初に口を開いたのは晶子だった。その言葉を聞くとSはわっと声を出して泣き出して顔を埋めた。嗚咽が続いた。晶子が差し出した手は涙で濡れた。Sはその手に頬と口をつけた。彼女は、大丈夫よ、誰にも何も言わないから、と言ったのだった。

しばらくして晶子のリハビリが始まったと聞いた。下肢が麻痺から回復しないということだった。

三

晶子は車椅子で帰ってきた。介護専門の家政婦が一人増えた。平行棒が取り付けられた小さなリハビリ室も作られたが、週に一度は専門施設に通った。客室用に準備されていた寝室の一つは、手摺に囲まれた晶子専用の風呂とトイレに改造された。

晶子の部屋を一階に移そうと父が言ったが彼女は嫌がった。我儘が通って二階の部屋のためにエレベーターが取り付けられた。母の時間はほとんど晶子に付き添う世話のために費やされた。

体力が少しずつ戻ってくると、晶子の理性はかえって強固になった。挫けて嘆いても何もならない。不運を悲しんでも救いにはならない。誰を恨むものでもない。原因を悔やんでも過去に戻って回復できるものではない。

遠慮していた里子の刺繍やコーラスの仲間がまた集まってきた。晶子が勧めたのだった。晶子の友人たちも少しずつ戻って集まってきた。晶子の上半身は元のままだったのでピアノに熱中できた。車椅子はピアノ演奏用として別にも用意された。コーラスは世界の民謡からオペラの一部に及んだ。リハビリ施設以外の外出を嫌ったので、観劇に行けない代わりに大きなテレビが設置されオペラの映像が流された。

晶子は大学を辞めた。毎日父がフランス語と文学の講義をした。朝と夕方は父が車椅子を押して庭を巡った。新しい造園計画を話し合うため専門の庭師が来た。晶子はすべての花を植えたいと希望した。それも自然な形で乱雑に咲き乱れるのがいいと言った。

かつてのように気ままな好きな時間を楽しめないのは仕方がなかった。かわりに午後の昼寝は重要な日課になった。目覚めると機嫌は良かった。そばには母がいた。

ただ小さなことで気に入らないこともある。ちょっと気分を害した表情を見せると、周りが必要以上に気を使うことは仕方がなかった。晶子の我儘は許された。それは時には傲慢な振舞になった。だが決して他人を見下したものではなかったし、凛とした趣があったのでむしろ晶子の美しさを際立たせるだけになった。それ故に取り巻きたちは去って行かなかった。

Sは大学受験勉強にさらに熱中した。揺れ動こうとする心を鎮めるには、無機質な数理定式に頭を使うことが心地よかった。国語や社会科の勉強も感情を捨ててその無機質の方式に従わせた。成果はあがった。不幸なアクシデントは過去のものとなった。しなければならなかった。小さな傷にして残すだけにすべきだった。

東京の大学も考えたが、遠くにいくのは逃げていくようで気が引けた。結局隣県の国立大学の文学部仏文科に入学した。時々は気楽に帰るのもいい、やはり家は懐かしい。

新しい学生生活はSの性格を変え、こだわったわだかまりを少しずつ削ぎ落した。同じ本を読んで感動した仲間と、珈琲と煙草の香りに包まれて語り合うのは今までにない楽しみだった。時間はすぐに過ぎた。周りには本に限らず映画や音楽や芝居など、感動するものが溢れていた。今まで知らなかった、感じなかったことに触れるとすぐに吸収した。新しいものに出会い、それを理解すると成長した気がした。

いくつかの小説を書いたが評判は良くなかった。他の作家の作品はよく理解できた。フランスの現代作家が語る古典文学にも当然興味は深まった。今は存在しない、古い時代はこれから経験しようにもできない新しい世界に見えた。霧深い石畳の通りに街灯がぼんやり浮かぶ。女性との禁断の恋。古いヨーロッパはSの秘かな憧れになった。

酒が甘いのに初めて気づいた。酔うと美しい音楽が深淵から聞こえてきた。十分な睡眠は朝の太陽に心地よく溶けた。

また悪酔いの酒の果てに女体も知った。湿った藁人形を抱いた気がした。後悔したが、時間が経つとまた再び彼女を求めた。晶子の姿を求めようとしたが、浮かばなかった。

晶子は懐かしい美しいものとして記憶に残したかった、そしてそうできた。家に帰ると抑えきれない何かが噴出しそうな怖れも僅かにあった。それで家に帰るのを控えて、淫猥な場所に足を踏み入れるのにも次第に慣れた。苦しさだけは消えた。

大学の五年間で家に帰ったのは三回ほどだった。両親との会話は他人のように空々しかった。両親の歓迎の気持ちはわかっていたが、Sはそれを受け入れず自分の周りに壁を作っていた。晶子は頬を緩ませることなく、Sの視線を感じながらも目を合わそうとしなかった。

お互いの気持ちはわかっているはずだった。しかしふと我に返ると、誰にもさとられないように晶子の体のどこかに視線を集中させている自分に気付いたりした。肩を覆うセーターの隅でもその曲線が美しく感じられて懐かしいものだった。唇からはすぐに眼をそらした。その美しさには耐えられなかった。

ただSは冷静に自分を見つめることができるようになっていた。昔のあの甘い疼きを押さえつけ無関心を装うことに成功しつつあった。それは心の葛藤の末だった。内心では激しく揺れていたが、そうしなければならなかった。

パリ第五大学に一年間留学したのはSにとっては自身の大変革の経験だった。希望と不安と逃亡の気持ちだった。

教授が指定する本を読んでおいて、授業はただ教授が喋るのを聞くだけのことが多かった。ある教授はボードレールとマラルメ、他はジッドとヴァレリー、また他はカミュとサルトル、という具合だった。最初の三か月はほとんど理解ができなかった。日本語で読んでいても役に立たなかった。やっと少しわかってきたのは半年も経ってからだった。中間テストは棄権した。

友人はあまりできなかった。最初東洋人と珍しがられても、酒の席でもお茶の席でもこちらから喋らないと次第に無視されて外されてしまう。仲間外れにならない程度に喋るようになった時はもう滞在の時間は終わりに近かった。親しくなった女友達との時間は短いものだった。

カミュの書いた脚本をクラスで演じた時は進んで参加した。原作はドストエフスキーの「悪霊」だった。端役であったがその時の興奮は忘れられない。台詞を客席に向かって喋る、ほとんどそれは闇に向かって投げかける言葉だが、その声は闇から自分に語り掛けてくるように聞こえた。公演は大喝采を受けた。自信が一度にあふれてきた。

翌年はサルトルの「墓場なき死者」の予定だったが、それはSの帰国のあとになるので参加はできなかった。

名所旧跡を一応回ってしまうと、Sは文学者のあとを追って街中を歩き回った。その家や標識を見るだけでも満足だった。ボードレールの生家、ハッシシを飲みながらセーヌ川を眺めた屋敷、マラルメのアパルトマン、ヴェルレーヌの終の棲家、ランボーの泊まったホテル、カミュのアパルトマンなど。一番熱心に辿ったのは、ジャンバルジャンが身を隠しながらパリに潜んでいた隠れ家、実際は存在しないが、小説に書かれた住所を探しその下町の雰囲気を味わうことだった。

Sは卒業し上京した。最初は就職したが機を見て独立した。出版社経営者として、また評論家としてやりたい計画が頭の中に山積みだった。一つずつ作り上げていく喜びは嬉しく面白かった。故郷はもう必要なかった。自信に満ちて将来を切り開いていけそうだった。年毎に仕事の範囲は広がり達成感を得ることができた。

ただ心の奥底に触れてはいけない一つの不安はあった。目を向けてはいけないことだった。なるべく考えまいとしても、ふと浮かんでくるとしばらくは悩まされた。

今すぐの事ではないが、両親亡き後は晶子とあの家はどうなるのか、という不安だった。彼女をどこかの施設に入れて余生をただ無意味に過ごさせることしかできない。彼女は嫌がるだろうが、それは自分の責任でしなければならない。考えると憂鬱だった。その時に考えるさ、と思うことで気分を切り替えるしかなかった。

渓流釣りに出かけた父が遺体で発見されたと連絡があった。岩場で足を滑らせて頭を打ったのが致命傷だということだった。ちょうどSの会社で社員との問題が起こった時で、ちょっとパリにでも行って姿でも消してやろうと、居直っていた時と重なる。

Sは葬式には帰らずパリ旅行を選んだ。信頼しているいつもの会計士が取り仕切ってくれるはずだった。遺産相続や保険や今後の事などを相談されるのは、責務だろうが嫌だった。母よりも晶子に任せた方が処理はうまく進むだろう。Sは整理が落ち着いてから帰ればいいと決めた。

パリでは親しい友人と再会して泥酔し、気が乗らないままサン・ドニ門の通りに立っている娼婦をからかいに行った。懐かしい下町を歩いた。ある時はキャフェに座ってぼんやりしていると、一人ですか、と聞いてきた女性がいた。特徴のない普通の中年女性だった。狭い部屋で短い情事の時をすごしたが、金を要求されるとは思っていなかった。

パリから帰っても郷里には帰らなかった。気持ちが大きくなったというより、わずらわしさを避けたい雑な感情に縛られていた。それが一週間二週間と経つうちに結局年を越え何年にもなった。母や会計士から、当然晶子からも何も言ってこなかった。日々はうまく流れているのだろうと、少しの後悔を抱きながらも安心していた。

長年書きたかった泉鏡花論「鏡花と花」に取り掛かった。現実が幻想の花に吸い込まれ、また気づかないうちに幻想から新しい現実が生まれてくる。ただほとんどが通俗的な作品であるが、読んできたマラルメの高踏派象徴詩人と共通する花の概念を見つけたからには書かねばならなかった。「非在の花」という言葉を作り、これを今までの自分の思考の総まとめにしたいという思いだった。時間がかかったがすぐに上梓した。

忙しい日々が始まっていた。

四

予感していたものを意識の外に押しやっていても、それが実現すると長い間やはり身構えていたことに気づく。するとそれが今の一番重要な事柄になってしまう。

その時Sは仕方がないと受け入れたが、まだ心の奥底では逃れようとする気持ちが渦巻いていた。会計士から一度必ず戻ってきて欲しいと手紙をもらったのはある晩春の日だった。庭の桜も散っている頃だろうと思うと、陰鬱な暗い庭が浮かんできた。散って腐りかけた花びらが鮮やかな低い満開の躑躅に降りかかり、やがてそれも萎れると、雨の暗闇から紫陽花が不気味な青紫の光を放つ。大学に入ってから仏文学を勉強しながら、泉鏡花を読み始めたのは、その庭のせいでもあった気がする。

Sが家に着いたのは雨の夕方だった。家の中には湿った黴の匂いに混じって薬品の匂いが漂っていた。洋館の黴は想像していたが、薬品の匂いには気分が悪くなった。

母は寝ていた。乳癌をずっと我慢して隠し続けていたが肺と肝臓への転移は早かった。母は朦朧とした意識の中でSの帰宅を喜んだ。医者が毎日通ってきて痛み止めの処置をして、看護婦が一日中付き添っていた。S家専属の会計士が滞りなく手配をしてくれていて、Sは感謝して十分に礼を言った。母は回復の見込はなくただ死を待つだけということだった。

これまでは、お母様がずっと晶子さんに付き添っておられていました、これからはどうされますか、という会計士の言葉に答えることはできなかった。どこか施設を探してください、という一言はまだ出せなかった。

晶子が部屋で待っているとのことだった。Sは階段の一段目に足をかけた。大理石の滑らかな感触が心地よかった。そして下から部屋の方を見上げ、あの忌まわしい出来事を思い出した。しかしそれは懐かしい一瞬としてしか浮かんでこなかった。

部屋のドアは空いたままで、覗くと車椅子に座った晶子がこちらを見ていた。そうやってじっとSが来るのを待っていたのだ。白い毛糸のセーターと足には紫色の毛布を掛けている。白いセーターはSの胸に鋭く刺さった。あの時の罪の意識と悔悟の念がおこってくると同時に、甘い胸の疼きが同時に襲ってきた。香水がSの動揺に乗って漂って哀しみを沸き起こした。

それはほとんど絶望に近いものだった。昔と違って晶子の眼は大きく鋭くなっていた。頬は白さを越えて透き通るほどだった。ほんのりと浮かんだ紅は美しかった。彼女は微笑んで彼を見つめていた。その微笑は猟師が、もう逃げられない獲物を狙って、引き金を引く瞬間に見せる目の輝きを帯びていた。いや、すでに獲物を撃ち殺し、楽しみながら切り刻み料理をしようとする料理人のようでさえあった。その眼の力強い美しさに魅了されながらもSは罪を追及されている気がして眼をそらした。

さあ、座りなさいよ、晶子は言った。Sは目の前のソファーに座り込んだ。身体はそこに沈んだ。全身が快感の波に包まれているようだった。晶子に見つめられて身動きができなかった。

あなた、もう覚悟しなさい、私はここから動きませんから、よろしく頼むわ、と晶子はSを弄ぶように言った。

自信に満ちた残酷な声は、Sを侮蔑しているかのようだった。しかしそれに打倒されてしまえば安らかな場所が待っているような気もした。Sは次の更なる残忍な声を待っている自分も感じていた。


母は二週間後に死んだ。淡々と行事は進んだ。会葬者は親戚の僅かとコーラスと刺繍仲間たちだった。会計士が全ての財産を整理してくれていて引き継ぎは明解で簡単だった。相続税の計算も済み、自分への報酬も計算していた。大手の企業の株の配当は十分で、将来開発される予定の山林の価値もあがり、所有する土地の賃料などかなりの資産が残ってさらに増えそうだった。今後は年末に一年間の収支をまとめてくれるように頼んだ。

新たな介護兼家政婦として若い一人を選んだ。これからの長い時間を頼らねばならなかった。新しい家政婦に日々の用事雑用を指示し慣れてもらうまで時間がかかった。母と晶子が直接つながっていた呼び鈴はSの部屋に変わったが、鳴ったことはなかった。

月に二回のコーラス会と二回の刺繍の会が再開されたが人数は減った。豪華な昼食とお喋りの時間を誰もが昔と同じように楽しんだ。昔と同じようにハイヤーは定刻に玄関に並んだ。

晶子との特別な会話はなく時間は流れた。Sは東京へ戻るきっかけを失ったまま時間が過ぎていくのに身を任せていた。何らかの方法でこの生活に決着をつけ戻らねばならないという気持ちは消えなかったが、どうするか具体的には考えつかなかった。

長い間の念願であった、ヴァレリーとマラルメの全訳を始めることにした。もしかしたら滞在が長引くかもしれないという予感がしたので数冊を持って来ていた。読むだけでなく全訳全集として出版しようと思っていた。これが自分の生きてきた存在の証拠になると考え、今の中途半端な生活の焦燥に目を閉じようとした。

目覚めの遅い晶子の朝の散歩をさせるのが日課になっていた。髪も梳かず手入れをしていない朝の素顔は、布団の中の身体を思わせ、かえって艶めかしかった。眼はやや腫れぼったいが、唇だけは引き締まっている。

荒れた庭は雑草がはびこり、車椅子の移動を邪魔した。長い間手入れのなされていない庭の中心の薔薇園は雑草にまみれ、遅れた春薔薇のいくつかが萎れかけた花を垂れているだけだった。紫陽花は花の散った醜い萼だけを重ね合わせて異様な塊の小山を作っている。

ただ雑木に張り付いてぶら下がった山藤だけが濃い紫色に染まっている。藤の蜜を求めて熊蜂が周りを飛んでも気にしない。殺伐とした様を彼女は楽しんでいるように見えた。トリカブトも内緒の場所に植えているのよ、ひっそりと雑草の陰で咲く紫色が好きなのと言った。

昼食は果物とパンと一切れのハムと白ワインと上等の紅茶だった。昼食後からは介護家政婦に任された。晶子はコーラスと刺繍の会のない日は昼寝をする。あとは簡単なリハビリをして入浴した。家政婦が入浴の後は萎えた脚に化粧水のような薬液を擦り込んだ。それは一種の悪臭であったが、屋敷に染み込むにつれて、彼女を包む芳香に変わっていくようだった。

家政婦は晶子のお気に入りで、妹のようにかわいがった。晶子は自分の部屋以外に三部屋を使っていた。それぞれの部屋はタンスのようで、一つは部屋中に京友禅の豪華な着物や帯が衣紋掛けに、また無造作に床に置かれて隙間もないほどだった。香が虫よけの代わりに満ちていた。もう一つは洋装の部屋で、着る機会のないドレスや衣類やスカーフが散乱していた。西洋の香水が漂った。あとの狭い部屋はテーブルの上には大きな紫水晶の割れた原石が置かれ、その周りに宝石箱からはみ出たダイヤの指輪やネックレスなど宝飾品が転がっていた。香水は気ままに揃えられてどれも少しずつ試されていた。二人はそのどれかの部屋で過ごしお洒落なコーディネイトを楽しんでいた。晶子は気が向くとアクセサリーの一つを家政婦に与えたりした。時が経つにつれて部屋の中の物品は増えた。

月に一度は美容師が来て髪を切った。特別の髪型やセットはせずに自然に流れるままにされた黒髪はいつも艶のある光に輝いていた。

夕食は毎日手の込んだ料理が並んだ。市内の何軒かのレストランや料理屋と契約して順番に配達してもらった。シチューなど暖めるだけで豪華な料理になったが量は少なかった。ワインはシャトー・マルゴという極上の赤ワインに決まっていた。晶子はアクセサリーを日ごとに替えて身につけ盛装してきた。そしてワインの一口ごとに綺麗になっていくようだった。

夕食の準備ができると家政婦は帰った。Sとの二人だけの食事中は特別に語り合う話はなかった。両親の思い出とかコーラスの歌とかの、食材の話程度だった。Sは料理を口に運びながら、晶子の視線に射すくめられ監視されている気がしたが、それは反面心地良いものでもあった。一瞬、愛玩動物になった気がしたが慌てて否定した。

そして朝の遅い時間の散歩までは会うこともなく特別な用事は何もなかった。呼び鈴はならなかった。

遠くの闇の中の晶子の寝息だけは感じられた。屋敷が深い海の底に沈んでいる、Sはそんなイメージで夜を過ごした。

翻訳は少しずつ進んだ。ヴァレリーの難解な箇所に出会い考えこむことは心地よかった。今は「精神の危機」や「地中海の感興」などの評論集を持って来ているがいずれ全作品集を手に入れねばならない。膨大な量になるが、それを置くのはこの家だろうか、あるいはどこか開放された自由な空間だろうか。

Sは今後どうするかをいつまでも決めきれなかった。真剣に考えることが不安で怖かった。それであまり考えまいとして結局時間だけが過ぎた。

すべてを放りだして逃げて行きたい。それはあまりに無責任だ。しかしそれを振り払って本当に自分は逃げていくことはできるのか。いや、と彼は自問した。晶子とのこの屋敷での生活はまだ短い時間だが、それを捨て去ることはできないだろう。彼女を孤独の闇に捨てて己のみ消え去っていく事は出来るのか。

半面、気を緩めるとこのままずるずると安楽と快楽の地獄へ落ちていきそうだった。そこには己の人生はない。この甘美な日々に存在の意味はない。しかしその存在の意味は必要なものなのか。憂鬱な気分が次第に増してくるのだが、喉の奥には甘いものが滲み出て力なく流れる日々だった。

思えば、サンドラとの恋も自分の悪夢のような予感の中で、燃え上がりかけて、予感に負けて消えていったものだった。地中海の太陽と海の夢を垣間見たのは一瞬だった。かつて田舎の郷里から東京へ出て新しい世界に自分を投げ打っていこうとした時も、いずれ自分はその予感するものに負けて、奈落へ落ちていくという事をすでに知っていたのだ。無意識のうちに知っていたのだ。

昔の日々と同じように何時間も森の中をさ迷った。堆積した落ち葉に足を取られながら歩いた。森の奥は薄闇に消えていた。時折り、飛び立った鳥が木々に水滴を落とした。それを頬に受け彼は意識を取り戻した。自分の罪から永久に逃れられないのか。いや解放されることに意味はあるのか。今の甘美な日々に埋没していく事は無意味なのか、それは許されないのか、さらなる悪行なのか。

ある時は街の淫靡な暗闇に足を踏み入れ狂乱の時間を過ごした。酒は苦いだけだった。不潔な泥沼に身を晒せば、却って身が蘇る気がした。しかし結局は錆色の蜘蛛の巣のような痰を吐いただけだった。その胸を掻きむしる焦燥は自分のベッドで朝を迎えても消えなかった。屋敷の中でも外でも、この不道徳な己の無意味さを誰も咎めないのか。


朝の珈琲が終わると、散歩の前にフランス語の勉強をすることになった。父の死後それはしばらく途絶えていた。父の授業はモーパッサンやドーデやサン＝テグジュペリなど易しい小説の読書が主だった。Sがそれを続けようとすると、晶子は、貴方の専門の好きなのにしなさいよ、と怒って言った。ちょうどいいと思って、ヴァレリーとマラルメを始めると、難しいと言ってまた怒った。

それでヴェルレーヌとボードレールのわかりやすい詩を始めると、毎回最後に声を出して感情をこめて読めと、要求した。Sは従った。続いて晶子も読んだ。

少し力がつくとSは再びヴァレリーを始めた。七十五歳の彼が三十七歳年下のジャンヌに恋をして妻を顧みずに行為と手紙と詩を捧げた詩集「コロナ　コロニラ」は晶子も喜んだ。老いた詩人が性愛を語るのは醜くまた美しかった。ジャンヌが他の男と結婚すると決めると彼は気落ちのあまり一か月も経たないうちに死んでしまう。文壇のインテリジェンスの象徴の恋の日々が、ナチスのパリ占領下だったことがさらに面白く、何度も繰り返して読んだ。

ある夕食時中のことだった。ポケットに入れていた郵便物が気になっていた。「美神館」は長い間閉めていたので郵便物が時々転送されてきた。それもだんだん減っている。日付を見ると随分経っていた。しかも長い間弟のように傍に居た後輩からだった。Sは理由を言うこともなく事務所を閉め彼との交流を断ったのだった。少し気にはなっていた。

ワインを飲みながら封を切ろうとすると、ナプキンがいきなり剝され皿やフォークや料理の残りが飛び散った。晶子は平然としていたが怒っていた。会社からなら、そんな会社なら早く潰しなさい、静かな声だったが強い命令だった。

Sは怖れよりも何故か安心感を覚えた。会社を閉じてもいつでも再開はできる自信はあったので、管理人に金を送ってすべてを廃棄してもらった。残したい本などの未練はあったがもう面倒だった。しかしその後、急に会社の再開への興味は失せた。

五

父が亡くなり母が病気になってから庭は荒れたままだったが、晶子は庭を再生させた。きれいに設計された庭ではなく、晶子の気ままな趣味の造園だったので庭師は言われたままの作業で満足だった。芝生を植え直し、紅葉の枝を揃え、季節ごとに切り取らねばならない萩や梅が剪定された。薔薇園を占領していた雑草は取り払われすぐに数百本の色とりどりの薔薇に埋められた。品種は何でも構わないということで、乱れた様はさらに華やかになった。

大広間のガラス戸を開けてスロープを辿るとそのまま芝生になる。その先に薔薇の群れが左右に広がっている。中に一本の枝垂れ梅が立っている。正面の奥は背景の山の景観を邪魔しないように低い東屋がある。周りの小さな草花畑の先は、コスモス畑から深い森に続いている。

庭の右奥には桜と紅葉の木々が混じって池を囲んで立っている。季節にはライトアップされた桜や紅葉が池にその彩色された陰影を映す。根元を紫陽花と躑躅が隙間なく埋めている。鮮やかな原色の躑躅の満開時には萎れた桜の花びらがその上に降る。紫陽花は精一杯咲いても雨の奥から仄かな色をのぞかせるが、花の散った後の形相は凄まじいほど陰惨だ。大きな野生の橡の木の奥は山道に続いている。

左の奥の山側は白い大理石の砂利を敷き詰めた中に老松が立ち、周りを椿や山茶花や夾竹桃や辛夷が囲んでいる。春の花々は空へ向かって伸びて咲くほど華やかだ。根元を萩の群生が荒んだ風情で埋めているが、夏の終わりに白い花が咲くと噴水のように噴き上げて乱れる。冬には山茶花の真紅が白い砂利の上に血飛沫のように散る。椿は首から、辛夷や夾竹桃の花は紙くずのように落ちて汚れて腐る。

庭の左の隅には長い間使われていないプールが、市内を一望しながら水色の空間を広げている。

四季ごとの婦人花見会が再開された。晶子の気まぐれの日時だった。料理と酒が東屋で振る舞われ、春と秋は着物での装いが決まっていた。ライトアップされた桜が水の底から深い味わいを見せると同時に、艶やかな着物姿が水面を浮遊した。コーラスと刺繍の仲間たちは同伴者を連れて来た。秋は盛り上がって崩れる白萩と池の中でさらに色づく紅葉の頃で、参加者は着物の柄には春とは違う沈んだ色を好んだ。

冬は厚手を着こんで広間から雪を楽しんだ。酔い冷ましに外へ出たものは、雪の積もった山茶花の枝葉から真っ赤な花が浮き出て綺麗だったと報告した。

初夏の満開の薔薇は爽やかな風に揺れて、まわりの薄い色の軽やかな洋装の女性たちとじゃれ合うようだった。晶子は薄紫色のワンピースを着こなし、車椅子にゆったりと座りながらも決して足は見せなかった。

我儘な晶子は誰にも相談せず気ままにやりたいことをやった。その通りになっても誰も傷つかなかったし困らなかったので嫌うものはいなかった。例えばある年の初夏の薔薇鑑賞会に小さな出来事があったが、誰も気にしなかった。

その年は特に天気にも恵まれ、同伴者も多かった。子供たちは伸びやかな腕や足を柔らかな光線に晒して、明るい声をあたりに響かせていた。見知らぬ来客が次々に挨拶にきた。その中に上下の揃ったスーツを着こなした美容院帰りの髪型の婦人が一人いた。市長夫人で誰の同伴かわからない。

市内から山手へ街は伸びて住宅団地が広がってきていた。S家の山林も高値であったが、一部を手放ことになっていた。開発業者と昵懇の市長は計画の推進者だった。

夫人は屋敷の古さと風格を褒め薔薇園を褒めた。そして言った。我が家にも、薔薇園がございますのよ、こんなに立派ではありませんが、主人は白薔薇が好きですので、それを中心にして植えております、今度一株お分けします、お持ちしましょう。

丁寧な口調だったがやはり市長夫人らしいしゃべり方だった。確かに晶子の薔薇園には白薔薇は見当たらなかった。あったかもしれないが周りの華やかな原色に混じり初夏の光に煽られて燃え上がり空に消えていったのだろう。

翌日晶子は庭師を呼び、広間から見える薔薇園の半分を根こそぎ持っていくように言った。数日後、そこは二百あまりの牡丹の鉢に埋め尽くされた。濃い紫の大輪は見る者を恥じらわせるほど傲慢に揺れ、夜の闇でも炎のように揺れた。

市長夫人はそれを知ってか知らなかったか白薔薇をもって来なかった。コーラス仲間は散った牡丹の花びらを楽譜に挟み、刺繍仲間はゆっくりと観察した。


早い夏が始まった日だった。一番古い友人が広間から空を見ながら、今年は暑くなりそうね、海にでも行きたいわ、昔、プールが……、と言いかけて慌ててやめた。この家のプールは一度みんなで遊んだが、たった二週間で廃墟となったのだった。晶子が怪我をしてから使われたことはなかった。友人は恥じるように晶子に目を向けたが、晶子は気にしなかった。

もう二十年にもなるわね、と晶子は言った。二十年は友人との付き合いかプールの事なのかはわからなかった。彼女は数えていたのだ。いいわ、再開しましょう、とはっきりと言った時、皆は驚いて喜んだ。お腹が出て、足が太って水着は恥ずかしいなどと会話は弾んだ。だが晶子はどうするのだろうとは誰も言えなかった。

底にたまった砂や枯れ枝葉を除去し清掃塗装と消毒、モーターの入れ替え整備でプールの再生まで二週間かかった。

六

明日にプール開きを迎える前日、Sは一人で泳いだ。そこから灼熱の夏の空が、市内の建物や港のその先の海までを包んでいるのが一望できた。家政婦に車椅子を押させて晶子がプールの傍まで来た。Sは潜っていた頭を上げて、眼鏡をはずして手を振った。晶子の白いTシャツが眩しかった。

晶子が弱い足で立ち上がり、支えていた椅子を両手でバネのように使いプールに飛び込んできたのは一瞬のことだった。Sが慌てて沈んだ晶子の脇を抱きかかえた時、彼女は顔を水から浮かべて髪を振って笑顔を見せた。そのままSの肩につかまっていた。Sの目の前に晶子の耳があった。濡れた髪に絡んだ首筋が水滴で光った。胸のふくらみが微かに手を滑った。二人は歩いた。晶子の歩行は軽やかだった。端まで歩くと次は後ろに回り、両肩を摑み体をSの歩行に任せて浮かせていた。手が滑りそうになると首にしがみついてきた。頰と唇がSの首に触れた。柔らかな腕が首と肩に絡み、二つの乳房がほんの少し触れてすぐに去った。Sはそれだけで満足しなければならなかった。

手を取って向かい合いSは後ろ向きに歩いた。晶子の歩行は軽やかに踊るようだった。ジーンズの短パンを履いているのは最初から水に入るつもりだったようだ。水を通してみる脚は細く白く揺らいでいた。

かつて見た絵の、新緑の森のせせらぎを蹴って逃げてくる可憐な仔鹿がふと浮かんだ。狩人に狙われた怖れと自分の死の予感に打ち震えて駆けるその脚は、それ故にさらに美しかった。

白熱していた穹窿が暗転した。

古くなった空調のためSの部屋は蒸し暑かった。やっと寝付こうとした真夜中に、呼び出しのベルが鳴った。初めての事だった。具合が悪くなったのかと慌ててシャツをはおり晶子の部屋へ向かった。

冷房は適度にきいて、冷たい清新な香水が漂っていた。テーブルには紫大理石を薄く刳りぬいたランプが淡い光を放っている。大きな美しい眼がSを闇の中に引きずり込もうとしているように見つめている。濃い紫の薄物を身に着けて体の半分を寝具から出している。

今日のプールで脚が冷えてしまった、暖めて頂戴と、晶子の命令だった。Sは手を差し込んで脚を擦った。確かに冷たく、その細さと頼りなさに胸が詰まった。その脚の冷たさと儚さが自分の罪だと思うと悲しみが沸き起こって来て、それが愛おしさに変わっていくままに、頭をそこに埋めた。貴方の胸で暖めなさい、とはっきりした声がした。Sは両手で二本の脚を抱いた。そして少し暖まった脚に唇をつけた。薄衣のほかに彼女は身になにもつけていなかった。唇は脚から下腹から胸から首へと柔らかな陰影を這いながら吸った。最後にいつも見詰めていた懐かしい唇を吸った。

七

それから三十年以上経ったが、ほかに記す特別なことはない。いくつかの出来事はあったが、日々は同じように繰り返されて流れ、二人は雲の中を歩くように漂っているだけだった。

無為なる日々、気を失うほどの倦怠の日々、それを平穏な時と呼ぶのか、退廃への墜落というのか誰にもわからない。しかしこれほど人を満足させる時間という美食は他にはない。ただその甘い時間は永遠に続かないが、そこに漂っている者にとっては、いずれ時間とともに消えていくであろう至福の生であり、甘美な葬儀への遊行である。

あるいは外界から遮断された中においての一つの確実な存在であると言えることには間違いない。屋敷の外壁は蔦に覆われ秋には紅葉した。初夏には周囲の石壁に貼りついた濃い紫の藤の花が自然のまま垂れ下がった。壁はところどころ崩落したがそのままだった。

用心のための番犬としてシェパードを飼ったが十年おきに死んで四頭目はやめた。名前はどれも母と同じにサトと呼んだ。初めは外に檻を作ったがそのうちに部屋に入れた。獣臭が次第に蓄積されたが誰も気がつかなかった。毎朝と夕方の一時間の散歩はSの楽しみだったが、それがなくなってからSは急に老いた。

刺繍とコーラスの仲間は歳をふるごとに減って一人になった。花見会はいつの間にか知らない老人老婆が参加して飲み食いするようになったのでやめた。

プールの使用は再開した年のみでまた廃墟になった。

庭は廃園になった。その中でも朝の車椅子の散歩は続けられた。手入れをしない花々は年毎に貧弱になっていっても季節ごとに咲いた。

家政婦は結婚して、同じように通ってきた。しかし慣れてくると掃除などが雑になって埃が随所に溜まったが、誰も気にしなかった。朝、前の晩の食卓を片付ける時、家政婦が料理の残りを持って帰るため包むようになった。晶子はわざと多めに残した。

晶子の化粧は歳が老いるごとに濃くなった。瞳は深い紫色の湖のようだった。皺も増えたがSの愛おしさの思いは消えなかった。

フランス・ガリマール書店から念願のヴァレリーとマラルメの全集を買った。毎日Sはゆっくりとそれに向かった。

家政婦にインフルエンザをうつされて晶子は八十歳で死んだ。

Sに解放感はなく、虚脱感だけがあった。彼は毎晩晶子のベッドで寝た。経帷子のように体を束縛し、纏いつき締め付けるような晶子の幻影を求めた。その亡霊が彼を誘って奈落の闇に沈んでいく事を願った。しかし願いは叶わないばかりか、その失望感も次第に薄れていった。欲するものはなくなった。寂しくはあったがそれを感じる力は軽い綿のようなものに吸い込まれるようだった。何事にも興味はなく頭の隅が常に痺れて、鈍感になっていった。

別に生きながらえる意味と希望を持たなかったので、いつか使うだろうと思って、随分前に晶子が言っていたトリカブトを庭に探した。

補追

ただ私には一つだけはっきりわかったことがある。

ＵＳＢに残されたヴァレリーとマラルメの翻訳が年ごとに意味不明になっていったのだ。同じ単語が並び、平易な形容詞が繰り返され句読点もなかった。時折り、感極まったような文章があると、それがとめどなく続きしかも意味不明の詠嘆で終わる。

彼の頭の中に灰色の雲が沸き起こり、スポンジのように固まって彼の意識を占領していったのだろう。そして廃人になったかもしれないが、安らかに死んだのならむしろ安心できる。

それで彼が不幸であったとは思わない。

あとがき

井本元義

青年時代に小説を書いていたが、途中で才能への疑問を覚え挫折し休筆した。

それは四十年にわたったが、心の奥底に燻り続けていた文学への想いが再び燃え上がった時、僕は七十歳の寸前にいた。

しかしその時僕にはもう社会的な使命や拘束がない代わりに、野望や希求するものもなかった。歴史の流れの中に存在する価値も当然ながらなかった。ただ老いさらばえた肉体の存在だけが自分自身に認識され、それをあえて個人の存在価値と自嘲して言うしかなかった。

個人とはなにか。それを考えながら、その内部に深く沈み埋没して行くほど無意味さに気づかされ、否応なしにその無意味が証明される。それもまた老年の真っただ中、やがて消えていく宿命も眼前である。

ただその個人の生や愛や死の想念が未知の深淵に墜落していく時、いかに激しく輝くかに気づいたとき、僕は再び筆をとらざるを得なかった。いろんな人間の苦しみや喜びや悲しみや怒りが想像され、彼等の表情が僕の脳裏に渦巻いた。僕は彼等を愛した。そしてエゴイストと呼んだ。心優しきエゴイストたち、と。

この本の出版にあたり、書肆侃侃房の田島さんと藤田さんに感謝します。

二〇二四年十一月十日

■著者略歴

井本元義（いもと・もとよし）

1943年生まれ　九州大学物理学科卒
新潮新人賞候補「鉛の冬」
福岡市文学賞『花のストイック』
文芸思潮まほろば賞「トッカータとフーガ」
仏政府主催　仏語俳句大会グランプリ賞
日本ペンクラブ会員　福岡日仏協会理事

Eメール　imotomotoyoshi@yahoo.co.jp
ブログ「あちらこちら文学散歩」
現住所 〒813-0025 福岡市東区青葉6-7-4

井本元義出版本一覧

『花のストイック』　詩集　美神館　2004年
『レ モ ノワール　黒い言葉』　詩集　書肆侃侃房　2008年
『ロッシュ村幻影』　小説　花書院　2011年
『回帰』　詩集　梓書院　2015年
『太陽を灼いた青年　アルチュール・ランボーと旅して』　紀行エッセイ　書肆侃侃房　2019年
『廃園』　小説集 書肆侃侃房　2019年
『ことばは心である』　織坂幸治伝記　花書院　2021年
『輝ける闇の異端児　アルチュール・ランボー』小説　書肆侃侃房　2022年
『虚日の季節』　詩集　書肆侃侃房　2020年
『静かなる奔流』　小説　EMI企画POD　2023年

初出一覧

トッカータとフーガ「季刊午前」51号
ルーアンの長い一日「海」22号
貴腐薔薇「海」24号
虚空山病院「海」28号
贖贊庭園「海」30号

貴腐薔薇

2024年11月10日　第1刷発行

著者　井本元義
発行者　田島 安江（水の家ブックス）
発行所　株式会社 書肆侃侃房（しょしかんかんぼう）
〒810-0041 福岡市中央区大名 2-8-18-501
TEL 092-735-2802　FAX 092-735-2792
http://www.kankanbou.com
info@kankanbou.com

カバー写真　Zara Walker on Unsplash
ブックデザイン　藤田瞳
印刷・製本　アロー印刷株式会社

ISBN978-4-86385-649-3　C0093

廃園

井本元義

花の精、花の香、花の色
それは美しく、妖しげに揺れる業火
妖花が悪夢を呼び……退廃の美へ

その時私はあっと声を上げた。荒涼とした風が沸き起こり、丘の上に広がる空の闇が布のように二枚にめくれ、大きくはためいて揺れた。そしてお互いに包みあうように丸まり、私を飲み込もうと覆いかぶさってきた。それは巨大な食虫花の漆黒の花弁だった。

四六判　上製　200ページ
定価：本体1,500円＋税
ISBN978-4-86385-352-2

太陽を灼いた青年

アルチュール・ランボーと旅して

井本元義

地獄に魅入られた男ランボー

ランボー狂いの著者が
ランボーの足跡を追っていく
追えば追うほど、ランボーの影は遠のく
坂道や路地、カフェをめぐり、
ランボーゆかりのホテルに泊まる
裏通りに踏み込み、ランボーの詩の一節を口ずさむ
愛しさと憎さのためにランボーを撃ってしまった
ヴェルレーヌの心を推し量りながら

四六判　並製　オールカラー　240ページ
定価：本体1,600円＋税
ISBN978-4-86385-383-6